JN216847

ＳＣＳ　ストーカー犯罪対策室　上

SCS

Contents

装幀　泉沢光雄
写真　Getty Images

第一話
遠峰良子の事件

1

かすかな音が鳴った。白井有梨(しらいゆり)は枕から頭を起こし、ベッドサイドのテーブルからスマートフォンを取り上げた。

六月十日、6：30AM。時間を確かめるのと同時に、ため息が漏れた。メール一件、着信。

誰からなのか、わかっていた。開けば気分が滅入るだけだが、仕事の連絡かもしれない。確認しないわけにはいかなかった。

『おはよう。今日はどんな日になるかな？　S』

スマホを枕元に放って、上半身を起こした。Tシャツが汗で肌にまとわりつく。もう何日、何カ月続いているのか。

吐き気がして、口に手を当てた。そのままトイレに駆け込んだが、黄色い胃液しか出てこなかった。

便座に手をかけてゆっくり立ち上がり、トイレを出て洗面台で手を洗った。小造りの顔が備え付けの鏡に映っている。ショートボブ、顔色が悪いのはいつものことだ。尖(とが)った顎(あご)に触れて、小さく首を振った。

勢いよく顔を洗うと、少し気分が収まった。出勤の準備をしなければならない。

もう一度鏡を覗(のぞ)き込んだ。二十九歳の疲れた女がそこにいた。

2

一昨年新設された新品川署は、山手線大崎駅と京浜東北線大井町駅のちょうど中間に位置している。五階建てで、外観は警察署というより会社などのビルに近い。隣接しているのは警視庁第十一方面本部で、その管轄区域は品川区、江東区、目黒区だ。新品川署はその中で最も規模の大きい所轄警察署だった。

八時二十五分、白井有梨は四階にあるドアの前に立った。ガラスにＳＣＳのロゴがある。ストーカー犯罪対策室(Stalker・Crime・Special team)の略称だ。

大きく息を吐いてからドアを押し開くと、おはよう、と横合いから声がかかった。七期先輩に当たる丘真由巡査が、紙コップのコーヒーを片手に立っていた。ビッグママの異名通り、百七十五センチの長身だ。有梨より十センチ以上高く、はっきりと威圧感がある。

真由が人差し指を立てて、そっと降ろした。本日もご機嫌斜めのサインだ。うなずいて奥のデスクに向かうと、室長の大崎賢矢がいつものようにボールペンのお尻を齧っていた。

おはようございますとだけ挨拶して、自分の席に座った。朝のこの時間帯、低血圧の大崎はほとんどの場合不機嫌だ。必要がない限り、話しかけないというのがＳＣＳのルールだった。

「昨日、ストーカー被害の相談に来た市民に、しばらく様子を見ましょうとか言ったらしい」隣席の加納政彦巡査長が顔を寄せて囁いた。「クレームが入って、上から注意されたそうだ。近づかない方がいいぞ」

警察庁が警視庁をはじめとする全国の警察組織にストーカー対策専門部署の設置を命じてから、

二年近くが経過していた。多くの場合、それまで担当していた生活安全課から独立する形で相談室などが置かれたが、新品川署では他の部署を横断する形でストーカー犯罪対策室の要員を集めていた。ストーカー犯罪が多様化しているため、生安だけでは対処できないという判断が下されたためだった。

ストーカーという言葉は八十年代からあったが、ストーカー規制法が制定されたのは平成十二年だから、犯罪として認知されるようになって、まだ二十年経っていない。その意味で、新しいタイプの犯罪と言っていい。

SNSの進化などの理由により、ストーカー犯罪は増加し続けている。抜本的な対策が検討されていたが、新品川署にこれまでなかった形式での捜査班が設置されたのは一年半前だった。

通常のストーカー相談室の主な任務は文字通り相談だが、SCSではそれだけに留(とど)まらず、事件捜査にも介入するし、警告だけではなく逮捕することも前提となっていた。

そのために集められたメンバーは、有梨のように生安出身の者もいたが、加納のように捜査一課強行犯係から移ってきた者もいる。一種の混成部隊であり、その長が大崎だった。

大崎は捜査畑での経験が長かったが、SCSに赴任するまでストーカー事件の捜査を担当したことはほとんどなかった。SCSを新品川署に置くことが決まった直後に警視庁地域部から異動していたが、不慣れであることは否(いな)めなかった。

様子を見ましょうと言ったことが間違っているとは、有梨も思っていなかった。ストーカー事件は犯罪としての線引きがはっきりしないため、誰にとっても対処が難しいところがある。

ストーカー規制法施行後、警告そのものはしやすくなっていたが、民事事件との境界線は明確になっていない。警察の原則は民事不介入であり、及び腰になってしまうのはやむを得ないところがあった。

数分後、二人の刑事が続けて入ってきた。組織犯罪対策部出身の渡会則之(わたらいのりゆき)巡査長と、サイバー犯罪対策課から出向している田村明彦(たむらあきひこ)巡査だった。

二人とも大崎の顔を見て何かを察したのか、無言で席についた。一年半前、それまでのストーカー事案相談センターが現在のストーカー犯罪対策室、略称ＳＣＳに名称変更してから、順次異動してきた大崎以下六人が正式な班員となっていた。

有梨自身はそれまでも相談センターに在籍していたから、年齢こそ田村の次に若かったが、他の班員と比較すると経験は長かった。

ドアがノックされて、制服を着た長身の男が顔を覗かせた。新品川署副署長の西野政幸(にしのまさゆき)だ。こちらへ、という声にうなずいて入ってきたのは、スーツ姿の女性だった。

設立の経緯から、ＳＣＳは刑事課と生活安全課に両属している。本来、ストーカー対策は生安が担当していたが、ＳＣＳの任務は相談受付から犯人逮捕まで多岐にわたっていた。セクト意識の強い警察組織においては珍しいが、部署の枠を超える形での活動が認められている。

そのためもあり、実質的には刑事課直轄となっていた。同じフロアに刑事課が入っていたが、それも協力して捜査に当たる場合を想定しての措置だった。

「大崎室長、例の件だ」ドアを閉めた西野がよく通る声で言った。「セラピストでカウンセラーの木下久美(きのしたくみ)先生。前に会ってるな？」

ボールペンをデスクに置いた大崎が立ち上がって、こちらへどうぞと来客用のソファセットへ歩み寄った。その必要はない、と西野が首を振った。

「紹介だけだ。他のみんなも聞いてくれ。木下先生にはＳＣＳの捜査に協力してもらっていたが、本庁の要請を受けて常勤してもらうことになった。民間専門家の登用はまだレアケースだが、今後増えていくことになるだろう。うちはテストケースということになるが、問題はないと判断している。よろしく頼む」

　わかっています、と大崎がうなずいた。有梨もそうだが、木下久美が今日からＳＣＳの一員になるという話は聞いていた。

　四月で三十歳になったばかりだというが、過去にも多くのストーカー事件で警察に助言をするなど、捜査に協力していた。かなりの痩せ型だが、ロングヘアと銀縁眼鏡のバランスがよく取れている。図書館司書のようなルックスだった。

　よろしくお願いします、と久美が落ち着いた声で挨拶した。かすかにスイートピーの香りが漂った。美人だな、という渡会のつぶやきに、西野が苦笑した。

「昨年のストーカー事件は総数二万一〇八九件」前年度比五・九パーセント増だ、と西野が鼻に皺を寄せた。「周知のように、警察庁はストーカー・ＤＶ事案と振り込め詐欺などの特殊詐欺を最重要犯罪と認定し、その対策強化を図っている。二〇一三年の法改正で捜査対象範囲も広がった。世間の注目度も高い。気を引き締めて捜査に当たってほしい」

　書類に記入を、とファイルを渡した西野が出て行った。大崎が久美の背中を押して、ＳＣＳ内にある会議室へ入っていった。

　毎回同じ話だな、と渡会が肩を叩いた。まだ三十二歳だが、年寄り臭い仕草が妙に似合っていた。

「うんざりだよ。白井、昨日話した件なんだが――」

　わかってます、と有梨はパソコンをチェックしながら答えた。

「ストーカー被害の相談ですね？」

「三十五歳の主婦だ。名前は……何だったっけな」メモをめくりながら、渡会が鼻の下をこすった。

「電話で話しただけだが、事情が複雑そうだ。一緒に話を聞いてくれ。十時に来る」

了解です、とうなずいた。ストーカー事件の被害者の九割は女性で、そのほとんどが男性による被害だ。可能な限り、女性刑事を入れて相談を受けるようにするというのが大崎の方針だった。

あと一時間ほどだ。メールを確認しながら、有梨は買ってきていたエスプレッソをひと口飲んだ。

3

「遠峰良子（とおみねよしこ）といいます」

相談室のソファに座った女が名乗った。ノースリーブのブラウスを着て、その上から淡いブルーのカーディガンをはおっている。肉感的な風情で、目の奥にかすかな陰影があった。

ストーカーの相談で警察に来ているはずだが、その服装はどうなのかと思いながら、どんな被害を受けているのでしょうか、と有梨はノートを開いた。隣では渡会がノートパソコンを起動させていた。

「携帯に無言電話が続いています。二カ月ほど前からなんですけど……」

やや湿った声で良子が言った。うっすらとだが色気が感じられる声だった。

「最初は出てたんですが、今は非通知でかかってくる電話に出ないようにしてます。昨日もかかってきたんですけど」

「四月中旬からですね？　どれぐらいの頻度でしょう」

六月、梅雨（つゆ）のシーズンに入っていた。今日は曇りだが、いつ降ってきてもおかしくないような天気だ。

署内は空調が利いていたが、湿度が高い。渡会が何度も背中に手をやっているのは、汗が伝っているからだろう。有梨自身、不快感があった。

「一日一、二回でしょうか」

良子が答えた。難しいところだ、とメモを取りながら有梨は思った。一日一、二回というのは、ストーカーと認定し辛い。ただ、毎日ということであれば、その限りではなかった。

「あなたからの電話を受けたのは私なんですが」渡会が指を動かしながら言った。「昨日、ご自宅のポストに投函物があったということでしたね？　入っていたのは——」

これです、と良子が持っていた小さな紙袋を机に置いた。

「気持ち悪い……もう、本当に」

ハンカチで何度も指先を拭(ぬぐ)った。何でしょうかと聞いた有梨の前で、手袋をはめた渡会が中を開けた。三重になったビニール袋に入っていたのは、小さな毛の塊だった。

動物かな、と渡会が低い声で囁いた。

「赤いのは血だろう。猫の爪じゃないか？」

触れないようにしながら、有梨は中を覗き込んだ。ビニールが重なっているので見えにくいが、渡会の言う通り動物の足先だとわかった。

「調べてみますが、本物のようですね」渡会がビニール袋を紙袋にそっと戻した。「かなり悪質だな」

「入っていたのはこれだけですか？」

質問した有梨に、これが、と良子が一枚の紙を差し出した。B5サイズのコピー用紙だ。中央に

『殺してやる』という文字が印刷されていた。

　明らかに犯意がある、と渡会がつぶやいた。

「捜査の必要があるだろうな……奥さん、何か心当たりは？」

　あります、と表情を強ばらせたまま良子がうなずいた。不思議なことではない。ストーカー事件の七割近くは、顔見知りの犯行だという統計結果が出ている。

「前川という男です。前川伸也、四十歳。一年半ほど前に知り合って……交際していました」

　なるほど、と渡会が視線を逸らした。不倫ということですか、と有梨は話を引き取った。

「どこで知り合ったのでしょう。交際期間はどれぐらい？」

「……一年ほどつきあって、半年ほど前、今年の一月に別れました。知り合ったのはネットです。つまり、その……出会い系サイトというか」

　今は正直にすべて話していただいた方がいいと思います、と有梨は紙コップのお茶を勧めた。ひと口飲んだ良子が何度もまばたきを繰り返しながら、合意の下で別れたつもりだったんです、と早口で言った。

「でも、前川は未練があったようです。何度も電話があって、もう一度会えないかと。断りました。そういうつもりではなかったですし、わたしも前川も家庭がありますから……電話がかかってきていたのは別れた直後一、二カ月ほどで、それからしばらくは何も言ってこなくなりました。でも、四月の中旬頃から、無言電話が始まって……」

「あなたは前川さんがかけていると考えてるんですね？　他に思い当たるようなことは？」

「ありません」

「前川さんの連絡先、住所、その他ご存じのことはありますか？」

携帯の番号はわかります、と良子が自分のスマホを開いた。

「勤務先、住所なども聞いてます。確かめたわけではないんですけど……」

まず携帯番号からお願いします、と有梨はペンを握り直した。

4

どうかと思いますね、と渡会が報告を始めた。大崎以下、所定の手続きを終えた久美も含め、SCS班員が会議室に顔を揃えていた。

「遠峰良子、三十五歳、専業主婦。結婚して六年、夫は上場企業の社員で、生活に不自由はありません。普通の主婦が出会い系サイトに入ったりするから、こんなトラブルに巻き込まれるんです」

落ち着けよ、と加納が苦笑いを浮かべながら声をかけた。三十七歳で、渡会より五つ上だ。本庁捜査一課で優秀な刑事として能力を高く評価されていたこともあり、SCSではチームのまとめ役的存在だった。

「感情的になるなよ。そんな主婦は少なくない」

「別れ方が悪かったんじゃないかな」

腰を下ろした渡会が同意を求めるように言った。どうでしょう、と有梨は座ったまま首を振った。

「そうかもしれませんが、だからといって前川の行為が許されるとは思えません」

「いい歳の男女だ。分別だってあるだろう」これは恋愛のトラブルなんじゃないのか、と大崎がため息をついた。「大昔から腐るほどある話だ。警察が介入するべき事案かね?」

ストーカー事件への対処は判断が難しい。ストーカー規制法の解釈次第では、恋愛が関係していれば小学生同士のトラブルにも容喙(ようかい)していかなければならないことになるが、それは行き過ぎだろう。恋愛が絡(から)んでいる場合は、民事不介入の原則を踏まえて、慎重な配慮が必要だった。

ただ、今回のケースは犯人の手口が悪質だ。ポストに投函されていた封筒の中に入っていたのは、猫の前足の一部であることがわかっていた。常識を逸脱しているのは明らかで、早い段階で手を打たなければならないだろう。

具体的には前川という男について調べ、ストーカー行為をしているのであれば警告する必要がある。猫を殺しているとすれば、器物損壊罪で逮捕も可能だ。

湯呑みに口をつけた大崎が、熱い、とつぶやいた。

「とりあえず、事実関係を確認するべきだろう。訴えてきた主婦の言い分だけが正しいとは限らん。裏を取る必要があるが、どこから調べる?」

前川に直接聞けばいいじゃないですか、と渡会がデスクの電話に目を向けた。

「遠峰良子は猫の前足を切断するような女に見えません。彼女の訴えは嘘じゃないと思いますね。すぐにでも前川本人の口から事情を聞くべきでしょう。放置しておいて何かあったらまずいですよ」

君の意見は、と大崎が顔だけを向けた。同じです、と有梨は答えた。

「殺してやる、という具体的な脅迫文も同封されていました。前川という人物が書いたものであれば、ストーカー規制法に抵触します。猫の前足を切断しているというのは、危険度が高いと考えられます」

そのようだなと唇をすぼめた大崎が、電話してみろと命じた。渡会がボタンを押すと、スピーカーフォンから呼び出し音が鳴り始めた。四度目で男が出た。

「前川伸也さんの携帯でよろしいでしょうか?」渡会がマイクに口を近づけた。「こちら、警視庁新品川署ストーカー犯罪対策室ですが」

「……警視庁? あの――」

「少し話を聞かせてください。実は――」

今、電車の中なんですよ、と当惑したような声がした。

「移動中なんです。三十分ほどで三宮（さんのみや）駅に着くんですが、その後商談の約束が入っていて……」

「三宮? 兵庫県の神戸ですか?」

「そうです。出張中でして……あの、警視庁とおっしゃいましたか? 何があったんです? 家族に何か?」

そうではありません、と渡会が声を低くした。

「神戸に出張しているんですか?」

「神戸というか、近畿方面です。一昨日から大阪に入り、京都を経て今は神戸に向かってるんですが……いったいどういうことなんでしょうか。本当に警察の方ですか?」

「新品川署、ストーカー犯罪対策室の渡会といいます……失礼ですが、神戸での商談は何時ぐらいに終わりますか? 改めてかけ直します」

二時間後にもう一度かけてください、と前川が通話を切った。有梨は別の電話の受話器を取り、良子から聞いていた前川の勤務先、大東（だいとう）通商という会社の番号を押した。

確認したところ、間違いなく前川は二日前から関西方面に出張しているという。今夜中に帰京すると予定を聞いて、受話器を置いた。大東通商は中堅どころの商事会社だ、と加納が目をこすった。

「一部上場じゃなかったか? 前川が大阪付近にいるというのは本当なんだろう。だとしたら、どうやって猫の足を遠峰の自宅ポストに入れたんだ？」

「大阪ですからね。ビジネスの用件を終えてから東京へ戻るのは、十分に可能なんじゃないですか？」

田村が左右に顔を向けながら片手を挙げた。まだ意見具申に慣れていないようだった。

「最終の新幹線で帰京して、遠峰家のポストに封筒を突っ込み、翌朝早く大阪に戻ったということは考えられませんか？」

ないとは言わないが、ちょっと無理があると加納が言った。

「そこまでする必要があると思うか？　遠峰は前川がストーカーだと考えてるし、それは前川本人だってわかっていただろう。何かあれば彼女は前川を容疑者として訴えるし、事実そうした。アリバイを偽装したって、奴が大阪にいたかどうかは、調べればすぐわかることだ」

「自宅ポストに入れたのなら、時間も特定されますよね？」真由が爪をこすりながら言った。「深夜ということになると思いますけど、前川が遠峰良子の自宅近くで目撃されていたかどうか、調べてみてはどうです？」

何時に猫の前足はポストに入れられたのか。関西にいたという確実なアリバイがあれば、前川には不可能だ。

もちろん、便利屋などに代行させた可能性はあるが、むしろその方が危険だろう。前川でなければ、誰がやったのか。

ひとついいですか、と田村が見つめていたパソコンの画面から顔を上げた。

「履歴を調べたんですが、昨日の無言電話はＮＴＴ東日本の回線を通じてのものです。つまり、電話をかけてきた人間は関東近郊にいたということになります」

前川がかけたんじゃないのか、と大崎がしかめ面になった。

「では、いったい誰が？」

「詳しく調べないとわかりませんが、無言電話は前から続いているわけですよね？」

二カ月前だ、と渡会が言った。その電話をかけたのも前川ではないのかもしれません、と田村が左右に目をやった。前川が依頼したのかもしれない、と有梨は肩をすくめた。

「金で誰かを雇ったか、友人か……遠峰さんの話が事実なら、他に恨まれる理由はない。前川が裏で糸を引いていた可能性はあるんじゃないかな」

でも二カ月ですよ、と首を傾げた田村が苦笑した。

「明らかな犯罪行為です。手を貸す側にもリスクがある。金で解決したとして、毎日無言電話をかけさせるのに、いくら払えばいいんです？　便利屋だって探偵事務所だって、そこまで突っ込んだことはしないでしょう。友人とかならなおさらです」

田村の指摘は正しいだろう。世の中には復讐代行を請け負う者もいるが、結局は金でしか動かないと有梨にもわかっていた。上場企業の社員とはいえ、前川にそこまでの余裕があるだろうか。

では、前川ではないのか。犯人は無言電話を二カ月以上かけ続け、昨日は自宅ポストに猫の足を入れている。

よほど強い怨恨がなければならないはずだが、遠峰良子は前川以外心当たりがないと言っていた。

調べてみろ、と大崎が軽く手を叩いた。

「まず前川がこの三日間関西方面にいたのかどうか、遠峰良子にかかってきている無言電話の着信履歴と前川との関係、遠峰に恨みを持つ者が他にいないか、そんなところか？」

大阪の方を当たってみます、と渡会と真由が立ち上がった。田村はパソコンのキーボードに指を走らせていた。

前川を調べてみよう、と加納に肩を叩かれて立ち上がった有梨のスマホから、小さな音がした。メール。

『君にはわたししかいない　S』

どうした、と加納が顔を覗き込んだ。いえ、とだけ言って有梨は手の中のスマホを見つめた。

Sは何度かに一度、同じ文面のメールを送ってきていた。どういう意味なのか。恋愛感情を抱いているということなのだろうか。

会おうとか、そういうことは言ってこない。意図がわからなかった。

スマホをバッグに入れて、有梨は加納に続いて会議室を出た。

5

夜九時、東京に戻った前川と東京駅近くにあるシティホテルのロビーで会った。良子が撮影していた顔写真があったので、本人の確認は簡単だった。多少面長の痩せた男だ。

建前としては、任意の事情聴取ということになる。有梨は加納と共にラウンジで話を聞いた。

「三カ月ぐらい前まで、遠峰さんに電話をかけていました」

あっさりと前川が事実を認めた。四十歳だというが、もう少し若く見える。濃いグレーの背広に身を包んだ前川はどこにでもいるサラリーマンで、目立つところはなかった。

普通の会社員と普通の主婦が、出会い系サイトという電脳空間を通じて会っている。有梨には理解できなかったが、ありふれた話なのかもしれなかった。

「ずいぶん簡単に認めましたね」

苦笑いを浮かべた加納に、面目ない、と前川が頭を掻いた。

「みっともないと思われるでしょうが、未練がありました。彼女とはうまくいっていた。お互いに楽しんでいたんです。いきなり別れるとか言われても……わかるでしょう？」

わかりませんね、と加納が冷たい声で答えた。

「遠峰さんにはご主人がいる。あなたには奥さんとお子さんもいる。悲しむ人間がいるんです。迂闊なことをするべきではなかったでしょう」

「申し訳ありません。反省しています」軽く頭を下げた前川がテーブルのコーヒーに手を伸ばした。

「ですが、彼女は電話に出なくなりましてね。話ができなくなった。はっきり覚えてませんが、三月の終わり頃に電話は止めてます。あなた方の話では、彼女のところに最近も無言電話がかかってきているそうですね」

「そうです」

「昨日は切断された猫の足が自宅のポストに入っていたんでしょう？　そんなこと、私はやってない。無関係です。どういうことなのかと言われても、知らないとしか答えようがないですよ」

あなたが大阪にいたことは確認が取れました、と有梨はメモを開いた。

「二日前から関西の取引先の会社でビジネスの打ち合わせをしていますし、夜も会食などで誰かと一緒にいました。アリバイは成立しています」

「そうですよ。東京には戻ってません」

昼、大東通商へ出向いて、事情を聞いていた。こういう場合、大阪で起きた事件を調べているというのが警察の常套句だ。

が、会食の時間などから東京に戻っていないとわかっていた。

「ですが、第三者に依頼した可能性は残ってます」有梨は正面から前川の目を見つめた。「あなたが遠峰さんに電話していたのは、自分の携帯電話からでしたね？ 無言電話に関しては現在調査中ですが、非通知もしくは公衆電話などからです。あなたがかけていたのではないと言い切れますか？」

知りませんよ、と前川が視線を逸らした。本当に知らないのかどうか、有梨には判断できなかった。

何かを知っているようにも思えたが、根拠はない。この男は信用できるのだろうか。

その後しばらく事情を聞いたが、それ以上何も出てこなかった。十時過ぎに前川を帰し、加納と話したが、どちらとも言えないというのが結論だった。

ホテルのロビーから大崎に連絡を入れて、状況を報告した。現段階で前川に警告するのは時期尚早だろう、という答えが返ってきた。

四月以降の無言電話について、前川がかけたという明確な証拠はない。下手に動けば藪蛇になる。前川はそれまでの電話について認めているし、危険レベルが高いとは言えなかった。

猫の足の件はどうでしょう、と有梨は言った。

「無言電話とはレベルが違います。放置しておくわけにはいかないと思いますが」

それも含めて慎重に調べようということだ、と大崎がため息混じりに答えた。

「それと、遠峰良子からこちらに連絡があった。彼女の実家は埼玉の越谷なんだが、しばらくそちらへ帰ると言っている。猫の件がショックだったんだろう。怯えているようだ。こちらとしても止める理由はない。連絡を取れるようにするということで、了解した」

「ご主人にはどう話したんですか?」

「母親が目に障害があるそうだ。ほとんど視力がない。数週間、世話をしなければならなくなったと話して、夫を納得させたということだ。すまないが、明日埼玉県警に行ってくれ。話はこちらから通しておくが、挨拶の必要があるだろう」

「管轄外ですからね」

「面倒なことにはならんよ。よろしく頼む」

話を終えて、有梨は時間を確かめた。十時半だ。食事していかないかと加納が言ったが、今からでは遅くなってしまうだろう。東京駅へ向かう雑踏の中、メールが鳴った。

『今、終わったのか? 気をつけて帰るように S』

立ち止まって辺りを見回した。サラリーマン、OL、学生。疲れた顔で足を引きずるように歩いている。帰るか、と加納が背中を押した。

6

翌朝、遠峰良子の自宅へ行き、良子本人を越谷の駅まで送り届けた後、さいたま市の埼玉県警へ直行した。東京の警視庁と埼玉県警はそれぞれ独立した組織であり、互いの捜査権に介入することはできない。

ただ、隣接している自治体の警察同士であり、鉄道や主要幹線道路など共有する地域、施設もある。多くの埼玉県内の町が実質的に東京のベッドタウン化しているため、関係性は悪くなかった。

数年前に辞めていたが、大崎の実兄が県警本部に勤務していたこともあり、協力要請はスムーズだった。

有梨が申し入れたのは遠峰良子の実家、藤倉家近辺のパトロール強化だったが、県警の担当者が越谷署と協力して、通常より巡回回数を増やすことになった。

増やすと言っても、せいぜい一回程度だろうが、マンパワーに限りがある以上やむを得ない。埼玉だけではなく、他県でも同じような対応になるとわかっていた。

有梨本人は県警内に知り合いがいなかったが、大崎の部下と聞いて数人の刑事が挨拶に来た。大崎の兄について知っていることは、ほとんどない。大崎の父親、祖父が警察官だったと聞いたことはあったが、それだけだ。家族が警察官というのは、警察機構においてそれほど珍しくなかった。

大崎の兄が退職したことについて、残念でしたとそれぞれが言ったが、答えようがなかった。

十二時、県警の真田という若い刑事と一緒に越谷へ向かった。今朝、有梨が良子を越谷駅まで送り届けたことは伝えていたが、県警としても本人に会っておきたいと考えたようだ。有梨が同行したのは、巡回コースの確認のためだった。

大宮から越谷までは電車で四十分ほどだ。真田は県警に上がってきたばかりで、刑事になってから一年ほどしか経っていないということだったが、直接の担当をつけたのは県警の好意と言っていいだろう。

熱心に事情を聞いてくる真田が数年前の自分と重なり、丁寧に状況を説明しているうちに越谷駅に着いた。

遠峰良子の実家は、駅から十分ほど離れた住宅街にあった。実父は数年前に他界している。今は目の不自由な母親が一人で暮らしていると聞いていた。市のヘルパーが一日おきに訪れているため、ケアは十分だという。

真田の案内で良子の実家に着くと、犬が吠えていた。歩いている途中から聞こえていたが、途切れることはなかった。何でしょう、と有梨は首を傾げた。

「あの吠え方は、何かに怯えているような……」

どうなんでしょう、と言いながら真田がインターフォンを押した。返事はない。犬の吠える声がますます大きくなった。

遠峰さん、と玄関のドア越しに有梨は呼びかけた。

「警視庁の白井です。いらっしゃいますか?」

気づくと、隣家から老婆が顔を覗かせていた。表情が硬い。ずっと鳴いてるよ、と憎々しげに囁いた。

「もうかれこれ一時間か二時間か……うるさくて困るんだよね。いつもは静かな犬なんだけど」

ドアを何度か叩いた真田がノブを摑んで引くと、あっさり開いた。鍵がかかっていなかったということなのか。玄関口に一歩踏み込んだ真田が、遠峰さんと名前を呼んだ。

「県警から参りました。ええと、藤倉さんのお宅ですよね? お母様は――」

有梨はその腕を摑んで、たたきを指さした。小さな黒い染みが垂れていた。真田を制して、自分が先に上がった。

左右を見回すと、玄関の先にリビングがあった。右手にすだれ状の布がかかっていた。台所だろう。そっと布を押して中を覗いた。ガス台の下に女が倒れていた。

「――遠峰さん?」

呼びかけたが、返事はなかった。救急車を、と叫んで台所に飛び込んだ。ブルーと白のボーダーシャツにキュロットスカートの良子が、海老のように体を曲げていた。

腹部に手を当てており、体の下に血溜まりができていた。キュロットスカートが黒く変色しているのは血の跡なのだろう。

顔を覗き込んだが、呼吸していなかった。生きている人間の顔色ではない。死んでいる。

「真田刑事、県警にも連絡を」後ずさるようにして玄関に戻った。「遠峰良子さんが死んでいます。刺殺されたと思われます」

怯えた表情を浮かべた真田がスマホを耳に強く押し当てて何か叫んだ。犬の吠える声がうるさいのか、左耳に指を突っ込んでいた。

有梨は一度外に出て、家の裏手に回った。鎖を引きずる気配がした。犬は庭にいるのだろう。

勝手口側から裏へ出ると、大きなラブラドールレトリバーが暴れていた。鎖のために半径一メートルほどの範囲しか動けないでいるが、今にも首輪が外れそうだった。

庭の奥に、俯せで倒れている小さな背中が見えた。駆け寄ると、老女だとわかった。良子の母親なのだろう。

肩に触れると、痛い、というかすかな声がした。生きている。意識もある。そのまま抱えて上半身を起こすと、頭を両手で押さえて顔をしかめた。

「遠峰……藤倉さんですね？　わたしは警視庁の白井と言います。大丈夫ですか？　どこか怪我を？」

後頭部に裂傷があり、髪の毛が血で汚れていた。真田刑事、と叫びながら、ハンカチを頭に押し当てた。

「すぐ救急車が来ます。しっかりしてください。何があったかわかりますか？　覚えていることがあったら話してください」

　わかりません、と母親が小さく首を振った。

「誰かが来たのはインターフォンの音でわかりましたけど、娘がいたから出てくれるだろうと……」

「良子さんですね？　娘さんが出た？」

「……だと思います。何か叫ぶような声が聞こえて、どうしたのかと……様子を見に行こうと思ったんですけど、目が不自由なものですから、そう簡単には動けなくて……杖を探してたら、いきなり後ろから――」

　サイレンの音が近づいてきた。庭に飛び込んできた真田が、救急車が来ました、と大声で叫んだ。

遠峰良子さんの母親です、と有梨は振り向いた。

「負傷しています。後頭部に裂傷と出血あり。命に別条はないと思いますが、すぐに手当した方がいいでしょう」

　入ってきた白衣を着た二人の男に処置を任せて、スマホを取り出した。

「大崎だ」

「白井です。今、遠峰良子さんの実家にいます。彼女が殺されました」

「何だと？」

「至急前川の所在を確認してください。あの男はどこに――」

　会社だ、と大崎が戸惑ったように言った。

「間違いない。加納と丘くんが事情を聞きに行っていた。終わったと連絡があったのは三十分ほど前だ」

「二人が前川に会ったのは何時ですか?」

「一時間前、十二時頃だ。どういうことだ、前川が殺したのか?」

いいえ、と有梨は首を振った。

「良子さんが殺害された正確な時間は不明ですが、死体の状態から死後一、二時間と思われます。犬の吠える声がしたと隣の老婆が言ってましたが、それも二時間ほど前からだということです。前川が越谷まで来るのは不可能でしょう」

「では誰だ? 誰が殺した?」

わかりません、と答えるしかなかった。昨夜SCSに電話してきたのは、遠峰良子本人だ。実家に戻ると言ったのを聞いたのは大崎で、その情報が外部に漏れるはずはない。知っていたのは夫、母親、そしてSCSの数人だけだった。

今朝、自宅へ良子を迎えに行き、越谷駅まで同行したのは有梨自身だ。駅で別れ、そのまま県警へ向かったが、電車内、あるいは駅周辺に不審な人間はいなかった。

確認したわけではないが、刑事という仕事柄、気配があればわかっただろう。尾行もされていない。

では、犯人はどうやって良子の居場所を知ったのか。夫や母親が誰かに話したのか。だが、昨晩決めたことをすぐ知ることはできないだろう。

例えばだが、藤倉家に押し入った強盗が、抵抗されて良子を刺し殺したということなのか。この家には老いた母親が一人で住んでいると知っていた者がいるかもしれない。強盗には打ってつけだ。想定していなかった娘に顔を見られて、刺してしまったのか。

それとも、母親本人に恨みを持つ者が押し入ったと考えるべきなのか。だが、七十歳で視力がほとんどない老人を殺そうと考える者がいるだろうか。しかも母親を殺してはいないのだ。

いったいどういうことなのか。有梨の目の前で、二人の救急隊員が母親を担架に乗せて運び出していった。

白井、と呼びかける大崎の声がしたが、何も答えられないまま、そっとこめかみを押さえた。

7

事件が起きたのは越谷市であり、管轄は埼玉県警ということになる。だが、真田刑事と共に遠峰良子の死体を発見したのは有梨だった。前後の経緯から、情報を共有することが警視庁と埼玉県警の間で決定した。

捜査本部は越谷署に設置されたが、すべての情報が新品川署のＳＣＳにももたらされることとなった。殺人事件そのものの捜査は埼玉県警の主導で行われるが、有梨と加納はスカイプで捜査会議に参加することを許可された。

良子の夫、遠峰秋人が何らかの関わりを持っているのではないかという意見が、県警の数人の刑事から上がった。これはＳＣＳ側からも指摘があった。

良子がＳＣＳに連絡を取った時、越谷の実家へ戻ると伝えていたのは秋人と母親だけだったとわかっていた。母親の年齢などを考えると、被害者以外の立場は考えられない。残るのは秋人だけだ。

だが、秋人を調べると、すぐアリバイが確認された。平日で、普段通り出勤している。会社は丸の内にあり、犯行時間に会議に出席していたこともわかった。越谷への移動は絶対に不可能だ。

現場は閑静な住宅街で、過去に凶悪事件が起きたことはない。人通りは少なく、事件発生時、藤倉家周辺には誰もいなかった。不審な人物を目撃したり、声を聞いた者もいない。犬の吠える声がうるさかったと隣家の老婆が証言していたが、犯人を特定する手掛かりにはならなかった。

病院に収容された母親が手当を受けた後、事情聴取に応じていたが、視力がほとんどないために犯人の顔を見ていないことがわかった。指紋なども検出されていない。

状況から、犯人が藤倉家のインターフォンを押し、応対するために玄関に出た良子を襲ったと考えられたが、それ以上は不明だった。

新品川署五階の別室から、スカイプで捜査会議に参加していた有梨と加納がSCSに戻ると、渡会と久美が事件について前川に伝えてきたと報告しているところだった。

「どうだった？」

加納が聞いた。驚いてましたよ、と渡会が苦笑しながら答えた。

「そりゃそうでしょう。一年近く関係があった女が殺されたと聞けば、驚くのは当然です」

「前川のアリバイは間違いないのか？」

大崎の質問に、絶対です、とうなずいた。

「会社の同僚などにも確認しましたし、防犯カメラの映像なども見てます。何より、加納さんたちが会ってますからね。時間的に考えても、前川が越谷に行くのは無理なんです」

「犯人について、心当たりはないのか？」

「見当もつかないと。ただ、他にも男がいたのではないか、というようなことを言ってましたね。振られた男の勝手な言い分なのかもしれませんが、出会い系を含め、違う男とも関係を持っていたのではないかと……前川は遠峰良子と不倫関係にあったわけですが、それなりにうまくいっていたと言ってます。そんな自分と突然別れると言い出したのは、他に男がいたからなんじゃないかということですが、どうなんでしょう」

「良子本人に聞かなきゃわからんが、もう何も喋(しゃべ)ってはくれんからな」加納が両手を頭の後ろで組んだ。「どうですかね、室長」

可能性がないとは言えないな、と大崎がうなずいた。

「田村、遠峰良子のパソコンは調べてるのか?」

田村は良子のパソコン、スマホなどのデータ解析作業を進めていた。サイバー犯罪対策課員だった田村にとっては、難しくない仕事だ。

「パソコンのデータは一部消去されていましたが、半分以上を復元することに成功しました。遠峰良子は三つの出会い系サイトに登録しています。ですが、半年以上前から情報は更新されていません。別の男と会っていたというのは、ちょっと考えにくいですね」

「出会い系だけとは限らんがな……他には?」

「スマホの通信記録を調べました。むしろこっちの方が何かありそうです」田村が薄い色が入った眼鏡のつるを直した。「これは本人も認めていることですが、前川は今年の三月まで、一日一回ないし二回、良子のスマホに電話をかけています。前川本人の携帯、もしくは会社などの番号が残っていましたから、これは確かです」

「それはわかってる話だろう」

「そうなんですが、その後も彼女の携帯に無言電話がかかってきていますよね? まだ分析が終わってないんですが、公衆電話や非通知が多いことから、それが無言電話だったと考えられます。その中に、プリペイド電話からの着信が一件ありました」

プリペイド、と顔を上げた大崎が、説明しようとした田村に首を振った。

「それぐらい知ってる。まだあったのか？　とっくになくなったと思っていたが」

プリペイド電話とは、料金先払いによって通話が可能になるシステムだという知識は有梨にもあった。大崎が言う通り、犯罪に利用されるケースが頻発していたことなどから、サービスが中止されたと思っていたが、田村によればキャリア数社が現在も販売しているという。

「それは誰がかけたんだ？　前川か？」

姿勢を変えないまま加納が聞いた。不明です、と田村が答えた。

「プリペイド電話の購入には登録が必要です。前川の名前は全キャリアにありません。もっとも、身分認証はかなりいい加減ですから、他人名義で買ったり、あるいは架空名義の電話を入手することは可能ですが」

「調べられるか？」

「やってはみますが、難しいでしょうね」

「先生は？　何かないのか？」

大崎が顔を向けると、座っていた久美が、印象ですがと口を開いた。

「前川さんに遠峰良子さんが殺されたことを伝えたところ、驚いていました」

「それは聞いた」

そうではなくて、と久美が細い指を重ね合わせた。

「他に男がいるとか、そういう可能性を示唆していましたが、むしろその方が後付けだと感じました。あの男は良子さんが殺されるはずないとわかっていたんです。そんなことはあり得ないと」

そりゃそうだろう、と加納がうなずいた。

「彼女は普通の主婦だ。殺されるほど恨まれていたとは思えない。恨みを持っていたとすれば前川本人だが、奴にはアリバイがある」

困ったような表情で久美が左右を見た。

「わたしが言いたいのは、どうして殺されることがあり得ないと知っていたのか……驚いたのは間違いありません。でも、あんなふうに驚くのはどうなのかと」

よくわからん、と大崎が肩をすくめた。久美自身もはっきりしていないのだろう。違和感がある、としか説明できないようだった。

「前川について、少し突っ込んで調べてみてはどうでしょう」有梨は意見を言った。「埼玉県警にも前川のことは伝えていますが、アリバイがあることから捜査には消極的です。ですが、木下さんが言うように、前川には何かあるように思えます。実行犯ではないのでしょうが、何らかの形で関与していたのかもしれません」

「そうは言うが、遠峰良子殺しに関係していた可能性は考えられんぞ。奴は東京にいたんだ」

「わかってます。本人の周辺だけでも捜査してみてはどうでしょう。何か出てくるかもしれません」

しばらく黙っていた大崎が、慎重にやってくれとだけ言って目をつぶった。不用意に動けばトラブルになりかねないのはその通りだ。了解しました、と答えて有梨はデスクに戻った。

8

状況として、前川は犯罪行為をしていない。別れたいと言った良子に対し、数ヵ月間電話をかけ続けたことは認めているが、通話記録からもわかるように一日一回程度だった。

微妙なところだが、そのレベルでストーキングと見なすのは難しいだろう。三月の終わりに止めていることも含め、どういう形でも事情を本人に直接確認するわけにはいかなかった。ストーカー犯罪の難しさは、民事不介入の原則に抵触する可能性が常にあることだ。

会社関係、友人などに話を聞いたが、これといった情報は浮かんでこなかった。前川は妻子に対しても優しく、社内での評判もいい、平凡なサラリーマンだった。

どうして出会い系サイトに入り込み、遠峰良子と不倫関係になったのかがむしろ不思議なくらいだったが、男女の仲は理屈だけでは説明できないだろう。

だが、自宅周辺で聞き込みを続けていた渡会が、前川の不審な行動について情報を入手した。自宅近くにあるコンビニから、毎週日曜日に宅配便を出していたという。

「毎週？」

大崎の問いに、渡会がメモを開いた。

「そりゃ宅配便ぐらい出すでしょうが、毎週日曜っていうのはどうですかね。商売でもしてるんなら話は別ですが、奴はサラリーマンです。店員の話では、少なくともここ二カ月ほど続いています。妙じゃないですか？」

話を聞きながら、変ですねと有梨はうなずいた。副業でもしていない限り、毎週定期的に宅配便を出す一般市民は考えにくい。

「コンビニがひと月分の伝票を保管していました」渡会が数枚の送り状のコピーを内ポケットから出してテーブルに並べた。「この四週分の伝票をすべて調べました。日曜日とわかっていたし、時間も打ち込まれています。そんなに難しいことじゃありませんでした。前川が出していたのはこの四枚です」

名前が違うぞ、と加納が横から手を伸ばした。

「前川じゃない。四枚ともばらばらだ」

でも、受取人は同じです、と有梨は名前を指さした。

「新井春彦、練馬区上石神井——」

筆跡も同じに見える、と大崎が言った。

「渡会の言う通りだ。この四枚の伝票は同一人物が書いている。前川か？」

「間違いないでしょう。前川本人の筆跡と比較すれば、答えはすぐ出ます。本人に提出させるわけにはいかないでしょうけどね」

「この新井という男とはどういう関係だ？」

不明です、と渡会が首を振った。

「伝票に書いてあった番号に電話したところ、この住所は間違いなく新井本人の自宅でした。声でしかわかりませんが、おそらく四十代でしょう。勤務先は練馬区内のスポーツ用品店で、大東通商とは関係ありません。前川との接点はなさそうですね」

どうやって聞き出したんだ、と大崎が額を指でこすった。そこは、と渡会が苦笑した。

「警察だと言わなかっただけです。深く突っ込まないでください」

「まあいいだろう……しかし、前川は毎週何を送り付けていたんだ？」

「それは聞けませんよ。どうします？」

「加納、白井と一緒に行ってくれ。新井に直接聞くしかない」

それしかなさそうですね、と加納がうなずいた。連絡してみます、と有梨は受話器を取り上げた。

午後二時を回ったところだった。

9

新井に電話を入れると、すぐにアポが取れた。待ち合わせた上石神井駅前の喫茶店で、有梨は窓際の席に座った。大崎からの電話を受けた加納が店の外で話していた。

有梨はバッグからセーラムライトを取り出して、一本くわえた。めったに吸わないが、緊張している時はどうしても手が伸びてしまう。

火をつけて一服吸うと、気分が落ち着いた。窓の向こうでは、加納がガードレールに腰を下ろして何か話していた。

スマホが鳴った。メール。

『煙草は体によくない　S』

辺りを見回した。数組の客がいる。スーツを着たサラリーマンや、普段着姿の主婦たちだ。楽しそうに話している。彼らではない。

コーヒーを運んできた店員と目が合った。この男でもない。奥にアルバイトらしい女性店員もいたが、それも違う。

では加納だろうか。窓の外を見ると、左手はスマホを持ったままで、右手はジャケットのポケットに突っ込まれていた。メールを打てるとは思えない。

誰なのか、と思わず立ち上がった。誰がメールを送ってるのか。苛立ちがあった。

この半年、ほぼ毎日のようにSからメールが届いていた。最初の頃、数回返事を送り、誰なのかと聞いたが答えはなかった。

誰であるにせよ、どうやって自分を見ているのか。行動を把握しているのか。過去にも、喫煙を咎めるようなメールが入っていたが、煙草に火をつけるのと同時にメールが来るようなことはなかった。

偶然なのか。そんなことがあるだろうか。座り直してもう一度周りを見たが、誰も有梨に視線を向けてはいなかった。

戻ってきた加納が、大崎の電話の内容を話した。筆跡鑑定の結果、コンビニで見つかった四枚の伝票は同一人物が書いたものだとわかったという。

問題は前川が書いたかどうかだと加納が言った時、店の扉が開いて男が入ってきた。辺りを見回している不安そうな顔に、新井さんと呼びかけると、無言のまま腰を下ろした男がコーヒーをくださいと注文して二人を見つめた。

「新井春彦です。あなたは……」

「警視庁の加納です。こちらは白井、ストーカー犯罪対策室の刑事です」

ため息をついた新井が、天井に視線を向けた。

「私の自宅に宅配便が届いているのは事実です。ですが、どうしてそれをご存じなんですか?」

新井の顔に目をやりながら、四十代前半だろうと有梨は見当をつけた。スポーツ用品店の販売員ということだが、薄手のジャンパーにニットのスラックスというラフな格好だ。前川と関係があるとは考えにくかった。

まだオープンにできない部分がありまして、と加納が常套句を口にした。

「詳しく話していただけますか? 毎週送られてくる宅配便には何が入っているんです?」

困ってるんですよ、と運ばれてきたコーヒーに新井が口をつけた。

「馬鹿なイタズラなんですが、神経に障(さわ)ります。かといって警察に届けるほどのことでもないだろうし、どうしたものかと思ってました」

「宅配便には何が？」

「手紙とも言えないのですが、死ねとか、もっと汚い言葉が……」Ａ４サイズの紙が一枚入ってるんです、と新井が答えた。「後は本当に馬鹿らしいといいますか、要するにゴミです。それこそ吸い殻とか、何かの包装紙とか……丸めたティッシュとか、新聞や雑誌を破った紙なんかが入っていたこともあります。その辺に落ちているようなゴミですよ」

「いったい誰が？　心当たりはありますか？」

「そんな子供じみたイタズラをするような人間は周囲にいません。私は町のスポーツ用品店で働いているだけの人間で、従業員はバイトを含めて十人ほどですが、彼らともうまくやってるつもりです。少なくとも積極的に嫌われてるとか、そんなことはないと思っています」

「今ということではなく、過去に何かありませんでしたか？　恨みを買うような、そんなことは？」

「今の仕事を二十年ほど続けています」四十四になりました、と新井が腕組みをした。「学生時代はともかく、社会人になってから他人と争った覚えはありません。友達とケンカしたとか、そんなのは高校ぐらいまでですよ。二十五、六年も昔です。その時のことを未だに引きずっている人間なんて、考えられませんね」

女性関係はどうでしょう、と有梨は上半身を屈(かが)めるようにした。

「指輪をされていますから、ご結婚しているということなんでしょうけど、例えば浮気とかそういうトラブルが過去にありませんでしたか？」

　刑事さんっていうのは容赦ないんですね、と新井が苦笑した。

「誓ってもいいですが、結婚してから他の女性とどうのこうのなんてことはありません。嘘じゃないですよ。女房が初めての相手ってわけでもないですが、それまでつきあっていた女性たちとは切れています」

「ご結婚はいつ？」

「八年前ですね。一年ほどつきあって結婚しました。それまで七、八人と交際したことがあったと思いますが、別れ話で揉めたりしたことはありませんよ。女を泣かせるような男に見えますか？」

　そこは何とも、と加納が顔をしかめた。言い切れるわけではないが、新井はそういうタイプに見えなかった。実直そうな男だ。

「客商売です。こっちにそんなつもりがなくても、お客さんが不愉快に思ってしまうことはあるかもしれません」新井がまたコーヒーを飲んだ。「何か失礼があって恨まれてるのかと思って放っておいたのですが、まずかったですかね？　警察に相談するべきでしたか？　だけど、どこへ行ったらいいのかもわからなくて……」

　戸惑ったように首を振った。客ではない、と有梨は両手を重ねた。宅配便を出したのは間違いなく前川だ。

　だが、何のためなのか。前川と新井を繋ぐ線があるとは考えにくかった。年齢も生活環境も違う。仕事の面でも接点はないだろう。顔も知らないのではないか。では、なぜ嫌がらせを繰り返すのか。

　加納と視線が合った。同じことを考えているのだろう。愚痴を言い続ける新井の声が、頭の上を通り過ぎていった。

10

店を出たのは午後六時だった。署に戻る前に何か食べていかないかと加納に誘われ、西武(せいぶ)新宿駅まで出てチェーン店の中華料理屋に入った。

適当に何品かオーダーした加納が、どう思う、と椅子に深く腰掛けながら言った。前川が良子さんを殺していないのは確かです、と有梨は周囲に聞こえないように声を潜(ひそ)めた。

「アリバイは確実です。少なくとも、自ら手を下すのは不可能でしょう」

「そうだな」

「ですが、前川が新井さんに対して嫌がらせの宅配便を送り続けているのも事実です。調べてはいませんが、二人に直接の関係はないように思えます」

おれもそう思う、と加納が運ばれてきたビールに口をつけた。まだ勤務中だが、後は署に戻って報告するだけだ。個人の裁量範囲だろう。

「無関係の他人に嫌がらせを続けています。しかも二カ月以上です。何のためでしょうか?」

わからんね、と割り箸(ばし)を二つに割った加納が目の前の焼きそばを皿に取り分けた。

「食べよう。遠慮するな……それもわからんが、遠峰良子を殺害した犯人のこともある。前川でなければ、いったい誰が殺したんだ?」

食べながら話すことじゃないな、と苦笑した。そうですね、と有梨は乱暴に置かれた餃子(ぎょうざ)を小皿に取った。潔癖性というわけではないが、加納が直箸で取った焼きそばは食べにくい。

この半年の間に、何度か加納と二人で食事をすることがあったが、いつもそうだった。自分とは距離感が合わないと思っていた。

「話題を変えよう。どうなんだ、最近は」加納が口元をナプキンで拭った。「忙しいのか？」

「まあまあです」

「別に根掘り葉掘り聞きたいわけじゃない。そんなに構えるなよ。君はプライベートな話をあまりしないが、隠し事でもあるのか？　彼氏とかは？」

「ぼちぼちです」

口調が硬くなっているのが自分でもわかった。うまく言葉が返せないのはいつものことだ。世間話が苦手だし、個人的な話をするのが下手だと自覚していた。

大崎を始め、ＳＣＳの他のメンバーとも個人的な話はほとんどしたことがなかった。協調性が欠如していると指摘されるのは、学生時代を通じて変わっていない。

鼻白んだ加納が、野菜炒めをおかずにチャーハンを大きな口にほうり込んだ。百八十センチ百キロの巨漢で、見た目通りの大食漢だ。あっという間に皿が空になった。対照的に有梨は食が細く、食べるスピードは加納と比較にならないほど遅かった。

君とは三年前に一度飲んでる、と唐突に加納が言った。

「浅倉(あさくら)という女性警官がいただろう。君の同期だ」

「彼女のことは覚えてます」

「一時期、あの子とつきあっていた」

知りませんでした、と有梨は箸を置いた。

「そうだったんですか？　いつ頃の話です？」

「さあな。別れたのはいつだったか……」

ビールを一気に飲み干した加納が、聞きたいかと目を細くした。どうでしょう、とつぶやいた手元でスマホが鳴った。メール。すみません、とひと言断って画面を開いた。

『彼には近づくな　S』

「どうした？」

「いえ、ちょっと……署からです。そろそろ戻った方がいいかと……」

化粧を直してきますと言ってトイレの個室に入り、もう一度メールを確認した。

彼とは、加納のことだろうか。だとしたら、一緒に食事していることを、どうやってSは知ったのか。

何か食べていこうと誘ったのは加納だが、最初からそのつもりだったとは思えない。新井に話を聞く時間は読めなかったし、署に戻ることもわかっていた。

新井の事情聴取が早く終わったから、食事をしていく流れになっただけだ。自分も加納も考えていなかった。にもかかわらず、行動を把握されている。尾行されていたのか。

考えられない。上石神井の駅から同じ電車に乗っていなければ不可能だし、もしそうだったとすれば、自分なり加納なりが気づいただろう。二人とも刑事なのだ。不審人物が近くにいれば、少なくともどちらかはわかったはずだ。

それとも、加納がSなのか。だが、会話をしていた。食事中、加納の手はテーブルの上に出ていた。メールの文章など打てるはずがない。

いや、メールが来た時、加納は食事を終えていたかもしれない。手はどこにあっただろうか。

Sからのメールが届くようになったのは今年の一月からだ。半年が経っている。毎回フリーアドレスからで、同じアドレスから送られてきたことは一度もない。

脅されたり、猥褻な文章や写真が届いたこともなかった。ただメールを送ってくるだけだ。

最初は悪戯の一種だろうと考えていた。おはようやお休みだけを言ってくる時期もあった。

だが、最近は明らかに自分の行動を監視しているとしか思えない。目的は何か。正体は――

手の中でスマホが鳴り、取り落としそうになった。心臓を冷たい手で摑まれているような感覚。

「もしもし？」

「大崎だ。今どこにいる？」

「新宿です。ちょっと食事を……」

「急いでるわけじゃないが、どれぐらいで戻ってくる？　こっちも何か食おうかって話になってな」

「もう出るところです。三、四十分で戻れると思いますが」

わかった、という声と共に通話が切れた。何かに怯えている自分に気づいて、有梨はかすかに肩を震わせた。

11

警視庁と埼玉県警の合意があり、変則的な形だがＳＣＳも捜査に加わることになった。

これまでの経緯もあり、任意で提出させた前川の自宅及び会社のパソコンを田村が調べていたが、事件から二日が経過した午前中の会議で、不審な点は発見されなかったと報告した。データを削除している可能性が強いという。それが事実なら、やはり前川に嫌疑がかかるのはやむを得ないと有梨は思った。

「前川について、会社の同僚などに話を聞きました」立ち上がった真由がメモに目をやった。「挙動不審な様子はなかったそうです。仕事も普通にこなしていますし、食事や酒の席でもおかしなところはなかったと。もちろん、休日をどう過ごしていたかはわかりませんが、特に動きはなかったようですね」

誰かと連絡を取っていた形跡は、と大崎が顔を上げた。

「電話でもメールでも何でもいいが、そういうことはなかったのか」

「会社の人間は気づかなかったと言ってます。ただ後輩の社員が、前川が携帯電話を二台持っているのを見たような気がすると話していました」

事実でしょうか、と田村が舌の先を僅かに出した。

「各携帯電話会社に確認しましたが、前川伸也名義で契約している電話は一台だけです。妻や他人名義で契約しているとは考えにくいですね。二台持っていたというのは本当なんですか？」

はっきりしない、と真由が苦笑した。

「証言した後輩も、型が違っていたような気がすると言ってるだけで、絶対とは言い切れないって」

プリペイド携帯ではないでしょうか、と久美が落ち着いた声で言った。

「わたしも持っています。海外旅行をした時に買ったんですけど」

「遠峰さんの携帯にかかってきた電話の中に、プリペイド携帯と思われる番号がありましたね」田村がタブレットを開いた。「一件、通話記録が残っています。前川が購入したプリペイド携帯の履歴ということでしょうか」

「確認できないのか？」

「架空名義で入手していたなら、ちょっと難しいですね。いわゆる飛ばしのプリペイド携帯を買っているのだとしたら、前川の名前は記録に残りません」

「前川には確認したのか？」

まだです、と有梨は答えた。何の証拠もないのに、プリペイド携帯の話をしても否定されるだけだろう。今の段階で、強制的に本人の所持品を調べるわけにはいかない。

この二ヵ月ほど、遠峰良子の携帯電話に一日一、二回の割合で無言電話がかかってきたことは、本人から訴えがあった通りだ。否定しているが、やはり前川がかけたのではないか。

前川本人の携帯、自宅、会社などの電話が使用されていたわけではないが、可能性として不正に架空名義の飛ばし携帯などを入手し、それを利用してかけていたということはあり得る。

ただ、その中にプリペイド携帯を使ってかかってきた電話が一度だけあった。その意味が有梨にはわからなかった。どう考えるべきなのか。

その電話をかけたのが前川だとして、何のために架空名義の電話機以外にプリペイド携帯を入手したのだろう。遠峰良子に悪戯電話をかけるためなら、架空名義の電話があればそれで十分だったはずだ。

他のメンバーも同じ疑問を持ったようだが、答えを出せないでいるのが表情からわかった。どうなってるんだ、と首を捻（ひね）った大崎の前で、加納が報告書をテーブルに載せた。

「もうひとつ報告があります。科捜研から新井春彦宛てに届けられた宅配便の伝票について、筆跡鑑定の結果が来ました。九〇パーセント以上の精度で、伝票を書いたのは前川です。ただし、指紋等は検出されていません。ご存じの通り、筆跡は確実な証拠にならない場合が多いですから、これだけで前川が書いたと断言するわけにはいきませんが、かなり臭いですね」

「どうするかな。八方塞がりだ」

大崎が唸った。前川はプリペイド携帯を持ち歩いていると思います、と有梨は手を挙げた。

「会社や自宅には置いていないでしょう。だとすれば持ち歩くしかありません。重いわけでもないですし、カバンの奥かスーツの内ポケットにでも入れておけば、誰にも気づかれません」

証拠も令状もなしに、奴の身の回りを調べることはできん、と大崎が苦笑した。

「それに、とっくにプリペイド携帯を処分しているかもしれない。遠峰良子にかかってきているプリペイド携帯の持ち主が自分だとわかってはまずいと考え、どこかに捨てたかも――」

「確かめてみませんか。やはり前川が良子さん殺しに関与していると思います」何のためにプリペイド携帯を入手したのかを調べるべきです、と有梨は言った。「前川が何をしていたのか、考えられることがあります。それを裏付けるためには、本人が使用していた事実を証明するしかありません。揺さぶりをかけてみましょう」

立ち上がって、ホワイトボードにプリペイド携帯と宅配便と書いた。説明してくれ、と大崎が言った。

12

加納が連絡を入れ、その日の夜に新品川署のＳＣＳで前川から事情を聞くことになった。午後八時、疲れた顔で入ってきた前川が、テーブルを挟んで向かい側に座っている有梨を見つめた。斜め後ろに加納が控えている。

「今度は何です？　全部話したつもりなんですがね」

しかめ面でそう言った前川にお茶を勧めて、任意の事情聴取ですと有梨は微笑（ほほえ）みかけた。いったい何がしたいんだ、というように前川が天井に目を向けた。

「遠峰さんの話はもういいじゃないですか。殺されたのはあなたたちからも聞いたし、テレビのニュースでも見ました。まったくの他人ってわけじゃない。かわいそうに、と思ってますよ。不倫でも何でも、交際していたのは事実ですからね。だけど、とっくに別れてる。向こうが私を捨てたんだ。連絡だって取っていない。どういう関係があると？　私は何もしてませんよ」

あなたにはアリバイがあります、と有梨はうなずいた。

「それは確認済みです。あなたは遠峰さんを殺していません」

「そうですよ、私にはできない。そんなことするわけないじゃないですか」

「確認だけさせてください。第三者に委託したというような事実はありませんか？」

「誰にです？　暴力団でも雇ったと？　そんな知り合いはいませんよ」唇の端を上げて笑った前川が横を向いた。「それに、そんなことを頼んだら大変な額の金を取られるでしょう。そもそも、人殺しに手を貸すような人間がいると思いますか？　誰も請け負ったりしませんよ。リスクが高過ぎます」

「考えにくいのはその通りです」

「だったらもういいじゃありませんか。知ってることは全部話しましたよ。私が彼女と連絡を取っていたのは、せいぜい三月ぐらいまでで、それ以降は一切接触していないんだ」

「今日お伺いしたかったのは、遠峰良子さんにかかってきていた無言電話についてです」

有梨は写真をテーブルに載せた。良子が使っていた携帯電話が写っていた。

「見覚えありますか？」

「そうですね……彼女の携帯のような気がします」

「あなたは三ヵ月前まで、彼女に復縁を迫る電話をかけていましたね？」

「その話はしたじゃないですか。反省しています。でも、とっくに諦めてました。彼女は電話に出なくなったんです。どうしようもないでしょう」

「本当にこの二ヵ月、あなたは遠峰さんに悪戯電話をかけていませんか？」

「くどいな。そんなことはしていないと何度言えばいいんです？」

前川が大きく息を吸い込んだ。ではもうひとつ、重要な話をしましょう、と有梨は体を前に傾けた。

「新井春彦さんという男性に送られていた、宅配便伝票の筆跡を調べました。書いたのはあなたですね？」

断定できないとわかっていて、あえて正面から切り込んだ。身を乗り出した加納が、怯えた表情を浮かべた前川に、少なくとも書類送検レベルの問題になるでしょうと顔を近づけた。

「会社にも伝える必要が出てくるかもしれません。脅すつもりはありませんが、奥さんにも」

もちろん、これはブラフだ。ゴミを入れた封筒や段ボール箱を毎週のように送り付けていたことは、悪戯電話と同様に都条例が定める迷惑行為と考えられなくもない。だが、だからといってイコール犯罪と言えないこともわかっていた。

この程度で犯罪として立件すれば、警察はもちろん検察がパンクする。どんな検事でも、せいぜい書類送検止まりだ。起訴などあり得ない。

当然だが、その事実を会社や家庭に伝えるようなことも絶対にない。仮に書類送検まで持ち込めたとしても、そんなことは許されないだろう。

揺さぶりをかけると言ったのはこれだった。誘導尋問とも考えられるし、事実を曲解して話している以上、警察官としてはルール違反だが、必要があると有梨は考えていた。まだ前川がプリペイド携帯を処分していない可能性がある今しかチャンスはないという有梨の意見に、大崎も渋々ながら同意していた。

前川には警察に話していないことがある。プリペイド携帯を入手し、使用していた理由について、有梨は見当がついていたが、本人が認めなければどうにもならない。

前川の目がわかりやすく泳いでいた。挙動がおかしい。畳みかけるなら今だ。

「わたしたちはあなたがプリペイド携帯を入手したと考えています」有梨はテーブルに手を載せた。「おそらくは不正な手段で。重要なのは、何のためにそんなことをしたのかということです」

そんなもの持ってませんよ、と前川が顔をしかめた。

「何の話です？」

「あなたはこの二カ月、遠峰さんとは接触していないとおっしゃいましたが、それは事実ですか？一度だけ、プリペイド携帯から彼女に連絡を取っていませんか？」

「そんなことはしていません」

しているはずです、と有梨はテーブルを指で弾いた。

「わからないのは、なぜそんなことをしたかです。今後、警察は徹底的にプリペイド携帯について調べますよ。不正入手した電話を使って悪戯電話をかけていたとわかれば都の条例違反になりますし、軽犯罪法に抵触する可能性もあります。正直に話していただければ不問に付しますが、事実を隠していたとなればそうはいきません」

「私は……そんなことしてませんよ」

「どうなんでしょうか、加納巡査長」有梨はテーブルから離れて、加納の方を向いた。「このような場合、警察としてはどのような対処を？」

ケースバイケースだ、と加納が答えた。

「必要があると判断されれば、会社や配偶者に事実を伝えるかもしれない。強硬に否定されれば、関係者の協力を仰ぐ必要も出てくるだろう。我々もそこまでしたいわけではないが、微罪でも犯罪は犯罪だ。逮捕状の請求も可能だろう」

すべてを話すべきではありませんか、と有梨は向き直った。

「今なら間に合います。警察もあなたを逮捕したいわけではありません。プリペイド携帯を使って悪戯電話をかけていたとしても、それについての処分は考えていません。ですが、遠峰さんの事件は違います。彼女は殺されているんです。犯人をかばうようなことをすれば――」

「犯人蔵匿罪で二年以下の懲役、もしくは二十万円以下の罰金に処せられる」証拠を隠滅した場合も同様だ、と加納が一気に言った。「隠していることがあったら話した方がいい。我々はあなたが何のためにプリペイド携帯を入手したのかわかっていないが、トラブルを避けたいのならすべてを話すべきだろう」

「……一度だけです」前川が足元に置いていたカバンを開いた。「これを使って遠峰さんに電話をしたのは一度だけで、後にも先にもそれっきりです」

カバンから取り出したのは一台の携帯電話だった。有梨は本体に直接印字されているロゴを確認した。プリペイド携帯だ。

「どうやってこれを入手したんですか？」

「教えられたサイトで……インターネットのサイトに、架空名義でプリペイド携帯を売っているところがあって、金を払えば買えるんです」

「誰に教えられたんです？　購入した目的を話してください」

有梨はテーブルを強く叩いた。観念したように、前川が頭を抱えて呻き声をあげた。

「連絡用に買っておいた方がいいと」ほとんど聞き取れない声で言った。「自分の携帯電話だと、何かあった時にメールのやり取りがばれたらまずいからと言われて……」

「誰にそう言われたんです？」

わかりません、と前川が首を振った。

「名前も、顔も……知らないんです。ハンドルネームしかわからないんだ」

「ハンドルネーム？」

本当に知らないんです。と言った前川の両眼から涙が溢れた。

「知らないんだ。何も……たぶん女なんでしょうけど、それだってはっきりしません。年齢も仕事も、何もわからないんです」

「落ち着いてください。冷静に」

立ち上がった加納が、そっと前川の背中に触れた。口調が柔らかくなっていた。

「最初から伺います。どこの誰かまったくわからないその人物と、あなたはどこで知り合ったんですか？」

「……インターネットのリベンジサイトです」額を押さえた前川が声を絞り出した。「サイト名も覚えていないんですが、黒の仕事人とか仕掛人とか、そんな名前だったと思います。私は良子さんを恨んでいました。積極的だったのはあの女の方なんだ。それを今になって……」

「遠峰さんを恨んでいたわけですね？　あなたは彼女に電話をかけ続けていた。それでも気持ちが収まらなかった？」

そうです、と鼻をすすりながら前川が答えた。

「でも、それ以上どうすることもできなくて……下手なことをすれば、私の家庭にも問題が起きます。それは本意じゃなかった。そのリベンジサイトには掲示板があって、そこに彼女についての恨みを書き連ねていました。実名や住所、電話番号なんかを書いてもすぐに削除されますが、どんなに腹が立ったか、殺してやりたいとか、そんなことを書くのは自由だったんです」

「書き込みを続けていた？」

あの女が悪いんだ、と前川が激しく頭を掻き毟（むし）った。

「私にあんな……あんな酷（ひど）い仕打ちをするから、こんなことに――」

全部話してください、と有梨はその腕を掴んだ。

「重要なことです。そこで何があったんです？」

「掲示板のコメント欄に、ヘイトレッドというハンドルネームでコメントが遺（のこ）されていたんです。何度かやり取りをしていたら、復讐しませんかと書き込みが――」

「復讐、ですか？」

穏やかじゃないな、と加納が唸った。続けてください、と有梨は先を促した。

「私が遠峰さんに抱いているのと同じように、自分にも恨んでいる相手がいると書いてあって」前川が虚（うつ）ろな表情で言った。「殺すとか、そういうことではなく、それぞれの相手に嫌がらせをしないかという提案でした。私が遠峰さんに直接何かすれば、いずれは私が犯人だとわかってしまうでしょう。そんなことは望んでいません。警察なんかに関わりあいたくないですよ」

「それで？」

お互いに相手を交換しないかっていうのは、向こうが言い出したことなんだ。と前川が両手で顔を覆った。

「私じゃない。ヘイトレッドが遠峰良子に、私が新井春彦という男に、それぞれ何らかの手段で嫌がらせをしてはどうかというんです。私とヘイトレッドはまったくの無関係な他人で、私もハンドルネームを使っていましたから、名前さえもわかりません。お互いにアリバイがある時間を伝えて、その時間に嫌がらせをすれば、誰の仕業かわからないだろうと言われて……」

交換ストーカーか、と加納がつぶやいた。やはりそうだったんですね、と有梨はうなずいた。

ぼんやりとだが、想像していた通りだった。過去にいくつか事例があると聞いていたが、自分が担当するのは初めてだ。

「あなたは何と答えたんです？」

取り合いませんでした、と前川がうつむいた。

「そんなこと、できるわけないじゃないですか。だけど、向こうがどんどん話を進めていって、まず新井という男の情報を教えてきたんです。本当なのかと思ったんですが、書いてあった番号に電話すると、本人だとわかって……押し切られるように、私も遠峰さんの個人情報を教えました」

「自宅の住所、連絡先などですね？」

そうです、と前川が力無くうなずいた。

「遠峰さんと私は、それぞれ携帯番号や勤務先、自宅などのことは教え合っていましたから、それをヘイトレッドに伝えただけなんです。一ヵ月ほど経った頃、あいつが遠峰さんに無言電話をかけているると言ってきました。私にも新井という男に対して何かしろと言われて……」

「それで、宅配便でゴミを送った？」

他に何も思いつかなかったんだ、と前川が救いを求めるように左右を見た。

「電話なんかしたくなかった。ばれたらまずいと思ったんです。だけどヘイトレッドは、どんなことをするつもりなのか、何をしたのかって毎日のように聞いてくる。その頃には、命じられた通りにプリペイドの携帯電話を手に入れていましたから、リベンジサイトとは関係なく、互いのメール機能で状況を伝えあっていたんです」

「ヘイトレッドというその人物は、新井さんにどんな恨みを抱いていたんですか？」

「それはわかりません。私のように何か書き残していたわけでもなくて、勝手にコメントしてきただけですから……ただ、新井さんは男性ですから、女性なんだろうなと見当はつきました。恋愛絡みのトラブルだというのは、メールの端々(はしばし)から伝わってきていました。どうしてなのかと聞いたこともありますが、それに返事はありませんでした」

「それで？」

「新井さんという人について、私は何も知りません。名前と住所はわかってましたけど、それ以外は何も……縁もゆかりもない人に、酷いことはできませんよ。適当にお茶を濁すというか、週に一度宅配便でゴミを送り付けて、それでいいだろうと考えていました。ヘイトレッドに対しての義務は果たしていると」

「ヘイトレッドが遠峰さんに何をしていたかは聞いてましたか？」

「聞きましたけど、はっきりとは教えてくれませんでした。無言電話を繰り返してると、最初の頃言ってたのは確かです。ただ、どんどんエスカレートしてるんじゃないかと思えてなりませんでした。私がどんなことをしているかしつこく聞いて、自分は毎日遠峰さんにいろんなことをしているのだから、そっちももっとやれと脅されて……怖くなったんです。プリペイド携帯で一度だけ遠峰さんに連絡を入れたのはそのためでした。何をされているか確かめたかったんですけど、彼女は出なくて……」

それもまた、有梨が予想していた通りの答えだった。前川には家族もいる。遠峰良子を深追いすることはできなかっただろう。

「では、ヘイトレッドが何をしていたかはわからない？」

「遠峰さん本人ではなくご主人の会社に、ご主人が部下の女性にセクハラをしているという手紙を送ったり、周囲の人間を巻き込むようなことをしていると言ってましたが、それ以上詳しいことはわかりません。何というか、常軌を逸しているような感じがして……メールもしょっちゅう来てましたけど、怖くて開けられませんでした」

「あなたが新井さんにしたのは、ゴミなどを送り付けただけですか？」

そうですよ、と悲鳴をあげた前川がテーブルに突っ伏した。嗚咽がしばらく続いた。

「怖かったんだ……怖かったんです。私はその新井さんという人のことを何も知らない。何歳で何をしている人なのかも知らなかった。そんな人に何をしろと？　傷つけたり、そんなことをするつもりはなかった。ヘイトレッドに対して何をしたかも知りません。だから、不愉快な思いをさせればそれでいいだろうと……」

道義的に間違っていますよ、と加納が冷たい口調で言った。

「どういう意図があったにせよ、してはならないことだ。あなたは常識ある社会人なのに、それもわからなくなっていたのか？」

「あの女に脅かされたんです。本当だ、嘘じゃない」顔を上げた前川の両頬が涙で汚れていた。

「自分は遠峰良子に嫌がらせを続けている、そっちはどうなのか、約束が違うと……何もしないのなら、次はお前だと言われて従っただけなんです。本当に悪かったと思ってます。勘弁してください」

「そのヘイトレッドが遠峰さんを殺害した可能性が高い」加納が指でテーブルを規則的に叩いた。「確かに女性のように思えますが、どうなんです？　殺したというようなメールを送ってきてはいませんか？」

「そんなことは何も……」前川が虚ろな目で辺りを見回した。「本当だ。本当なんです。この一週間ほど、連絡はありません。こちらからメールしたことは一度もなかったんです。それ以上のことは何も知りません。たぶん、住所は木場（きば）とかその辺りだと思います。そんなようなことを書いてきたことがあったのを覚えています」

「過去のメールを見せてください」

有梨は手を伸ばした。それが、とプリペイド携帯を押しやった前川が呻いた。

「メールは毎回削除していて……残しておくのが怖かったんです。私は……怖くて」

田村を呼んでくれ、と加納が言った。消去したメールの復元は、専門家の田村しか対処できないだろう。有梨は内線電話のボタンを押した。

13

数時間後、メールの復元作業をしていた田村から、難航しているという連絡があった。前川が使っていたプリペイド携帯のメールからでは、送受信記録を追跡（トレース）できないという。

サーバーそのものを調べれば記録が残っているかもしれないが、海外を経由しているとすれば、完全に復元するには時間がかかるというのもやむを得なかった。

「前川が言っていたリベンジサイトについてですが、本人の記憶にあった〝黒の仕掛人〟というワードを頼りに調べてみました」田村がプリントアウトした紙をデスクに並べた。「おそらく、ここにある〝ブラック・バスターズ〟というサイトだと思われます。ですが、サイトそのものがクローズしていました。こちらは間違いなくサーバーが海外にあります。これ以上は時間をかけないと、調べようがないですね」

ヘイトレッドとかいうその人物はメールを使っていたわけだろう、と大崎が顔を上げた。

「そのアドレスは残ってないのか?」

「全部、前川自身が消去しています。よほど怖かったんでしょう。嘘ではなさそうです」

「どうなんだ、やはりそのヘイトレッドを名乗る人物が、遠峰良子を殺害したのか?」

大崎の問いに、その可能性が高いでしょう、と有梨はうなずいた。

「遠峰さんのご主人に確認したところ、良子さんには話していなかったそうですが、会社宛てに汚物の入ったビニール袋が送られてきたり、総務部宛てにセクハラ行為や横領しているというような中傷メールが何度も送られてきたと言ってます。ご主人は法務担当の人間と、警察に相談するべきかどうか検討していたということなんですが」

ヘイトレッドがしていたんでしょう、と立ち上がった加納が有梨の横に並んだ。

「遠峰良子と夫についての情報は、前川が教えていますからね。何だってできたはずです」

「ご主人に聞いたところ、仕事、プライベートを含め、他人に恨まれる覚えはないと言っています」有梨は説明を続けた。「加納さんの言う通り、本人ではなく奥さんに対する恨みがご主人に向かったと思われます」

どうやってそのヘイトレッドを探せばいいんだ、と大崎が両手を広げた。

「メールアドレスも電話番号もわからん。サーバーを調べるっていうのは骨だぞ。最近の犯罪者は海外サーバーを二重三重に経由しているから、本人まで手が届かない場合も多い。むしろリベンジサイトの方が調べやすいんじゃないか？　そっちはどうなってる」

今のところ収穫ゼロですと田村が答えた時、真由と渡会が入ってきた。二人は新井春彦に事情を確認していた。

どうだったと大崎が聞くと、いくつかわかったことがあります、と座りながら渡会がメモを開いた。

「恨まれるようなトラブルはなかったと、新井さん本人は断言しています。現在のスポーツ用品店に入社後、あるいは学生時代まで遡って調べましたが、そもそも問題を起こすような人間じゃないんです」

普通の男だよね、と真由がうなずいた。

「もちろん、小さな揉め事や諍いなんかはあったでしょうけど、深刻な問題になったケースはないと思います。そういうタイプじゃないんです」

女性関係はどうでしょう、と有梨は真由に視線を向けた。

「ヘイトレッドが女性というのは、そうなのだろうと思います。新井さんを憎んでいた女性はいないんですか？　あるいは恨みを買うようなトラブルは？」

真っ先に聞いた、と真由が鼻をすすった。

「女が恨むのは、やっぱり恋愛絡みだからね。新井さんは何人か過去に交際した相手がいる。それは本人も認めてる。一年とか、ある程度長期にわたって関係していた女性は五人だと言っていた。最終的には振られて終わる場合が多かったし、傷ついたのはむしろ自分で、辛い思いをさせたことはないんじゃないかって」

五人全員に振られたんでしょうか、と有梨は尋ねた。

「新井さんの方から別れを切り出したことは一度もない？　あるいは、女性の側から別れ話を持ち出したとしても、本人の気持ちと違っていたようなことはなかったんでしょうか」

そんな感じはしなかったけどな、と渡会が言った。

「どこから見ても、プレイボーイってタイプじゃない。よくない別れ方をした場合もあったかもしれないが、男と女ってそんなもんじゃないか？」

「男の人はそうかもしれませんけど」女性の側は違います、と有梨は首を振った。「別れるに至った本当の理由は、当事者でなければわかりません。自分の方から別れを告げたとしても、本当はもっと違う理由があったのかもしれない。納得して別れたと新井さんは思っていたかもしれませんが、本当にそうなのかどうか……受け取る側の問題なんです。泣き寝入りする女性ばかりじゃありません」

覚えがありそうだな、と渡会が皮肉っぽく言った。

「昔の男との別れ方がよくなかったのか？　辛い別れを経験したとか……」

「一般論です。個人的な意見ではなく――」

そうかな、と渡会が首を傾げた。

「男を取り合ったとか、そういうことはあったんじゃないか？　あるいは、親しい友人の恋人と深い関係になって、その友人とうまくいかなくなったり、男性を奪い合ったりとか……」

わたしは経験ないですけどと苦笑した有梨に、君たちの恋愛観はどうでもいい、と大崎が唇を尖らせた。

「新井という男の過去に何かあったかもしれないというのは、その通りなんじゃないか？　長く交際していた女性は五人だというが、短期間でも深い関係にあった女性がいたかもしれない。全部調べてくれ。恨んでいる女がいる可能性はあるだろう」

今、それをやってますと渡会がうなずいた。

「初恋は中学の頃だったと言ってましたけど、そこから調べた方がいいんですかね？　それとも、この十年ぐらいってことですか？　対象人数はそれなりに多くなると思いますけど」

「仕方ないだろう。手分けして徹底的に当たるしかない」加納が渡会の肩を叩いた。「とりあえず、今わかっている五人について調べよう。渡会、振り分けてくれ。それが一番早そうだ」

片方の眉を上げた渡会が、名前と住所を読み上げ始めた。

14

五人の女性についての調査は、予想より早く終了した。前川の証言から、ヘイトレッドは江東区の近隣区域、少なくとも都内在住である公算が高いと考えられたが、五人のうち四人がその範囲内に住んでいないことが判明したのだ。三人は東京都内にすら住んでいなかった。

念のため、八王子(はちおうじ)に住居を持つ大学時代に交際していた女性と、江戸川区に住むＯＬを当たったが、すぐにアリバイが証明された。その五人の中にヘイトレッドはいなかった。

その間、有梨は久美と共に新井の過去を辿(たど)っていた。結婚後、浮気などは一切していないという。

それ以前となると、交際していたと言い切れるのはやはり五人だけだった。

ただ、短期間ではあるが、関係を持っていた女性が数人いた。大学時代には一晩だけの関係という場合もあったようだ。全員を思い出すことはできなかったが、新たに三人の名前が浮かんだ。

新井はその三人について、連絡先などを把握していなかった。そのため多少時間がかかったが、大学の同窓生、サークルの先輩後輩などに聞き込みをして、名前や現住所が判明した。調査を開始して四日目のことだった。

その三人については全員が都内在住だった。慎重に調べるようにという大崎の指示もあり、アリバイの有無を確認していくと、最終的に一人の女が残った。

中井静江（なかいしずえ）、三十二歳。住所は墨田区で、比較的近い。前川が言っていたヘイトレッドの条件には合っていると言えるだろう。

だが、この時点では容疑者というわけでもなく、参考人とすら呼べない。静江の周辺を調べていったところ、半年前に婚約していた男性と別れていたことがわかった。

元婚約者の西条（さいじょう）という男の勤務先に有梨と真由で出向き、事情を聞くことになった。刑事の訪問に西条は驚きを隠さなかったが、婚約破棄の理由を教えてほしいと言うと、素直に口を開いた。

「中井静江さんとは一年半ぐらい交際していました。友人の紹介です。年齢が同じこともあって、話も合いました。交際して数カ月で、結婚の話も出ていたぐらいです」

「関係はうまくいっていたということでしょうか」

真由の質問に、そうですと西条が答えた。

「では、なぜ婚約を取りやめたんですか？」

「それは……彼女のことを思うと、ちょっと言いづらいんですが」西条が口ごもった。「静江さんから言われました。自分は子供が産めないと」

「……子供が産めない？」

「昔、大学の頃に交際していた男性がいたそうです」そういう話は聞いていました、と西条の視線が逸れた。「ぼくたちも三十を越えてますからね。何もなかったなんてあるはずがない。だからそれは別に構わなかったんですが」

「その男性の名前はわかりますか？」

「聞いてません。かなり年上で、大学のサークルの先輩と言っていたように思います」西条が低い声で言った。「その男も、彼女も不用心だったんでしょう。妊娠してしまった。男の方は社会人で、妊娠したとわかる前に離れていったそうです。彼女は大学生で、子供を産むという選択肢はなかった。どうしようもなく、中絶したそうです」

中絶、と有梨は囁いた。そうなんです、と西条がうなずいた。

「詳しい事情はわかりませんが、処置にミスがあったのか、別に理由があったのか、とにかく子供を産むことができなくなってしまったと……正直、ぼくはそれでもよかったんです。どうしても子供が欲しいってわけじゃなかったんでね。ですが、ぼくの両親が猛反対して、彼女にもそれを伝えました。彼女も納得しています。婚約を解消して、それ以来連絡していません」

「中井静江さんは、それについて何か言ってましたか？」

「いいえ。とても潔いというか、立派だったと思います。すぐに身を引いて、仕方がないとぼくに言ってました。自分が悪いのだからと」

「悪いとは……思いませんけれど」

有梨の言葉に、ぼくもそう思ってますと西条が小さく息を吐いた。

「もう一度確認しますが、中井さんが妊娠した時に交際していた相手の名前はわかりませんか？」

「それは聞きませんでした。聞いてもどうしようもないでしょう？　ただ、ニュアンスですけど、彼女はその男のことを真剣に考えていたようですが、向こうはそうでもなかったのかもしれません」

「なぜそう思われるんですか？」

交際していた期間が短かったと話していました、と西条がうなずいた。

「そういう関係になったのも、彼女の方が望んだことだと」

「中井静江さんについて、ご存じのことがあったら教えていただきたいんですが」

「男運が悪い、というようなことを言ってましたね」幸（さち）が薄い女性だなとは何となく思っていました、と西条がもう一度ため息をついた。「その男と別れてから、何年か男性恐怖症っていうか、男の人が怖くなった時期があったそうです。そんなに積極的な性格でもなかったですから、あまり男性との交際経験はなかったのかもしれません。ぼくも経験豊富ってわけじゃないですから、そんなことは気にしませんでしたけど」

西条の話はそれで終わった。会社を出て近くの駅まで歩きながら、名前は出なかったが、おそらく新井の子供を妊娠したんだろうと真由が言った。そうでしょうね、と有梨はうなずいた。

「はっきりとはわかりませんけど、新井と別れた後、中井静江は幸せな生活を送っていたように思えません」

そうだね、と真由が言った。勤務先の会社では経理を担当しています、と有梨は話を続けた。

「生活も地味だったようです。そんな彼女が、ようやく西条さんという相手と巡り合った。彼女は西条さんを愛していたのでしょう。言う必要はなかったのかもしれませんが、正直に自分の過去を話した。そのために別れることになってしまった」

心のどこかで、ずっと新井のことを恨んでいたんじゃないかなと真由が言った。

「妊娠と中絶は、新井だけの責任じゃないかもしれない。だけど、西条さんを失ったことで、全部新井のせいだと考えるようになった」

それでリベンジサイトに出入りした、と有梨はため息をついた。

「愚痴を言うだけのつもりだったのか、それとも新井に対して復讐を考えていたのか……いずれにしても、そこで前川という男の存在を知った。同じように交際していた相手に恨みを抱いているとわかり、交換ストーキングの話を持ちかけたんですね」

殺意があったかどうかはわからない、と真由が首を振った。

「直接危害を加えようとか、そんなふうには考えていなかったと思うんだけど……やったことといえば、無言電話をしつこくかけ続けたくらいだからね。猫の前足を送り付けたのは、電話だけじゃ良子さんが怯えないと思ったからなのかな。憶測だけど、彼女は良子さん本人より、むしろ夫や肉親に迷惑をかけてやろうと考えていた気がする。女って、そういうところあるでしょ」

「それで埼玉の実家へ行ったんですね。良子さんではなく、母親に対して嫌がらせをしようと……ストーカーにありがちなことです。歪んだ憎悪は本人だけじゃなく、家族にも飛び火します」

「実家の住所は前川を通じて知ったんだろうね。良子さんが実家に帰っていたのは知ってたのかな？　母親に何かしようと考えて、家に侵入した。そこで良子さんと鉢合わせになった。刺してしまったのは事故だったのか……それとも、やっぱり殺意があったのかな。凶器を用意していたのは間違いないからね」

「それは本人に聞いてみないとわからないでしょう」

二人は顔を見合わせて深く息を吐いた。中井静江は殺人という罪を犯した、憎むべき犯罪者だ。だが同じ女性として、心の中にあっただろう憎悪と恨み、そして哀しみは理解できた。それでも、彼女を逮捕しなければならない。それが刑事という仕事だった。

嫌な事件だね、と真由が囁いた。無言で有梨は歩を進めた。駅が近づいてきていた。

15

大崎に報告してから、中井静江が住んでいる墨田区の東向島（ひがしむこうじま）へ向かった。住所は西条が知っていた。同時に、顔写真を借りることもできた。あまり鮮明とは言えなかったが、本人確認のためなら十分だろう。

メールに添付される形で送られてきた静江は、地味な顔立ちの痩せた女だった。どういうシチュエーションで撮影した写真かは不明だが、恥ずかしそうに微笑んでいた。

おとなしそうな女だね、と真由が言った。そうなんでしょう、と有梨はうなずいた。

十数年前、どこにでもいる女子大生だった静江は、今はどこにでもいるようなOLとして暮らしているのだろう。朝起きて、会社に出勤し、黙々と仕事をこなし、終われば帰宅する。それだけの毎日だ。

一人暮らしだと西条は言っていた。自分で夕食を作り、一人で食べ、食器を洗うのか。それからテレビでも見るのか。

友人と電話で話したり、あるいはＬＩＮＥやメールを送り合うこともあるのだろう。読書をしたり、ゲームをすることもあるのかもしれない。入浴をしたり、洗濯などいくらかの家事をこなし、明日のために眠る。

本当にどこにでもいる三十二歳の女。そしてそれは有梨や真由とも、本質的に変わらないのではないか。

そんな女が人を殺した。故意なのか、過失なのか。いずれにしても人を刺した。しかもその相手は過去一度も話したことはなく、関係したこともない女性だ。

極端に言えば、名前しか知らなかったのだろう。そんな女を殺してしまった。

「残酷な話ですね」

そう言った有梨に、真由が小さくうなずいた。自宅は駅から一キロほど離れたところにある小さなマンションだった。

新しくはない。よくあるタイプの賃貸物件だ。帰宅していないことを確認してから、近くにあったコインパーキングの手前で待機した。

中井静江は、過去何ひとつ犯罪らしいことをしていないのだろう。贅沢に暮らしているわけでもなく、静かに生きてきた。何ひとつ間違ったこともしていないのではないか。

にもかかわらず、たったひとつの間違いから、こんなことになってしまった。不運な女としか言いようがなかった。

有梨の電話に着信があった。今、渡会と一緒に東向島の駅にいる、と加納の重い声が響いた。

「中井静江と思われる女が改札を出た。自宅まで追尾し、帰宅したところを押さえる」

加納と渡会は大崎の指示で駅で張っていた。この時点でいきなり逮捕するというわけにはいかなかった。

状況から考えれば、間違いなく静江が遠峰良子を殺害したのだろうが、今のところ確実な証拠はない。任意で話を聞くしかなかった。

「わたしたちは自宅近くの駐車場にいます。ここで待ちます」

そうしてくれ、と加納が電話を切った。有梨は時計を見た。六時半になっていた。

三十分ほど待つと、今度は渡会から連絡があった。静江は駅前のスーパーマーケットで買い物をしているという。小さなため息と同時に通話が切れた。

来たよ、という真由の声に、有梨は顔を上げた。夕暮れの中を、ゆっくりした足取りで近づいてくる痩せた女。中井静江だった。数十メートル後方に加納と渡会の姿も見えた。

駐車場の前を静江が通り過ぎていった。有梨は真由と共に背後についた。声をかける前に、何かに気づいたのか静江が足を止めて振り返った。

中井静江さんですね、と有梨は警察手帳を提示した。

「少しよろしいでしょうか。お話を伺いたいのですが」

左手に持っていたスーパーのレジ袋を右手に持ち替えた静江が、はい、と落ち着いた声で言った。

加納と渡会が近づいてくる足音が、有梨の耳に聞こえた。

16

君から言えよ、と加納が手を振った。目の前のデスクに大崎が座っている。有梨は二人を交互に見てから口を開いた。

「中井静江が遠峰良子さん殺害について、自分が犯人だと自供しました」

そうか、と大崎がうなずいた。渡会、田村、そして久美が見つめていた。

「遠峰さんの実家が越谷にあることは、前川さんから聞いたそうです。母親の視力がほとんどないこと、盲導犬代わりに犬を飼っていることもわかっていたと……彼女はその犬を傷つけるつもりで越谷へ行ったと話しています」

「ところが、実家に遠峰良子さんがいた。そういうことだな？」

「自分でも犬を傷つけることができるかどうかわからないまま、実家を訪ねたようです。自分の意思ではなく、何かに導かれるようだったと……母親が扉を開けたら、押し入るつもりはあったようですね。でも、実際に扉を開けたのは良子さんでした」

「良子さんだと知っていたのか？」

「前川さんは良子さんの写真を送ってませんでしたので、わからなかったと」有梨は額に指を押し当てた。「顔も知らない女だったと言ってます。でも、直感で良子さんだとわかったようです」

殺意はなかったと言ってました、と加納が言葉を添えた。

「おそらく事実でしょう。中井静江は良子さんに直接何かされたとか、被害を被ったわけじゃない。恨んでいたわけではないというのも、本当だと思いますね」

だが刺した、と大崎が顔をしかめた。

「なぜだ？　前川のためか？」

「そうではないと言ってます。顔を見ていたら腹が立って我慢できなくなったと」二人の年齢はほぼ同じです、と有梨は言った。「目の前にいる良子さんは結婚して、幸せな生活を送っている。それなのに出会い系サイトに出入りして浮気し、結局は自分の暮らしを守るために男を切り捨てた。許せなくなって、衝動的に刺してしまったと……」

「母親を殴打した理由は？」

「逃げようとして、母親に見つかったように思い、とっさに殴りつけたようです」

渡会が田村の肩をひとつ叩いて立ち上がり、備え付けのコーヒーメーカーからカップにコーヒーを注いだ。嫌な事件だ、と大崎がつぶやいた。

凶器の包丁は駅近くの川に捨てたと話しています、と加納が舌打ちした。

「本人も正確な場所は覚えていません。夢中で逃げたと言っています。その辺は埼玉県警が探すことになるんじゃないですかね」

埼玉にはこっちから連絡しておく、と大崎が言った。

「無論、細かいところはまだ調べる必要があるんだろうが、うちでやるのか埼玉に任せるのか、そこは上の判断次第だ。おそらくだが、越谷駅の監視カメラなどにも中井静江が映ってるんじゃないか。その辺も含め、埼玉と話そう……他に何かあるか？」

「中井静江がわたしたちに何度も聞いてきたのは、前川さんが新井春彦にどんな嫌がらせをしたのかということでした」目を伏せながら有梨は言った。「彼女は前川の本名を知りません。ですが、約束したと……。前川が恨みを抱いていた良子さんに対し、意図していなかったかもしれませんが、彼女は殺すところまでやった。前川は新井にどんなことをしたのかと」

「話したのか？」

「話しました。前川さんは新井さんに、それほど酷いことはしていないと」

有梨の視線を受けて、加納が口を開いた。

「新井さんも警察に訴えない程度のレベルだったと言いました。新井さんはあなたのことをほとんど覚えていなかったとも。それまでは無反応というか、淡々と自供していた彼女が感情をあらわにしたのは、その話をした時です。ショックだったんでしょう。泣き崩れていましたよ」

そうか、とうなずいた大崎がデスクの電話に手を伸ばした。

「とにかく、ご苦労だった。一応終わったと考えていいだろう。報告書を出しておいてくれ」

「ストーキングの末に殺害したと？」

どうかな、と取り上げた受話器を大崎が顎に挟んだ。

「単なる男女関係のもつれってことかもしれん。その辺は……もしもし？　大崎ですが、副署長はおられますか？」

伸びをした加納が席に戻った。真由と久美が顔を見合わせて、肩をすくめた。やり切れない思いを抱きながら、有梨は天井を見上げた。

17

夜十時、有梨は自宅マンションに戻った。この二週間ほど、ただ寝に帰るだけで、何もできていない。浴室の洗濯カゴに何枚かのシャツ、下着などが溜まっていた。

疲れた、と低くつぶやいてテレビをつけた。見たい番組があるわけではない。何でもいいから音が欲しかった。一人だと感じたくない。

ニュース番組では、キャスターが隣国との政治的軋轢(あつれき)について話していた。どうでもいい。遠い外国のことより、身の回りで起きている犯罪の方が重要だった。

着替えるのも面倒になり、ジャケットだけ脱いで冷蔵庫を開け、買い置きの小さな缶ビールを取り出した。ひと口飲んだ時、スマホがかすかな音を立てて鳴った。

ゆっくり手を伸ばし、テーブルに置いていたスマホを探った。鳴ったのがメールの着信音であること、そして誰からなのかもわかっていた。それでも開くしかなかった。

『お疲れさま。今日は早く休んだ方がいい　S』

部屋を見回した。今朝出て行った時のままだ。遮光カーテンを細く開いて外を見た。

Sからのメールが届くようになってしばらく経った頃、カーテンを付け替えていた。光はほとんど外に漏れないはずだ。どうして自分が家に帰ったのがわかったのだろう。

見下ろしたが、通りには誰もいなかった。どういうことなのか。

明かりを消して部屋の隅に行き、そのまま床に直接座り込んだ。持っていた缶ビールをひと口だけ飲み、じっと闇を見つめた。朝まで眠れないだろうとわかっていた。

第二話
松野公雄の事件

1

六月下旬、まだ梅雨は明けていなかった。北品川（きたしながわ）二丁目交番の棚橋（たなはし）巡査は、財布を落としたと訴える大学生に遺失物届の書類を渡し、これに記入してくださいと言った。大学生は今風なファッションに身を包み、傍（かたわ）らには清楚な感じのする少女が立っていた。

交際しているようだったが、会話はなかった。うまくいっているのだろうかと余計な心配をしていると、不意に少女が叫ぶ声が聞こえた。何だよ、と大学生が顔を上げた。

「待ってろって。ヤバいんだ、バイト代が全部入ってて――」

少女が体を開いてスペースを開けた。おぼつかない足取りで男が入ってくる。手に傘を持っていたが、全身が濡れていた。三十歳ぐらいだろうかと思いながら、棚橋は声をかけた。

「どうしましたか。気分でも悪いんですか？　それとも酔っ払ってる？」

男の顔は真っ青だった。身長は高く、かなりの痩せ型だ。ジャケットは着ているが、ネクタイは緩（ゆる）みきっていた。後にしろよオッサン、と大学生が手を振った。

「おれが先だって」

男の唇が大きく歪み、震えていた。薬物だろうか、と棚橋はとっさに思った。

まだ午後二時だ。酩酊（めいてい）するには早すぎるだろう。となると、違法薬物を摂取した可能性がある。そうとしか思えない様子だった。

「……助けてください」

かすかな声が聞こえた。どうしましたと肩に手をかけると、男の腰が大きく揺れ、そのまま交番の床に尻から落ちた。

「何があったんです？　助けてくださいというのは、どういう意味ですか？」

見張られてる、と男が呻いた。

「奴らが……見てるんです」

おいおい、と大学生が机から離れていった。少女はとっくに外に出ている。奴らとは誰です、と棚橋は腕を摑んだ。

「誰に見られてると？　犯罪と関係あるんですか」

男が目を閉じた。肩を強く揺さぶったが、目は開かない。意識を失っているようだ。

「オレの財布は？　探してくれよ」

交番の外から叫んだ大学生に、後だとひと言言って棚橋は机の電話に手を伸ばした。

2

白井有梨は新品川総合病院の受付を通り、奥へ進んだ。待合室にベンチがいくつも並んでいる。その端に座っていた木下久美に歩み寄り、どうしたの、と前置き抜きに尋ねた。

「病院へ来てくれって、そんなこといきなり言われても……」

わたしもよくわからなくて、と立ち上がった久美が通路を歩きだした。

「ここのドクターから連絡があって、警察官に立ち会ってほしいと……長友（ながとも）先生は昔からの知り合いで、信用できる方です。めったなことで、そんなことを言うような人ではありません」

久美はセラピスト、心理カウンセラーという立場からストーカー犯罪対策室に常勤している民間人だ。医療関係者に知り合いがいるのは、仕事柄当然だった。

警視庁から委託要請を受けて協力しているので、正式な意味での警察官ではない。久美が有梨を呼んだのはそのためだとわかった。

「交番で倒れた男がいるって話は、さっき連絡があったけど、酔っ払いとかそういうことじゃないの？　昼過ぎでも、そういう人はいるでしょ」

久美がエレベーターに乗り込んだ。後ろから車椅子の老婆と付き添いの女性が入ってくる。詳しい事情を聞きたかったが、狭い箱の中ではそうもいかない。口を閉じているしかなかった。

ゆっくりとエレベーターが上昇し、四階で停まった。こっちへ、と久美が先に立って案内した。前にも来たことがあるようだった。

「心療内科？」

壁のプレートに目をやりながら、有梨は聞いた。錯乱状態で運ばれてきたそうです、と言いながら久美が右奥の通路に向かった。

「わたしが呼ばれてここへ来た時は、鎮静剤の注射を打たれて落ち着いていましたけど、かなり酷かったようです」

「酔っ払ってたからじゃないの？」

「アルコール反応はなかったと聞きました」

「危険ドラッグでもやってたのかな……それにしても、医者に任せておけばよかったんじゃない？」

「本人がストーキング被害を訴えているそうです」

廊下の端で立ち止まった久美が、ここですと囁いた。長友診療室、と札が下がっているドアをノックすると、どうぞ、と落ち着いた返事があった。

診療室に入ると、短髪の中年男がスチールのデスクでパソコンのディスプレイを見つめていた。長友という医者なのだろう。

白衣のポケットに手を突っ込んだまま、悪かったね、と久美に軽く手を挙げた。年齢は上だが、親しげな様子だった。

「奥のカーテン。二番だ」

立ち上がった長友が顎を向けた。カーテンで仕切られた場所が二つあった。

病室ということではなく、処置室と呼ぶべきだろう。診療室にいたピンクの白衣を着た若い女性看護師が、こちらへ、と言いながらカーテンに手をかけた。

「松野さん、よろしいですか」

はい、と怯えたような返事があった。看護師がカーテンを開くと、ベッドに男が座っていた。上はVネックのシャツ、下はスラックス姿だ。

三十歳を少し越えたぐらいだろうと有梨は思った。ハンガーにワイシャツとジャケットが掛けられている。真面目そうだが、顔に血の気がなかった。

「松野公雄さん、三十二歳」安友商事に勤務するサラリーマン、と長友が後ろから囁いた。「免許証と社員証で確認したから間違いない」

男に微笑みかけながら、こちら警察の方と指さした。白井です、と有梨は警察手帳を提示した。

「どうされましたか？　交番の警官からの連絡では、いきなり入ってきて倒れたそうですね。それ以上詳しくは聞いていません。何があったんです？　安友商事にお勤めだそうですが、今日は水曜です。出社されてないんですか？」

「いえ、会社は……そうです、ぼくは仕事を……だけど、あいつらが」

松野が頭を抱えた。目が上下左右に激しく泳いでいる。精神状態が不安定なのは明らかだった。言っていることも支離滅裂だ。

「落ち着いてください、深呼吸を」有梨は男の背中に手を当てて、ゆっくりさすった。「ここは病院です。それはわかりますか?」

「……わかります」

「誰もあなたを見張ってなどいません。ここにいるのは医師と看護師、そしてわたしたち警察の人間だけです。ゆっくりで構いませんから、事情を話していただけますか」

虚ろな視線を向けていた松野が、看護師が差し出した紙コップの水をひと口飲んでから、ぽつぽつと話し始めた。

「ぼくは……安友商事に勤めています。エネルギー事業局の営業部という部署なんですが、主に石油関係の取引を担当しています」

安友商事は日本でも有数の商社だ。誰でも社名は知っているだろう。松野という男はエリートサラリーマンのようだった。

「今朝、出社して……午後に油脂関係の会社の役員と会うことになっていたので、十二時過ぎに品川へ来たんです」

何度もまばたきを繰り返しながら話し続けた。態度に落ち着きはないが、酔っ払っているのでも薬物などを摂取しているのでもないことはわかった。正気の人間の目だ。ただ、ひどく怯えているのは確かだった。

「アポは一時半で、その前に食事をと思って、品川駅構内のうどん屋に入りました。食べていたら、後ろで声がしたんです」

「声？」

「遊んでるのか、給料泥棒」松野の唇から白い泡が飛んだ。「聞こえたんです。はっきり、そう言ってました」

「それは……聞き間違いということではありませんか」有梨は久美に目をやった。「あるいは、他の席で会話をしていた誰かの声が聞こえたとか、そういうことでは？」

違います、と松野が肩を震わせながら顔を伏せた。泣いているようだった。

「確かめましたか？　誰か知り合いがいたとか、冗談でそんなことを言われたとか……」

「後ろは壁だったんです」顔を上げた松野の目から、涙がひと筋こぼれた。「今日が初めてということじゃなくて、もう何度も……ぼくを見張ってる誰かがいるんです」

「何度も？　いつ頃からそんなことがあったんですか」

監視されてるんだ、と松野が腰を浮かせた。顔色は真っ青だった。

「お願いです、助けてください。もう耐えられない」

「落ち着いて……座ってください。それからどうしたんですか」

「そのまま店を出て、走って逃げました」怖かったんです、と松野がまばたきを繰り返した。「それからのことは覚えていません。交番に入ったと言われれば、そんな気もします。記憶があるのは、このベッドに寝かされたことだけです……しまった、今何時ですか？　ぼくはアポを取っていたのに――」

立ち上がってジャケットに手を伸ばそうとした松野の肩を、有梨は押さえた。

「一時半に会う予定だったとおっしゃっていましたが、もう三時を回っています。連絡は後でいいでしょう。それより、話を聞かせてください。見張られている、監視されているということですが、いつ頃気づいたんでしょうか」

「半年ぐらい前です……最初はメモでした」

「メモ？」

「半年前、恵比寿で商談があり、その後銀座の会社へ戻ったんです」顔を両手で覆いながら、松野が低い声で話した。「予定より早く終わったこともあって、駅近くの喫茶店でお茶を飲んでから帰社しました。厳密に言えば、仕事が終わったらすぐ戻るべきなんでしょうけど、サラリーマンですからね。ちょっと休憩というか……」

　わかりますよ、と有梨はうなずいた。誰でも覚えがあるだろう。

「続けてください」

「会社に戻ってデスクを整理していると、メモがあったんです。サボりか？　それだけ書いてありました」

「サボり？　そういうことになるかもしれませんが」有梨は久美と顔を見合わせて苦笑した。「よくある冗談でしょう」

「ぼくもそう思いました。同じ部署の誰かがたまたま喫茶店にいたぼくを見て、そんなことを書いたんだろうと……からかわれているだけだと思い、メモは捨てました。深く気にすることもありませんでした」

　当然でしょうね、と長友が言った。誰でもそう判断するでしょう、と有梨もうなずいた。でも、それが始まりだったんです、と松野が目をつぶった。

「うちの会社の始業時間は九時半です。三十分以上遅れれば遅刻扱いになりますが、五分十分なら誰も何も言いません。タイムカードはなく、出勤時間は自己申告制なんです」

多くの会社がそうだろう。安友商事ほどの大企業なら、当然のことだ。

「本当に寝坊で遅刻したとか、そんなことがあれば上司にも言いますし、怒られても仕方ないと思います。でも、電車が遅延したとか、乗り換えの接続が悪かったとか、そういう理由で五分ぐらい遅れることは時々あるんですよ」

警察もそうです、と有梨は微笑んだ。

「やむを得ない事情で遅れてしまうことは、どんな職場でもあると思いますよ」

「遅刻しない方がいいに決まってるというのはその通りです。でも、不可抗力で遅れるのは自分の責任じゃないでしょう。開き直った言い方かもしれませんけど、五分や十分遅れたって、たいしたことないじゃないですか」

わからなくもありません、と有梨はうなずいた。サラリーマンなら誰でも似たようなことを考えるはずだ。

「でも半年前のあの日から、一分でも遅れるとメモがデスクに載ってるんです。また遅刻かとか、いい身分だなとか、そんなことが……一分だって遅刻は遅刻だと言う人もいるかもしれませんし、一本早い電車に乗れば済む話だと言われればそうなんでしょう。だけど、あまりにもしつこくて……」

会社の誰かでしょうねと言った有梨に、久美がうなずいた。

「一分二分でメモを書いてデスクに置くことができるのは、同じ部署の社員しかいないと思います。何度も続けているというのは、ちょっと病的な感じがしますけど、直接叱ったりして揉めるのが嫌で、そんなふうにしているのかもしれません」

「ぼくもそう思いました。先輩社員とかが、メモの形で注意してくれてるんだろうって。ただ、あまり執拗(しつよう)なので、課長に訴えたんです。ぼくも今後気をつけますから、こんなことは止めさせてくださいと。課長の方から、もういいだろうと言ってもらえないでしょうかって」

「誰がメモを置いているのか、課長はわかっているはずだとあなたは思われたわけですね？」

「そうです。うちの課長は課員から信頼されていますから、ぼくのデスクにメモを残している人も、課長には話してるんじゃないかと思ったんです。でも、何のことだかさっぱりわからないと……」

「気づいていないとか、そういうことではありませんか？」

「知らないふりをしてるんじゃないと思います。課長はすごく優秀で、うちの課だけじゃなくて、誰からも尊敬されています。次期部長って噂も聞いてますし、それも不思議じゃありません。課長が直接関係しているとは、ぼくも思ってませんでした。そんな卑怯(ひきょう)な真似をする人じゃないですから……だけど、自分にはわからないし、そんな話は聞いていないと首を傾げてました」

「それで、どうすると？」

「相談に乗るから、詳しく話してみろと言われたんですが、ぼくもどう説明していいのかわからなくて……メモは捨てていましたけど、内容を話しました。本当だったらやり過ぎだな、というのが課長の意見でした。悪気はないのだろうけど、ちょっとしつこいよなって。誰がやってるのかわかったら、俺の方から注意してやると言ってくれました」

「力になると約束してくれたんですね」

「言葉だけじゃなくて、具体的に動いてもくれました。会社のフロアに防犯用のカメラがあるんですけど、それをチェックしてみようと、セキュリティ管理課の課長に掛け合って、見せてもらうことにしました。二人は同期で親しかったので、特例として許可してもらったんです。それで、ぼくと課長で残っていた画像を調べました」

「誰がやっていたのかわかりましたか？」

「いや、それが……フロアには何十人もの社員がいます。中にはぼくのデスクの横を通ったり、隣の席にいる社員と話をするために近づいてくる者もいますし、その場で打ち合わせをするために、お互いのデスクに座ったりもします。メモを載せるぐらいの動きだと、カメラからではわかりません」

「メモはデスクに載せられていたんですね？」

「そうです。パソコンの近くや、デスクの下に置いているカバンに入っていたこともありました。カバンはカメラの死角になっていて、映らないんです」

「不審な行動をとっている社員はいませんでしたか」

「わからなかったです。課長もそう言ってました。でも、誰かがやってるのは間違いありません。その後も週に一、二度はメモが残っていました。どうしても気になるので、課長の許可を取って防犯カメラを何度かチェックしましたけど、誰なのか特定することはできなくて……」

「それが半年の間、ずっと続いている？」

「いえ、しばらくして終わりました。ぼくが調べていることに気づいたのかもしれません。でも、その後メールが来るようになりました」

「メール？」

「差出人不明の、フリーアドレスのメールです」松野が右手で何度も頬をこすった。「ぼくの一日の行動、どんな仕事をしたとか昼は何を食べたとか、誰に会ってどんな話をしたとか……会社を出てからのことが書いてある場合もありました。飲みに行ったとか本屋に入ったとか、何のＤＶＤを借りたとか、何時に寝たとか、そんなことです」

有梨は久美と顔を見合わせた。本当だろうか。素直に納得はできなかった。

事実なら明らかなストーキングだが、そこまで詳細な内容のメールを送ってくるストーカーは決して多くない。いたとしても、その場合はほとんどが精神的な疾患（しっかん）があると考えていい。

日々の生活を追いかけ、メールで送ってくるストーカーの話は、めったに聞いたことがなかった。

人間の行動を調べるのは、決して簡単と言えない。

ストーキングの対象者に、病的な執着心を抱く者がいるのは事実だ。毎日朝から晩まで付け回したりすれば、被害者の行動を把握することは可能だが、その場合被害者は誰がストーカーなのかわかるのが普通だろう。だが、ストーキングしている人間について、松野には心当たりがないようだった。

「毎日ということではないんです」松野がため息と共に言葉を吐き出した。「多い時でも週に二、三回、まったくないこともあります。ですが、ぼくの高校や大学の友人や仕事関係の会社名などで送り付けてくるので、つい開いてしまいます」

個人情報を知っているのでしょうか、と久美が言った。そういうことになるだろう。松野の話が事実だとすれば、身近にいる人間が犯人である可能性が高い。

「メールには、ただあなたの行動が書いてあるだけですか?」

「ほとんどがそうです。例えば女性と遊びに行ったりすると、からかうような言葉が書かれていたこともありましたけど、だいたいはどこで何をしていたか、というようなことだけです。実害はないのですが、凄くストレスを感じて……誰かに見張られていると思うと、出先でトイレに入るのも躊躇（ちゅうちょ）してしまいます」

「そこまで細かいことが書いてあるんですか？」

「かなり詳しいです。でも、何時に起きて何時に寝たとか、そんなことはおそらく適当に当て推量で書いているんだろうと思いますが」

「どうしてですか？」

「内容がまったく事実と違う場合があるからです」うつむいた松野がかすかに笑った。「ぼくは独身で、夜更かしをすることもあります。ネットを見ていたり、ゲームをしていたり、そんなことです。そこまで細かいことを書いてくることはないんです。たぶん、わかっていないんでしょう。でも、日中の行動についてはかなり正確です」

会社関係じゃないですか、と長友が言った。スケジュールをある程度把握している者でなければ、どこで何をしているかはわからないだろう。ぼくもそう思います、と松野が言った。

「会社の同僚か、学生時代の友人がからかって送ってるんだろうとも思いましたが、休日の行動を全部書かれたこともありました。いったいどうなっているのかと……」

何度もまばたきを繰り返した。話しているうちに冷静になったように見えたが、内心の動揺は隠しきれない。呼吸も不規則だった。

「今もメールは届いていますか？」

「最近はたまにしか来ません。気持ち悪いので、怪しいメールは開かないようにしていたら、いつの間にか減っていました。だけど、そのせいで仕事に支障を来(きた)したこともあります。知らないアドレスだと思って開かなかったら、実際には新規の取引先だったり……困っていました」

「そういうメールは残していますか」

「個人のアドレスに来たものは消してしまいましたが、会社のアドレスに送られてきたものは削除していません。パソコンに残っているはずです」

「ストーキングされている可能性もありますが、肉体的な危害を加えられているわけではないんですね？　脅迫されているようなことも？　もちろん、精神的な被害はあると思いますが」

いいえ、と松野が体を強ばらせた。

「最近、この二カ月ほど前からですが……声が聞こえてくるようになったんです」

久美が長友に目を向けて、囁きかけた。何らかの精神的疾患について言っているのだろう。

「声というのは、どういうことでしょうか」

「どこからかわかりませんが、声が聞こえてくるんです」吐き気を堪えるように、松野が口に手を当てた。「会社でも、トイレでも、通勤中の電車でも……いつもということではありませんが、いきなり聞こえてくるんです」

表情が虚ろになっていた。久美と長友が見つめている。専門ではないが、有梨も仕事柄多少の知識はあった。声が聞こえると訴える者は確かにいるが、ほぼ百パーセント幻聴だ。

「今はどうでしょう。聞こえますか」

「今は……聞こえません」

「どんなことを言うのでしょう」

「名前を呼ばれたり、何をしているんだとか、最近どこそこに行っただろうとか」松野の体がゆっくりベッドから滑り落ちた。「全然意味がわかりません……殺してやるとか、そんなことも……誰かがぼくを見てる。監視してるんだ。助けてくれ」

落ち着きなさい、と長友が腕に触れた。何度も首を振っていた松野が、いきなり悲鳴を上げた。

「メールだ。きっとあいつらが――」

わたしです、と有梨はジャケットの内ポケットからスマホを取り出して画面にタッチした。松野が床に尻をつけたまま泣いている。座りましょうと声をかけた長友に背を向けて、有梨はメールを開いた。

『哀れな男だ　S』

左右を見回した。診療室はそれほど広くない。中にいるのは自分と久美、長友と松野、そして看護師だけだ。

誰も入ってきていない。Sはどうやって松野のことを知ったのか。

松野が感じている怯えが、有梨には理解できた。常に誰かに見られていると思えば、それだけで不安になり、何もできなくなる。危害を加えてきたり、精神的に責めてくることがなくても、怖いのは本当だ。

過去、Sが有梨に対して具体的な攻撃を仕掛けてきたことはない。最初は何かされるのではないかと警戒していたが、そういうつもりではないようだと考えるようになっていた。慣れたというと少し違うが、現状としては小康状態を保っていた。

過剰に反応すれば、それこそ思う壺だろう。相手にしないことで精神の平衡を保っていたが、松野が怯えきっている感情は理解できた。

昨日の夜、一人で部屋飲みをしていたが、寝る直前にSからメールが入った。あまり飲み過ぎてはいけないと書いてあった。煙草についてもだ。いったいどこから見ているのか。不安なまま、それから数時間眠れなかった。

Sがどういうつもりでメールを送ってきているのかはわからない。害意があるのか、それとも恋愛感情の表れなのか。なぜ部屋の中のことまでわかるのか。自分とどんな関係がある人物なのか。

白井さん、と久美が耳元で囁いた。何でもないと答えて、スマホをポケットに戻した。今は仕事だ。

長友の判断で、松野は家に帰ることになった。明日にでもＳＣＳに来て、詳しい事情を話すように有梨は勧めた。正式に被害届を出してもらえば、調べることもできる。

今のところ、とりあえずストーカーが危害を加えてくることはないと考えられた。少なくとも、緊急性は感じられない。そうします、と松野が何度もうなずいた。

久美と診療室を出た。最後に振り返ると、すがるような目で松野が見つめていた。

3

新品川署のＳＣＳに戻り、居合わせた加納と渡会に松野のことを話した。精神的な問題だと思います、と久美が意見を言った。

「話を聞いていて、通院もしくは投薬治療が必要だと思いました。少なくとも、専門の医師の判断を仰ぐべきでしょう。典型的な妄想症状です」

そういうことなんじゃないのか、と加納が頭の後ろで手を組んだ。

「聞いた感じだけで言うのも違うかもしれんが、病んでるんだろう」

「前にもいましたよね。国家機密を知ってしまったから、公安だかＣＩＡに狙われてるみたいなことを言って、ここに飛び込んできた男が」

あの時は驚いたな、と渡会が苦笑した。加納は無言だった。五歳下で、経験が浅い渡会のことを、加納が認めていないのは、有梨も気づいていた。

渡会の方も、加納をよく思っていないようだ。表には出さないが、対抗意識があるのは間違いなかった。

警察ではよくある関係だ。普通の職場より手柄意識が強いから、やむを得ないところがあるのだろう。

他にも何度かありましたね、と渡会が思い出したように言った。

「宇宙人が自分の頭の中を覗いているとか、隣の家の人に監視されてるとか……おかしな奴らは多いですよ。先生のところにも、そういう人は来るわけですか」

カウンセリングを受けに来た人の中には、一定の割合でいます、と久美がため息をついた。

「最初の頃は、真剣に訴える人を見ていると、本当かもしれないと思うこともありました。真実味のある話し方をするんです。でも、もう慣れました。妄想は妄想です。冷静に考えれば、そんなことあるはずないんです」

「どうしてなんだろうな」わからんよ、と加納が天井を見上げた。「おかしな奴が多すぎる」

「なぜそういう妄想を抱くようになるのかは、いろんな理由があるんでしょうけど」パターンは同じです、と久美がうなずいた。「松野さんもそうでしたけど、あの人たちは誰かに見張られていると訴えます。部屋のどこかにカメラや盗聴器が仕掛けてあるとか、電話やパソコンをすべてチェックされてるとか、そんなことばかり……正直、ちょっと飽きています。もう少しバリエーションがあってもいいんじゃないかって」

冗談ですけど、とつぶやいた。わかってますよ、と渡会が軽く肩を叩いた。

「どうして警察や国家組織が、普通の市民のことを徹底的にマークしなきゃならないんです？　だから妄想だと言われればそうなんですが、笑えませんね」

「松野さんも何か……精神的な問題を抱えているってことなんでしょうか」有梨は肩をすくめた。

「でも、万が一ですけど、本当にストーキングされていたらどうなんでしょうか。そこまで徹底的なストーキングをしているとしたら、犯人は一人じゃないですよね。数人のグループが監視してる？」

絶対にあり得ません、と久美が首を振った。

「集団ストーカーの訴えは少なくありません。わたしのカウンセリングを受けている人達の中にもいます。全国レベルでは、年間数千件が報告されているでしょう。でも、すべてが精神的な問題を持つ人達です。事実だったことはありません」

「一度も？」

一度もです、と久美が微笑を浮かべた。

「一般市民の電話を盗聴して、どんなメリットがあると？　人手も、時間も、手間もかかります。そんなことを警察や公的機関がするわけありません」

「わかってるけど……」

「妄想型の人間は、社会に不適応な性格を持つ場合が多いというデータがあります。松野さんは安友商事の社員ですが、サラリーマンが抱えるストレスは会社の規模と関係ありません。現代社会においては、どんな人でも精神崩壊のリスクがあるんです。もちろん警察官でも」

話は終わったな、と加納が自分の席に戻った。渡会は新聞を読み始めていた。

久美の言っていることは正しいと有梨にもわかっていた。松野は普通のサラリーマンだ。監視される理由などない。

ただ、妄想ということで片付けてしまっていいのだろうか、という疑問がかすかに残った。

松野の話は論理的で、飛躍したところはなかった。本気で怯えていたのは間違いない。妄想とはそういうものなのかもしれないが、妙な感じがしていた。

4

次の日の朝、松野がSCSを訪れ、正式な形で相談をした。いわゆるストーカー相談とは違うが、念のために事実関係を調べることになり、午後に加納と銀座の安友商事へ向かった。

松野は今週一杯休むと病欠届を出していたが、本人ではなく、周囲の人間から話を聞く必要があるだろう。

総務部を訪ねると、松野が籍を置いているエネルギー事業局営業部の草川（くさかわ）という課長に引き合わされた。松野の直属の上司で、相談したという男だ。

すぐ会議室に通された。なぜ警察が来たのか、察しはついているようだった。

「松野くんから相談があった件ですよね？」

コーヒーを勧めながら草川が言った。四十歳手前だろう。スーツがよく似合っていた。

商社マンに多いタイプだが、日本経済を支えているという自負が顔に滲（にじ）み出ていた。頭のいい男だと所作でわかった。

「松野さんはどんな社員ですか？」

加納が質問を始めた。優秀ですよ、と草川が答えた。

「ちょうど入社十年目だったと思います。経理畑が長くて、エネルギー事業局の営業部に来たのは一年ぐらい前です。本人はずっと希望していたようですね。経理と違って、交渉事が多い仕事です。

不慣れなところはあると思いますが、よく頑張ってます。熱心だし、誠実に取り組んでいます。目立った業績を上げたわけじゃありませんが、一年ぐらいじゃ結果は出せませんよ。彼には期待しています」

「悩んでいるとか、そういう様子はありませんでしたか」

仕事の面では特に、と草川がコーヒーに口をつけた。

「ビジネスがうまくいったりいかなかったりは、どんな業種でもあるでしょう。大きなトラブルはありません。悩んでいる、困っているという話は聞いていません。ただ、半年前ぐらいから、彼のデスクに変なメモが残っていたり、不審なメールが来るようになっているという相談はありました」

「詳しい事情はご存じですか?」

「だいたいのことは聞いています。相談の内容が内容ですから、上司としても動かざるを得ません。セキュリティ管理課の課長が同期なので、話をつけて調べてもらったんですが、どうやらスパムメールの類(たぐい)だということです」

「スパムメールですか」

加納が顔をしかめた。出所不明のスパムメールには、誰もが悩んでいるだろう。

「松野くんのアドレスが何らかの形で外部に流出したのではないか、とセキュリティ管理課長は言ってました」よくあることです、と草川が肩をすくめた。「社員は名刺にアドレスが入ってますから、それがどこかに漏れたのかもしれません。アドレスは会社が取得したものですが、個人的なことで使う者もいます。ネットショッピングだとか、デートの店を予約するとか……誰だってそれぐらいはするでしょう。うるさく言うつもりはありません」

「なるほど」

「仕事に支障ない範囲であれば、それぐらい許されるでしょう。ただ、そういうところから個人情報が漏れたのかもしれません。あるいは、松野くん自身が妙なサイトにアクセスしてしまったとか」草川が大きな口を開けて笑った。「それだって、注意しようとは思わないですよ。男ならそういうことはあるでしょう。どんどんやりなさいって話でもないですけど」

妙なサイトというのは、例えばアダルト関係のことだろう。つい開いてしまうようなことはあり得ますよね、と加納がうなずいた。男同士の暗黙の了解ということなのか、二人が顔を見合わせて頭を掻いた。

その後も松野の相談の内容について話を聞いたが、新しい事実は出てこなかった。気にすることはないとアドバイスし、様子を見ていたが、松野の方もそれからは何も言ってこなくなったという。

事情を聞いている間、何度か草川のスマホが鳴った。部下からの電話らしく、報告を受けては指示を出していた。

「重要なビジネスが佳境に入ってましてて」

そう言って何度か有梨と加納に向かって頭を下げたが、判断力と決断力に優れているのが、命令する声でわかった。

今朝、ＳＣＳに来ていた松野本人も、草川のことを仕事のできる上司で、信頼できる人柄だと話していた。同じ課の課員たちも、心服しているようだ。

次の部長候補に挙がっているという話も本当なのだろう。面会していたのは三十分にも満たなかったが、統率力に優れているのは確かだった。

社内エリートで、幹部候補なのも間違いないようだ。総務部の社員からも、評価の高い男だと聞いていた。

「警察に迷惑をおかけしているとしたら、上司である私の責任でもあります」説明を終えた草川が小さく頭を下げた。「申し訳ないと思います。放っておいたわけではありませんが、もっと詳しく事情を聞くべきだったのかもしれません。必要なら何らかの対策を取ります。セキュリティ管理課長が言ってるように、下らないスパムメールなんでしょうけど、業務の妨げになるということであれば問題です。そこは私の方できちんと対処しますよ」

「同僚の方の悪戯ではないのか、と松野さんは言ってます」

有梨の言葉に、ないとは言いませんが、と草川が顎の先を指で掻いた。

「そういう冗談が好きな奴もいますからね。子供じゃないんだから、馬鹿なことは止めてほしいと思いますが」

「そうですね」

「とにかく、大事(おおごと)にしたくありません。こういう会社ですから、外聞もあります。とりあえずここだけの話にしていただけますか」

事情はわかります、と加納がうなずいた。ではよろしく、と草川が立ち上がった。

「会議がありますので、今日はこれぐらいでよろしいでしょうか。何かありましたら、いつでもご連絡ください」

会議室の外に出た草川がエレベーターホールまで送りに来た。去っていく後ろ姿を見つめた加納が、上司にしたい男ナンバーワンだなとつぶやいた。

「うちの室長に爪の垢(あか)でも飲ませてやりたい」

大崎の顔を思い浮かべながら、そうですね、と有梨は苦笑した。

5

総務部から話を通してもらい、それから数人の社員に事情を聞いたが、これといった話は出なかった。

松野の評判は悪くない。真面目で礼儀正しく、仕事もそつなくこなしているようだ。熱心だし、努力もしているというのが全員の一致した意見だった。

経験不足は否めないのだろうが、異動後一年では仕方ないだろう。草川の指示もあり、先輩や同僚がフォローしているため、仕事の面で問題はないようだった。

課内にあまり親しい者はいないということだったが、それも異動して日が浅いためだろう。学生のサークルとは違うから、休日を一緒に過ごすとか、毎日連絡を取ったりする者は少ない。

有梨自身もそうだった。プライベートまで踏み込んだつきあいをする者がいないのは、どこの会社でも似たようなものだ。

大崎以下、ＳＣＳに所属する他の刑事の携帯番号やメールアドレスは知っているが、あくまでも緊急連絡用で、個人的な用件で電話やメールをしたことは一度もない。

ひと昔前の警察官のような、公私を越えたつきあいをすることはなかった。有梨だけではなく、他の刑事たちも同じだろう。

総務の了解を得て、松野の履歴についても確認した。優秀な成績で国立大学を卒業し、新卒で安友商事に入社している。叔父（おじ）が安友の役員ということもあったようだが、コネがなくても入社していただろうというのが総務部長の認識だった。

入社後三年ほど地方の支社で働いているが、これは安友の社員なら誰でもそうだ。むしろ、三年で本社勤務になったのは早い方だろう。

草川の話では経理が長かったということだが、その前はコンピューターシステム部、宣伝部に籍を置いていた。やや内向的な性格で、細かいことにこだわる傾向があり、仕事が遅いという話を聞いたが、それも大きな問題ではないという。

現在の部署では営業の仕事をしており、着実な仕事ぶりが評価されていた。目立つタイプではないが、サラリーマンとして優秀な男だとわかった。

「草川課長の言う通り、スパムメールとかそういうことなんじゃないか」安友商事を出て署に帰る途中、加納が言った。「気にし過ぎなんだよ。冗談を真に受けてずっと考えているうちに、あんなこともこんなことも言われた、みたいになっちまうんだ。学校の成績は良かったみたいだが、一番肝心なことを勉強してこなかったんじゃないか？　コミュニケーションにはいろいろな形がある。多少何か言われたって、気にしなきゃいいんだよ」

そうかもしれない、と歩きながら有梨はうなずいた。松野がストーキングされているとは考えにくかった。

学生時代の友人などには、まだ話を聞いていないから、過去に何らかの恨みを買ったというような話がないとは言い切れないが、それにしても本人が言うほど執拗なストーキングを受ける理由があるとは思えなかった。

駅の改札を抜けようとした時、メールが鳴った。開くと、画面に短い一文があった。

『今日は何時に帰る？　S』

自分に入ってくるSからのメールの方がよほど問題だろうと思いながら、足早に歩いた。メール。

松野にもメールが来ていた。

「どうした？」

加納が振り向いたが、何でもありませんと首を振って歩を進めた。念のため、調べておいた方がいいかもしれない、と無意識のうちに手を強く握りしめた。

6

翌週月曜日の昼、有梨は安友商事を訪れ、松野と会った。出社しているのは聞いていた。

「先日ご相談いただいた件で、ひとつ確認させてください。会社のパソコンに、ストーキングを示唆するメールが入っていたということですが、それを見せていただきたいんです。フリーアドレスということでしたが、調べれば何かわかるかもしれません。内容についても、把握しておきたいのですが」

外ではなくフロア内で会うことにしたのは、パソコンの情報を知りたいからだった。配慮して昼休みに来ているので、デスク周りに人は少なかった。課長の草川以外に残っているのは一人だけで、席も離れていた。

わかりましたとうなずいた松野が、自分のパソコンのメールボックスを開いた。しばらくして、ありませんと掠れた声がした。

「ありませんというのは？　先日お話を伺った際には、保管しているとおっしゃってましたよね」

消えています、と松野が怯えた目で見つめた。

「プロテクトをかけて保護していたのに、全部なくなってる」

どういうことなのかわからなかった。メールを見る際には、暗証コードがなければ開けないシステムだという。松野以外の人間がメールボックスを開けることはできないし、ましてや削除など不可能だとわかった。

呆然としている松野を席に残し、課長席に向かった。草川が首を捻りながらキーボードを叩いている。今日、会社を訪問することは、事前に事情を話して了解を取っていた。

何かありましたか、と草川が顔を上げた。話を聞かせてください、と有梨は立ったまま言った。

「松野さんに送られてきたメールが消えているということです。本人は理由がわからないと……」

どういうことですか、と草川がキーボードから手を放した。念のための確認ですが、と有梨は顔を近づけた。

「草川課長は、メールの内容を確認していますか？」

この前はちょっと言えなかったんですが、と草川が視線を松野に向けながら小声で言った。

「彼からの相談は、不審なメールが届いているということでしたし、内容についても聞きました。昨日はどこそこにいたなとか、またサボってるのかとか、そんな内容だったと……ですが、私が見たのは、人妻を装った風俗店の勧誘メールだったり、サイト閲覧料の請求だったり、そんなものばかりでした」

「どうして、それを話してくれなかったんですか？」

松野くん本人が、そういうところにアクセスしたのかどうかわかりませんでしたから、と草川が答えた。

「悪質な詐欺商法に引っ掛かったのかもしれない。それとも、何らかの形で流出したアドレスに業者がそういうメールを送り付けてきたのかも……」

大きな音がして、有梨は振り向いた。松野が立ち上がっている。後ろに椅子が倒れ、肩が大きく上下に動いていた。どうした、と草川が声をかけた。

「何かあったのか」

メールが消えてる、と松野が表情のない顔を向けた。

「どうしてだ……なくなってる。どうしてこんな――」

「落ち着け。深呼吸しろ」立ち上がった草川がデスクに近づいた。「座れよ。何だか知らないが、震えてるじゃないか」

ぼくは、と松野が繰り返した。

「どうしてだ？ ぼくは……」

「わかったから座れ」落ち着け、と床に置かれていたカバンを草川が取り上げた。「いいから今日は帰って休め。仕事のことは気にするな。おい三沢、駅まで送ってやれ」

もう一人いた社員の名前を呼んだ。どうしたんですか、と不安そうな顔で様子を見ている。

「いや、総務と話す」その方が良さそうだ、と手近にあった電話に草川が手を伸ばした。「もしもし、エネルギー事業局営業部の草川だ。誰か来てくれ」

それだけ言って電話を切った。松野がフロアに膝をついている。後ろから抱えるようにして椅子に座らせながら、どういうことかよくわからないんです、と草川が囁いた。

「わからないというのは？」

松野の様子を見ながら有梨は言った。呆然と座っているが、大声を上げたり暴れ出すような気配はなかった。

「松野くんの言ってることに整合性がないと言いますか」草川がしかめ面になった。「変なメールが来ているという話は、嘘じゃないと思っていました。そんな馬鹿げた嘘をつく理由などありませんからね。相談にも乗ったし、調べてもみました。ですが、何もなかった」

「それは伺いました」

私はそのメールを見ていません、と草川が肩をすくめた。

「スパムメールの類はいくつも見ましたが、彼が言うようなメールはなかったんです。見せてくれと言ったんですが、送られてきたメールが多すぎて、どこにあるのかわからないと……よく考えてみると、彼が最初に言ってきたメモも見ていないんです。そんなメモとかメールは、本当にあったのでしょうか」

わたしにもわかりません、と有梨は首を振った。

「松野さんの訴えに真実味があるとは思いました。だからこうして詳しい事情を調べています。ですが……」

「そうなんです。最初からなかったのではないか」そんなふうに思えてならないんです、と草川が頬に指を強く押し当てた。「最近になって、声が聞こえると訴えてきたこともあります。一、二度、今聞こえましたよねと言われたのですが、その時周りにいた社員も含め、私には何も……」

「聞こえなかった?」

「私がいない時にも、そんなことを言っていたと報告がありました」疲れますよ、と草川が目をつぶった。「心配はしています。本当に何かを聞いているのなら問題ですからね。ですが――」

「他の方には聞こえていないんですね?」

「そうです。監視されているとか、見張られているとか言ったこともありましたね。そんなことあるはずないでしょう。うちの部署が扱っているのは石油とその関連商品で、守秘事項なんかほとんどありませんよ。うさんくさい物件に手を出したりもしません。そんな会社じゃないんです」

安友商事ですからね、と有梨はうなずいた。

変な言い方に聞こえるかもしれませんが、と怯えたように草川が肩をすくめた。

「私たちには聞こえない何かがあるとしたら、それはつまり、精神的に何か問題を抱えているということでは……」

それだけ言って口を閉じた。言いにくいところがあるのは有梨にもわかった。

「私たちの知らない、大きな悩みやトラブルがあるのかもしれません。そう思うようになってきました。まともではないような気がします」

「どうされるおつもりですか」

会社と相談しようと思います、と草川が眉間(みけん)を指で揉んだ。

「もちろん、事実関係の確認もしなければならないでしょう。メールが消えていると言ってますが、そもそも本当にあったのか、それともなかったのか。セキュリティ管理課にもう一度調べさせます。メールがあれば更に詳しく調べられますし、なければ……いや、私は松野くんを信じていますが」

ドアが開き、中年の男が入ってきた。胸のプレートに総務部と部署名があった。とにかく、と草川が早口で言った。

「しばらく休暇を取らせたいと思います。疲れているのかもしれません。休めば落ち着くでしょうし、何でもないことがわかれば仕事にも戻れるでしょう。失礼、説明をしないと」

席から離れた草川が総務部員に声をかけた。小声で何かつぶやき続けている松野に目をやりながら、有梨は自分のスマホがメールを受信しているのに気づいた。

『ずいぶん自信たっぷりな男だ。君には合わない　S』

フロアを見渡した。他の部署に、十人ほどの社員がいた。そのうちの何人かが、松野の方を見ながら囁きを交わしていた。誰も有梨には注意を払っていない。

いったい誰なのか。どうして自分の行動や草川の様子を知っているのか。あり得ない。どこから見ているのだろう。

改めてメールを確認した。反応してはいけないとわかっていたが、我慢できなかった。あなたには関係ない、と返信した。

草川と総務部員に付き添われて、松野がフロアを出て行った。有梨はスマホを見つめた。しばらく待ったが、Sからの返事はなかった。

7

SCSに戻って報告すると、どうなんだろうな、と腕を組んだ大崎が口元を歪めた。

「松野というその男の訴えが妄想だとしたら、これ以上調べても意味ないだろう。知っての通り、この一年でストーカー被害の訴えや相談は倍近く増えている。ストーキングとは言えない、痴話喧嘩に毛が生えたような件が多いのも事実だが、それでも対応はしなきゃならん。世論もうるさい。相談件数は増えているのに、担当する警察官の数はそのままだ。妄想にはつきあっていられんよ。そうだろ」

大崎が言った通り、ストーカー事案のほとんどが事件に発展しない。注意、あるいは警告をすれば、ほとんどの場合犯人はストーキングを止める。

ただ、ストーカーの定義は明確と言えなかった。毎日一度電話をかけてくる、というだけではストーカーと認定し辛いというのが警察の認識だが、被害者にとってはそうと言い切れない場合もある。ケースバイケースだ。

過去、警察は多くのストーカー事件でミスを犯した。そのために取り返しのつかない事態を招いてしまったこともあった。

ある意味で、そのツケが回ってきていた。どんなに小さなことでも相談を受けなければならなくなっていた。

それが警察の仕事だろうと言われればその通りだが、マンパワーの限界もある。すべてを並列には扱えないのが実情だった。

「木下先生からも話を聞いたが、病的なのは事実だろう。医者にはかかりたくないと言うかもしれんが、それならカウンセリングを受けさせるとか、対処は可能なはずだ」

病院を紹介したらどうだ、と大崎が言った。

「わたしもそう思っています。松野さんが考え過ぎている側面もあるのかもしれません。ですが、違和感があります」

「違和感？」

「はっきりとは言えませんが、何かが違うような……」

論理的な説明はできなかった。違和感というのは、要するに直感だ。そういう時もあるだろう、と大崎がうなずいた。

「刑事だからな。勘を無視しろとも言いにくい。とはいえ、掛かりきりになるほどの案件とも思えん。これ以上何もなければ、動きようがないんじゃないか。具体的な被害があるわけじゃないんだろ？」

「襲われたりとか、脅迫されたりとか、そういうことはありません。ですが、松野さんは怯えています。何かあるのではないかと思える節もあります。もう少し調べさせてください」

「何もないと思うがね。集団ストーカーについては、我々も多少の経験がある。そんなことはあり得ないんだ。妄想だよ」

大崎がそう言うのはわかっていた。ストーカー事件の捜査について、常に消極的で、深く関わるのを避けている。

どうしてSCSの室長なのか、といつもの疑問が浮かんだ。大崎は本庁の地域部から異動してきた。単純に言えば、犯罪の予防などを専門に担当していた捜査官だ。

ストーカー事件は多くの場合、生活安全課が担当する。どちらかと言えば不慣れな大崎が、なぜSCS室長というポジションにいるのか。

「長い時間をかけようとは思いません。もう少しだけ調べて、何も出なければ松野さんの思い込みと判断し、本人にもそう伝えます」

そうしてくれ、と大崎がデスクのパソコンに目を向けた。ひとつため息をついて、有梨は席に戻った。

8

翌朝、メールの着信音で目が覚めた。Sからだとわかっていた。苛立ちは常にあったが、目覚ましとしては優秀だと苦笑するしかなかった。

『誰もが病んでいる　S』

文章はそれだけだった。昨夜、帰宅した直後にもメールが入っていたが、お帰り、お疲れさま、と書いてあった。保護者を気取っているのか。

これも妄想なのだろうか、とスマホの画面を見つめながら考えた。自分だけにしか見えていないメール。自分にしか聞こえない着信音。Sなど、実際にはいないのではないか。メールの着信履歴を見ていくと、違うフリーメールアドレスが果てしなく続いていた。

ストーカー犯罪対策室に籍を置いている捜査官として、証拠を残しておく重要性はよくわかっていた。改めて見ると、夥しい数のメールが残っていた。

一日に何通も送りつけてくることもあるが、数日ぱったり来なくなる場合もある。平均すれば、一日七、八通だろうか。半年で千数百通のメールが届いていた。

妄想ではない、とスマホをベッドサイドのテーブルに置いた。履歴が残っているのだ。

Sは毎日のように新しいフリーアドレスを取得して、そこからメールを送り、その後破棄している。まともな人間ならできないだろう。異常者であることは確かだ。

半年前、最初のメールが送られてきた時は挨拶だけだった。おはよう、こんにちは、おやすみ。誰なのだろうと気になったが、少し気味が悪いだけで迷惑とまでは思わなかった。一日一通程度だったこともあり、無視していればそれで済んだ。

文章に具体的な内容が盛り込まれるようになったのは、二カ月近く経った頃だ。毎日ということではないが、有梨の行動を監視しているのもわかった。そうでなければわからない情報がメールに記されるようになっていた。

具体的に何かされたわけではない。自分にできるレベルで、自宅や自分のスマホ、パソコン、署のデスクなどを調べたが、何も出てこなかった。

不安はあったが、漠然としたものだったのも本当だ。誰にも相談しなかったのはそのためだった。

同じような相談がSCSにあっても、対処できないとわかっていた。脅迫されたり、交際を強要されているわけではないのだ。

迷惑で不愉快だが、それだけではSCSの基準にある緊急扱いの案件にならない。やや危険、という判断が下され、これ以上何かあったらもう一度来てくださいというだけに留まるだろう。松野の件がそうであるように、その程度のレベルなのだ。

だが、そうも言っていられないと感じていた。メールが来るようになって半年以上が経過している。何かが起きてからでは遅い。そもそもストーカー犯罪対策室は、危険を未然に防ぐために設立されたのだ。

ベッドから降りて、顔を洗った。相談する人間の心当たりはある。必要なのは専門家の知識だ。

タオルで顔を拭い、着替えるためにクローゼットを開けた。

9

署に出て、真っ先に田村を摑まえた。朝一番から何ですか、と冗談めかして言ったが、有梨の表情を見て何かに気づいたようだ。

おとなしく会議室に入ってきた田村を座らせて、自分のスマホを見せた。

「発信人不明のメールが毎日のように来てるの。フリーアドレスで送信して、毎回アドレスを変えてる。自分で調べようと思ったんだけど、素人(しろうと)じゃ無理だってわかった。誰がメールを送っているのか、調べることはできない？」

そんなことがあったんですか、と田村が眼鏡を掛け直した。

「いつからです?」

「半年くらい前。最初の頃は、何かの間違いだろうと思って削除してた。今残ってるのは、今年の二月前後からのものしかないんだけど」

「どうしてぼくに? 加納さんとか、他の人の方がストーカーについては詳しいですよ。ぼくは捜査官としてのキャリアもほとんどありませんし……」

「逮捕したいわけじゃない。誰が何のために送っているのか、どうやって行動を把握しているのか、それを突き止めたいだけなの。うちで一番こういうことに詳しいのは田村くんでしょ。違う?」

どうなんでしょう、と苦笑した田村がメールの行を目で追いながら、凄い数ですね、とつぶやいた。

「ざっと見た限り、アドレスは確かにばらばらですね。構わなければ、ぼくの方に全部転送してください。ある程度なら調べられると思います。誰がこんなことをしているのか、心当たりはないんですか」

ここまで執拗なことをする人はいないと思う、と有梨は首を振った。

「だけど、ストーカーの多くは被害者にわからない論理で動く場合が多い」

まったくですね、と田村がうなずいた。

「世の中、おかしな連中ばっかりですよ。プロファイリングするまでもなく、粘着気質なのは間違いないですね。半年で千数百通か。すごい執念だ」

つぶやいた田村の手の中で、着信音が鳴った。有梨はメールを開いて、そのまま画面を田村に向けた。

「『君にはわたししかいない　S』」

気持ち悪いですね、と田村が顔をしかめた。

「もしかして、ぼくたちが今話していることにも気づいてるんでしょうか」

かもしれない、と有梨はうなずいた。ここまでのメールの内容から言って、Sの正体がわかったとしても警告止まりで逮捕することはできないとわかっている。ただ、メールの送信を止めたいだけだ。

調べておきますとうなずいた田村に、よろしくと頭を軽く下げて会議室を出た。朝は始まったばかりだった。

10

松野の件は正式な意味で事件として認められていない。大崎の判断だが、それ自体は間違っていないと有梨も考えていた。

松野の訴えは茫漠(ぼうばく)とし過ぎていて、具体性に欠けた。監視されていると言うが、その証拠もない。残っているメモやメールさえないのだ。

誰かが盗んだ、あるいは消去したのだと本人は言っているが、説得力がなかった。上司など、関係者も心当たりがないと言っている。大崎が事件として認知しないのは当然だろう。

松野の話は典型的な集団ストーカー被害者のそれだった。仕事柄、有梨はさまざまなタイプのストーカーについて知識があったが、久美も言っていた通り、集団ストーカーはすべて被害妄想の産物と断定していい。

日本の警察、自衛隊、政府などが個人を監視することなどあり得ない。だが、彼らは頑強に被害を主張する。

場合によっては欧米、中国、あるいはイスラム勢力ということもあるし、時には宇宙人に見張られている、あるいは宇宙人が自分の脳に棲みついたという者までいるのだ。必要なのは警察ではなく、病院と優れた医者だろう。

わかっていたが、有梨の中に拭い切れない違和感があった。根拠はない。ただ、松野という男の言葉に、何らかの意味で真実が含まれているように思えてならなかった。

どうアプローチしていいのかわからないまま、真由と渡会に話した。事件性がないと二人とも取り合わなかったが、松野というより有梨のことを心配したのか、空いた時間に少し調べてみようと言ったのは真由だった。

「会社に何か問題があるのかもしれないね。松野という男を精神的に追い詰めるような……ちょっと当たってみるぐらいなら、室長もうるさく言わないんじゃないかな」

「過剰労働とか、ノルマが厳しいとか」そういうことですか、と渡会が聞いた。「だけど、天下の安友商事ですよ。ブラック企業みたいなことはないと思いますけどね」

プライベートな理由かもしれない、と真由が言った。いずれにしても、調べてみなければわからないだろう。

三人で分担を決めた。たまたま、真由の従姉妹が安友の社員だったこともあり、会社関係は二人に任せ、有梨は実家などを調べることにした。何も出てこないと思うね、と渡会が苦笑した。

「理由はともかく、松野の訴えは単なる被害妄想だよ」

そうなのだろう。九十九パーセント間違いない。だが、一パーセントでも可能性があるのなら、調べるのが刑事の義務だと有梨は感じていた。

11

数日が経過した。通常の業務もあるし、新聞、ニュースなどでもたびたび取り上げられているが、ストーカー被害者の数は年々凄まじい勢いで増えている。新たなストーカー被害の訴え、相談など、対処しなければならない問題は多かった。

多忙な仕事の合間を縫って、松野のことを調べ続けた。実家を訪ねて両親に話を聞いたし、元役員で現在は相談役となっている叔父にも会ったが、プライベートな問題があったかどうかは不明なままだった。

松野は優秀な成績で大学を卒業し、そのまま安友商事に入社している。叔父の話では、勤務態度も真面目で、会社の評価も高かった。

何の問題もないエリートサラリーマンだったはずなのに、どうして心を病んでしまったのか、と両親も叔父も首を捻るだけだ。有梨に松野からの電話が入ったのは、週末の金曜日の朝だった。

「松野さん、どうしましたか？　今、ご自宅ですか？」

有梨はSCSの自分のデスクで受話器を耳に当てた。あれから松野が会社を休んでいることは、安友商事の総務部から聞いていた。

「……自宅にいます」松野の虚ろな声が響いた。「あの……白井さん、この電話は……盗聴されていないでしょうか」

怯えているのがはっきりとわかる声音だった。電話が盗聴されているというのは、集団ストーカー被害者に共通する妄想だ。

「警察の電話は盗聴防止仕様になっています」

実際にそのような装置はないが、安心させるために、わざとそう言った。

「誰もこの電話の内容は聞いていません。何かあったんですか？　話してください」

「……休んで、自宅にいたんです」

「聞いてます。しばらく休んだ方がいいという会社の判断は、間違っていないと思いますが」

「……来週から出社しようと考えていました。総務にも、そのつもりだと伝えています。でも……ついさっき、電話があって」

「会社からですか？」

違います、と松野が苦しそうな声で言った。

「自宅の電話に……男でした。サボりかよ、それだけ言って、切れました」

「他には何か？」

「何も……誰なのかわかりません。知らない声でした。もしかしたら、声を変えていたのかもしれません。どういうことなんでしょうか」

それだけでは何とも、と有梨は通話をスピーカーフォンに切り替えた。気づいた大崎が、静かに片手を上げた。その場にいた全員が顔を向けた。

「相手の番号はわかりますか？」

「いえ……うちの電話はナンバーディスプレイなのですが、公衆電話と表示が……どうしたらいいのかわからなくて……助けて欲しいんです。助けてください」

「もちろんそのつもりですが……他に何か変わったことは起きていませんか？」

「変わった……変わったというか、その電話があってすぐ、会社のパソコンに来ていたメールを自宅から見たんです。休んでいる間はチェックしないつもりだったんですが……百通近く来ていました。いくつか開いてみたら、死ね死ねと、それだけを延々と繰り返しているようなメールがあって、怖くてそれ以上は……どうしたらいいのか……」

「落ち着いてください。今、ご自宅ですね？　こちらに来ていただくことは可能ですか？」

「……無理です。ぼくを助ける気がないんですね？　わかってますいいんですもうこれ以上は誰にもどうにもできないから——」

「そんなことはありません。相談は受けますし、状況次第では警察が捜査をすることも可能なんです」

どうにもならないんだ、とつぶやいた松野の声が遠くなった。

「どうでもいい。ぼくなんかどうだっていいどうなってもいい何でもいい」

「松野さん、聞こえますか？　電話を切らないでください！」

異様な様子に、大崎と加納が席を立って近づいてきた。真由と久美は自分の席で不安そうに見つめている。

どうなってる、と囁いた大崎を手で制して、松野さんと呼びかけた。甲高い笑い声がスピーカーから流れ出した。その声はいつまでも続き、一分後、唐突に電話が切れた。

「何だ、今のは」嫌な声だ、と加納が耳を強くこすった。「気持ち悪い笑い方しやがって……例の松野って男だな？」

そうです、と有梨は大崎の方を向いた。松野の笑い声を聞けば、ただ事ではないとわかっただろう。

渋面の大崎が加納に向けて顎をしゃくった。松野の自宅へ行け、という意味だ。

住所は、と加納がジャケットの袖に腕を通した。近いです、と有梨は前に聞いていた自宅住所のメモに目をやった。

「泉岳寺、港南二丁目ですね」

バッグを取り上げた時、自分のスマホが鳴った。メール。

『見えないところに真実がある　S』

そんなことはわかってるとつぶやいて、バッグを肩から提げた。急いだ方がよさそうだ、と加納が速足になった。

12

都営浅草線の泉岳寺駅から十分ほどの港南二丁目に、松野のマンションはあった。造りは新しく、オートロックだ。部屋番号を押したが、応答はなかった。

管理人室があるとわかり、事情を話すと中年の男が出てきた。不動産会社から委託されて、管理を担当しているのだという。

住人から警察に要請があったと説明すると、それ以上聞かずスペアキーを持ってエレベーターに向かった。

松野の部屋は四階だった。取り返しのつかないことをしていなければいいが、と狭い箱の中で加納がつぶやいた。

「松野さん、最近ちょっと様子が……」怯えたような声で管理人が言った。「何日か前も、パジャマのまま、表にずっと立ってたんです。どうかしましたかと聞いたら、誰か訪ねてこなかったかと何度も何度も聞いてきて……何かあったんですか？」

相当挙動不審だったのだろう。刑事だとわかっていたとはいえ、すぐにスペアキーを持ってきたのはそのためのようだ。

部屋のチャイムを鳴らしたが、やはり返事はなかった。何度か呼びかけてから、スペアキーで鍵を開け、中に入った。

短い廊下が続いている。奥のリビングに飛び込んだ加納が、いないと叫んだ。有梨は右手にあった木の扉を開いた。ランニングシャツを着た松野が、ベッドに正座していた。

松野さん、と低く呼びかけた。

「どうした」後ろから加納が腕を引いた。「いたのか？」

「松野さん、白井です。大丈夫ですか？　怪我はしていませんか？」

松野の視線は天井を向いていた。何かつぶやき続けている。意味は不明だった。

顔に表情はなく、目は虚ろだ。まっすぐ背筋を伸ばし、口だけを動かしていた。

寝室に踏み込むと、松野の首がゆっくりと曲がり、有梨の方に向いた。視線が微妙にずれている。目は真っ赤に充血していた。

有梨を見ているのではなかった。背後にいる加納や管理人でもない。何も見えていないのかもしれなかった。

「声ガ聞こエル」抑揚（よくよう）のない声がした。「ダレですカ？　やめてクダさい」

「松野さん、しっかりしてください」ベッドに近づき、二の腕に触れた。「白井です。わかりますか？」

「なまけモノ、無能、シゴトがデキない、そう言ってルンですネ」開いた松野の唇の端から涎（よだれ）がひと筋垂れた。「どうしてソンナこと言うノデスか？　コネ入社だカラ？　止めテクダさい。そんなこと言わなイデクダさい。止めテクダさい。そんなこと言わなイデクダさい」

機械のように同じ言葉が何度も続く。声の大きさも調子も、まったく同じだった。有梨は摑んでいた腕を揺すった。

「何を言ってるんですか？　誰もあなたのことを悪く言ったりしていませんよ」

「言ってるじゃないか」正面から有梨を見つめた松野がベッドの上で立ち上がった。「ほら、今も言ってる。聞こえてる。言い続けている。こんなにはっきり聞こえてるのに、どうして聞こえないなんて嘘をつくんだ？」

有梨は後ろに立っている加納と管理人を見た。二人が同時に首を振った。有梨と松野以外、話している者は誰もいなかった。

「バカ、デキソコない」松野が手を叩いて笑った。「サボリ魔。給料ドロボウ。その通りデスよ。ぼくはソウイウ男デス」

膝から崩れ落ちた松野が上半身を折ったまま、大声で泣き始めた。救急車を呼んでください、と有梨は腕を抱えたまま叫んだ。

13

サイレンの音が遠ざかっていく。有梨は加納と目を見交わして、小さく息を吐いた。

松野はひどく興奮し、床に突っ伏して泣いていたかと思えば、ベッドに飛び乗って高笑いするなど、明らかに錯乱状態にあったが、それでもまったく正気を失っていたわけではなかった。到着した救急隊員の指示に柔順に従い、最終的には自ら病院へ行きたいと意思表示していた。

誰かに監視されていると言っていますと有梨が説明すると、最近はそういう人が多くて、と小声でぼやいた救急隊員が松野を部屋から連れ出していった。外傷はなかったため、精神的な問題があると判断したようだった。

「驚きましたよ。いったい松野さんは……」

好奇心なのか、詳しく事情を聞こうとしている管理人を立ち会わせて、室内を調べ始めた。口頭ではあるが、松野の了解も取っていた。

「松野さんは声が聞こえると言ってました」

そうだったな、と加納が壁に触れながらうなずいた。

「意味がよくわからなかったんだが、この部屋にいて、どこかから声が聞こえてきたということだよな。松野はおれたちが見ている前で、誰かが話す声を聞いていたのか？　だが、何も聞こえなかったぞ」

私もです、と首を振りながら管理人が苦笑した。

「でも、あれはそういうことですよね。刑事さんと話すのと同時に、別の人間が話す声を聞いていたということですか？　嘘をついてるようには見えませんでしたけど」

有梨は加納と共に寝室を調べていった。ベッド、枕、寝具。壁やデスク、椅子。テレビやパソコン、オーディオ機器。

本棚や小さな整理ダンスなどもあり、時間はかかったが、マイクやスピーカーなどが設置されているようなことはないとわかった。壁と床を徹底的に確認していた加納が、何もないと汗を拭いながら立ち上がった。

コンセント、照明器具なども調べた。近年著しく機器類の超小型化が進んでおり、カモフラージュの手法も進化している。

コンセントそのもの、あるいは蛍光灯や電球、電池、配線などに偽装している場合も少なくないが、有梨も加納も素人ではない。盗聴器などを探すための金属探知機などを持っていたわけではなかったが、どこを調べればいいのかはわかっていた。

プロの刑事、ストーカー犯罪対策室の担当者として、寝室にマイク、スピーカーの類はないと断言できた。他の部屋、あるいは天井裏なども探すべきなのかもしれないが、おそらく何も出てこないだろう。

松野が聞いていたという声は、どこにも存在していない。幻聴だったのだ。

寝室のデスクにノートパソコンがあった。管理人の見ている前で開くと、松野が最後に確認していたメールボックスがそのまま残っていた。

「どうする？　開くか？」加納がマウスに手を置いた。「個人宛てのメールだ。さすがにおれたちが調べるのはまずいかもしれない」

構わないでしょう、と有梨は言った。

「本当に松野さんが言っていた通り、脅迫メールが来ていたとすれば、何らかの証拠になるかもしれません」

何十通も未開封メールがある、と加納がメールボックスをクリックした。

「『どうですか、体調は』……後輩からか？」

有梨は画面に広がった文面を見た。差出人のアドレスは安友商事エネルギー事業局営業部、吉野(よしの)となっていた。

長文ではない。落ち着いたら、また戻ってきてくださいというだけの内容だった。儀礼的なものではあるが、意図としては休んでいる先輩を気遣ってのメールということになるだろう。

他のメールを開いていくと、プライベートの友人、あるいは店などからの招待メール、仕事先と思われる会社関係のメール、そして同じエネルギー事業局営業部の同僚たちからのものばかりだった。日付は四日前からで、松野が会社を早退した日だ。今日を含め四日間、松野は自分のメールボックスを開かなかったようだ。

一日に二十通から三十通、四日で約百通。数字は松野が言っていた通りだが、内容はまったく違った。

特に同僚からのメールは、すべて体調を心配しているものであったり、あるいは仕事の進捗状況などを知らせてきているものだった。安心して休んでください、と気遣いの言葉を書いている者もいた。どういう意味でも、脅迫の意図があるメールは一通もなかった。

「松野は最初の何通かを見たと言っていたが、死ねとかそんなことが書いてあるのは見当たらない。いったいどこへいったんだ？　自分で消したのか？」

「それはちょっと……考えにくいと思います」

「そもそも、あいつの言ってたことは事実なのか？　聞こえていない声が聞こえたと言い張るような奴だぞ。脅迫メールが来ていたというのも、思い込みなんじゃないのか」

その可能性はあります、と有梨は答えた。被害妄想が激しくなれば、何を見ても敵意があると感じる場合は多い。

すれ違った人が別のことで笑っていたとしても、自分を見て笑ったと思い込んでしまう。症状が酷くなれば、水道水、あるいは食べ物に毒が仕込まれていると考えて、摂食障害になってしまう者もいるのだ。

例えば、見舞いのために書いたメール、あるいは体調を心配しているメールでも、読み方によっては悪意がある、または脅迫の意図があると解釈できる場合もあり得るが、松野はそこまで精神を病んでいたのだろうか。

有梨のスマホに着信があった。松野が搬送されていた新品川総合病院に回った久美からだった。

「松野さんは鎮静剤を投与されて休んでいます」病院内から電話しているのか、囁くような声だった。「長友先生と話しましたが、興奮状態は落ち着いています。でも、松野さんに事情を聞いても、何もわからないと言うだけで……」

今、本人のパソコンを調べたところ、と有梨は言った。

「松野さんは脅迫メールが届いていたと言ってたけど、そんなメールはなかった。彼が何を見たのか、どういうことなのかわかると助かる」

聞いてはみますが、と自信のない声で久美が言った。長友医師は数日あるいはそれ以上の入院を勧め、本人も同意したという。錯乱状態に陥っていたのは間違いないが、長期の入院を要するほどではないようだった。

「ただ、投薬治療などは続けた方がいいと先生は言ってます。定期的なカウンセリングや、会社の仕事を含め、現在の環境を変えるべきだろうと……かなりのストレスが溜まっていたのではないかというのが先生の意見です」

「わかった。また連絡する」

会話の途中、割り込み音が鳴り始めていた。久美との通話を切り替えると、真由の少しハスキーな声が聞こえた。

「どうなの、状況は」

「今のところは何とも。今、聞いた話によれば、松野さんは数日入院することになりそうです。その後のことはちょっと……」

「そう。でも、最悪の事態にならなくてよかった」

膨れ上がる不安から逃れるため、マンションの屋上から飛び降りたり、発作的に近くにあった刃物で手首を切る者がいるのは事実だ。一度妄想に取り憑かれた者は、適切な医学的治療を行わない限り、自分の力で呪縛を断ち切ることは難しい。

頼まれていた件について、渡会くんと調べてたと真由が言った。

「早く手を打っておいて良かった。いくつかわかったことがある」

「どんなことです？」

営業に来る前、松野さんが三つの部署で働いていたのは聞いてるよね、と真由が話し始めた。

「優秀だったことはみんな認めてるけど、評判はよくなかった。はっきり言うと、嫌われていたらしい」

「嫌われていた？」

「自信家で、プライドが高く、周囲と協調できない」真由がゆっくりと言った。「叔父が役員だったんだよね？　だから周りも強く言えなかったみたいだけど、持て余していたって話もあった。そういうこともあって、営業に異動してきたそうだよ」

「……そうだったんですか」

「もうひとつ、これは安友商事で働いているあたしの従姉妹から聞いたんだけど」真由の声が低くなった。「安友商事は本社だけでも一万人以上の社員がいる、日本最大級の総合商社だ。安定って意味じゃ日本一かもしれない。従姉妹は絶対辞めないって言ってる。だけど、自己都合で退職する社員はいる」

「どんな大企業でも、そういう人はいるでしょう」

「独立するとか、ヘッドハンティングされたとか、家業を継ぐとか、理由はさまざまだ。でも、はっきりした理由もないのに辞めていく者がいる」

「……どういう意味です？」

「目立って多いわけじゃない。従姉妹は人事部だからよく知ってるんだけど、そんな社員は年に数人しかいないそうだ。でも、昔はそんな辞め方をする人はめったにいなかった。この五年間ぐらいで、急に増えたって。そのほとんどが、エネルギー事業局営業部で働いていた」

松野さんと同じ部署です、と有梨はつぶやいた。仕方ないところもあるみたい、と真由が先を続けた。

「他部署と比べて、取り扱う金額が桁違いに多いから、小さなミスが大きな損失を招くこともある。プレッシャーに耐えきれず、辞めていく者がいるのはわかるところもあるって言うんだけど」

どうなのかな、と小さく息を吐いた。引っ掛かるものを感じたのは有梨も同じだった。

「もう少し詳しく調べることはできますか？」

また連絡すると言って真由が電話を切った。一旦引き上げよう、と疲れた顔で加納が肩を叩いた。

14

ＳＣＳに戻ると、大崎以外の全員が有梨と加納を待っていた。室長は上に説明しに行った、と渡会が天井を指した。

「うちの責任じゃないと思うね。あの男は精神を病んでいただけで、ストーカーが実際にいたわけじゃない。警察がどうにかできるケースじゃなかったんだ。やむを得ないだろう」

室長はそう言うでしょうけど、と田村が首をすくめた。

「でも、上は納得しますか？」

何とも言えない、と真由が欠伸をした。

「上はともかく、マスコミはどうかな……警察が有効な手を打たなかったからこんな事態を招いたとか、そんなことを書き立てるかもしれない。しばらくは風当たりが強くなるかも」

おれたちが考える問題じゃない、と椅子に腰を下ろした加納が言った。

「松野については、医者だって精神的な問題があったと証言してくれるだろう。それで何とかなるんじゃないか」

前から気になっていたんですけど、と田村が顔を上げた。

「今回の件もそうですが、大崎室長はストーカー事案の解決にあまり積極的と思えません。何か理由があるんですか？　もともとは地域部に籍を置いていたと聞いてます。ストーカー犯罪は生活安全課が担当する場合が多いのに、どうして畑違いの大崎さんがここの室長になったんです？」

田村の質問は、有梨が抱いている疑問と同じだった。今でこそ全国の警察組織にストーカー対策室、あるいは被害相談受付が設置されるようになったが、それまでは生活安全課が対処する案件だった。

殺人、強盗などの犯罪について、地域部にいた経歴から考えても大崎は慣れていただろうが、ストーカー犯罪は専門と言えない。にもかかわらず、室長になったのはなぜなのか。ＳＣＳへ異動してきてから、ずっと気になっていたことだった。

本人に聞けよ、と渡会が言った。聞きましたが、と田村が肩をすくめた。

「人事の都合だとしか……そうなんでしょうけど、ちょっとわからなくて」

おれも詳しいことは知らない、と加納が唇をすぼめた。

「ただ、噂は聞いてる」

「噂？」

「大崎室長は父親も警察官で、兄もそうだ。警察一家なんだ。珍しいことじゃない。警察っていうのは、どうしたって身元がしっかりした人間を採用する傾向がある」

「それはわかります」

お兄さんは埼玉県警にいたそうだ、と声を低くした加納が辺りを見回した。そうでしたね、と有梨はうなずいた。遠峰良子という主婦の事件で、埼玉県警を訪れた際、県警の人間からその話は聞いていた。

「お兄さんは学生結婚しているんだが、奥さんの実家が大宮だったので、埼玉県警に入ったと聞いた」加納が眉間に皺を寄せた。「仕事のできる人で、県警でも幹部候補生だったらしい。十年ほど前、お兄さんは県内の所轄署で管理官として勤務していたんだが、そこでストーカー事件の担当になった。その頃、まだストーカーに対する警察の対応は曖昧で、被害届を受理したとかしなかったとか、そんなこともあったようだ。ストーキングされていた女子大生が殺されて、その責任を取らされたのがお兄さんだった」

「——久喜事件ですか」

田村が聞いた。久喜ストーカー事件は初期対応がまずかったこともそうだが、その後事実を県警が隠蔽しようとしたことで大問題になり、警察の名誉を著しく傷つけた事件だった。警察官なら誰でも覚えているだろう。

「その後お兄さんは閑職に飛ばされ、結局警察を辞めたと聞いている。警察組織に恥をかかせた兄の罪滅ぼしに、お前もストーカー事案を担当しろとでも言われたんじゃないか？　おれのレベルじゃ、それ以上のことはわからんけど」

「そんなことがあったんですか」

「大崎さんが事件に深入りしようとしないのは、久喜事件のことを考えるとやむを得ないかもな。ストーカー事件の専門家になったって、何かあればお兄さんのように責任を取らされるかもしれない。本音としては、今すぐにでも本庁に戻りたいんじゃないか」

「……加納さんもですか？」

田村の問いに、醒めた笑いを浮かべた加納が立ち上がって、ポットのコーヒーを紙コップに注いだ。酒の席などで、加納がSCSに不満があると言っているのは、全員が聞いていた。

三十分ほど経って、SCSに戻った大崎が、松野の件は片がついたと言った。表情が険しかった。

「うちの責任問題にはならないと上は言ってる。そりゃそうだろう。何でもかんでも押し付けないでもらいたい……白井、もうこの件には触れるな。我々は警察官だ。神経を病んだ人間の面倒を見るのは医者の仕事だろう」

「わかっています。ただ、ちょっと気になる点が……」

説明しようとした有梨に、大崎が大きく首を振った。

「もういい。松野はストレス障害だか何だか知らないが、それで被害妄想を抱くようになったんだ。幻聴を警察のせいにされても困る。家族や会社がケアするべきだったし、必要なら医者に診せればよかったんだ。警察の責任じゃないのは明白だろう」

「ですが――」

もうたくさんだ、とうんざりしたように大崎が横を向いた。

「熱心なのは結構だが、余計な仕事を増やさないでくれ。集団ストーカーの訴えなんて、無視すればよかったんだ。この件は我々が対処に当たるケースじゃなかった。君の判断だけで勝手に動くな。すぐに手を引け」

仕方ありませんね、と隣に座っていた久美が囁いた時、メールが鳴った。

『集団ストーカーは存在する。形が違うだけだ　S』

「どうかしましたか」

見つめている久美に、何でもないと答えてスマホを伏せた。いったいどういう意味なのか。パソコンに向かいながら、有梨はこめかみに指を当てた。

15

「答えられませんね」

当たり前でしょう、と安友商事総務・人事担当役員の峰田が苦虫を噛み潰したような表情で言った。木曜日午前十時、有梨は真由と共に安友商事本社ビル二十七階の役員室にいた。

正式なアポを取っての面会だ。社員のメンタルケアについて伺いたいと理由をつけていたため、峰田としても断れなかったようだが、本音が違うのは明らかだった。迷惑だ、という色が顔に露骨に出ていた。

「総務部からも聞いてますが、あなた方はうちの会社を退職した人間について、調べたいとおっしゃっているそうですね。いくら警察でも、そんなことはできないでしょう。完全な個人情報じゃないですか」

峰田が煙草をくわえた。社内は全面禁煙と聞いていたが、役員室は例外ということなのか。

「個人の話を伺いたいと言ってるのではありません。どのような理由で退職されたのか、事情を知りたいだけなんです」

「何のために？」

「松野さんの精神状態が不安定になったことと、関係があると考えています」

それも聞いてますがね、と峰田が声を潜めた。

「実は、私も松野くんのことはよく知らなくてね。個人的には、という意味ですよ。これだけの会社ですから、全社員のことを正確に把握しているかと言われると……」

一万人の社員がいるのだから、それは仕方ないだろう。わかってくださいよ、と峰田が顔をしかめた。

「部署が違い、フロアが違ってしまえば、めったに顔を合わせることもない。本当の話、十年前の面接の時を除けば、松野くんとはほとんど口を利いたこともないんです」

「そういうものかもしれません」

聞いているレベルでしか話せないが、と峰田が深々と煙を吐いた。

「真面目な社員だそうだ。あなた方が来ると聞いて、彼について報告させたが、仕事熱心で責任感も強く、商社マンとして優れた資質を持っているという話だった。ただ、サラリーマンとしてうまくやっていく能力があったかどうかは別問題で……わかるだろう？」

言葉遣いが変わっていたが、あまり気にならなかった。六十歳前後だろうから、有梨より三十歳ほど年長だ。無理な丁寧語ではなく、本音が聞きたかった。

「わかるつもりです」

「時々いるよ、プレッシャーに耐え切れなくなって戦線離脱する者は」峰田が皮肉な笑みを浮かべた。「仕方ないだろう。どんな会社だって、そうだと思うね。一生懸命働いても、思うように結果が出ない。そういう状態が続くと、今では使わない言葉なのかもしれんが、ノイローゼみたいな心理状態に陥る。本人の責任でもないし、会社の側の問題とも違う。適性がなかったってことだ。誰が悪いのでもなく、そんなことはどこの会社でも有り得る話だよ。とりあえず彼は総務部付きにした。どうするかは今後考えていくことに――」

「適材適所の配属は考えていないのでしょうか」

そんなことはありません、と峰田が強く首を振った。また言葉が丁寧語になっていたが、オフィシャルな見解ということなのだろう。

「ただ、百パーセント完璧な人事なんてできませんよ。現場で働いてみなければわからないこともあります。年に二回、社員の精神状態については本人から申告させています。無理があるなら別の部署への異動も検討しますし、我々だってぼんやり見ているだけじゃないんです」

「でも、見逃してしまうことはあると?」

「ないとは言いませんが、でもねえ……とにかく、ご質問にはお答えできません。私が言うのも何ですが、天下の安友です。社員の肉体的、精神的なケアについては、きちんと考えていますよ。妙な勘ぐりは止めていただきたい」

「自主退職される方が営業関係の部署に偏っているのは、どんな理由があるとお考えですか」

「警察のような組織におられるとわからないでしょうが、民間企業は競争原理で動いています」峰田が煙草を灰皿に押し付けて消した。「他社との争いもある。社内でも成績ってものがありますよ。会社はどうしたって結果を求めますからね。結果を出せない社員に、だから辞めろとは言いませんよ。でも、本人だって辛いでしょう。特に営業部には、目に見える数字ってものがある。もうこれ以上は無理だと感じた者が自発的に退いていくのは、当然じゃないですか」

「それはわかりますが――」

個人的な意見だけどね、と峰田が左右を見回した。

「日本でも一、二位を争う総合商社だ。当然、高学歴の優秀な人材が入社してくる。だが、彼らは温室育ちのエリートで打たれ弱い」

「松野さんもそうだったと?」

社会のルールは大学と違うからね、と峰田が苦笑を浮かべた。

「もうよろしいですか？　別件がありますので、これで失礼しますよ」

出て行ってくれ、と言わんばかりの目になっていた。有梨は真由を促して役員室を出た。ドアを閉めた時、大きなため息が聞こえた。

16

そのまま営業部フロアへ降り、事前に約束していたエネルギー事業局へ向かった。自席で電話していた草川が、五分ほどお待ちいただけますかと早口で言った。部員の一人に案内されて会議室に入るなり、真由が口を開いた。

「エネルギー事業局の中でパワハラが行われていたってこと？　いじめの対象になった社員が、次々に心を病んでいった？　白井はそう考えてるの？」

半分はそうです、と有梨は答えた。

「でも、パワハラと立証できるかどうかわかりません。もっと巧妙で、もっと酷い形の……」

何が起きてるの、と真由が声を潜めた。答えようとした時、ノックの音がして草川が入ってきた。

「約束しておいて申し訳ないんですが、急な会議がありましてね。すぐ終わる話でしょうか？」

柔らかい声で言った。もちろんです、と有梨も笑みを返した。真由が顔をしかめたまま、二人を交互に見ていた。

「松野さんの処遇について、峰田役員から伺いました。総務部付きになるということでしたが」

やむを得ないでしょう、と草川が抱えていたファイルを長机に置いて座った。

「入院治療が必要だと連絡を受けました。期間は未定だそうです。重要なクライアントを担当してもらっていましたから、復帰を待っている時間はありません。いつ戻れるかわからないというのでは、担当を替えざるを得ないでしょう。本人も納得しています。別に仕事を取り上げたとか、そういうことではないんです」

「安友商事では、理由不明の退職者が近年増えていると聞きました」

いきなりそんなことを言われても、と草川が肩をすくめた。

「全社で一万人以上の社員がいます。昔とは違って、安友の名前だけでは通用しなくなってますからね。条件次第では、他社に移ろうと考えている者もいるでしょう。ヘッドハンティングされたのでライバル会社に転職しますと、わざわざ言って辞める社員はいません。自己都合と理由をつけて辞めていく者は、引き留められませんよ」

「ほとんどがエネルギー事業局の社員だとも聞きました」

「そんなことはないですよ。誰がそんな話を？」

「それは言えませんが、こちらと関係の深い方です」真由が口を動かした。「正確な数字ではないかもしれないということでしたが――」

正確じゃありませんね、と草川が失笑した。

「確かにうちにもいますが、他部署にもいます。もっときちんと調べていただきたいですね。私に聞きたいことがあるというのは、そんな話ですか？」

「あなたにお伺いしたかったのは、どうして彼らが自ら辞めざるを得なくなるのか、その理由です」有梨は髪の毛を横に払った。「希望してエネルギー事業局に配属されたのに、辞めてしまうのはなぜなのでしょうか」

「若い連中は我慢が利かないということなんじゃないでしょうか」冗談です、と後頭部に手を当てた草川が明るく笑った。「おっしゃる通り、彼ら彼女らは、世界を相手に大きなビジネスをしていきたいと考えて弊社に入社してきます。エネルギー事業局もそういう部署のひとつですが、現実と理想のギャップというものがありますよ。決して楽な仕事じゃない。現実にはハードワークです。やり甲斐があるのも本当ですが、疲弊してしまう者もいます」

「わかります」

「大学でどんなに優秀な成績を修めていたとしても、学んだ理論がビジネスの現場でそのまま役立つわけじゃない。もっとさまざまな能力が要求されます。五年、十年単位のプロジェクトだってあります。すぐには結果が出ない。そういう仕事に疲れて、辞めたくなるという気持ちはわからなくもないですよ。私だって、若い時はそんなふうに思ったこともありました」

「でも、あなたは辞めなかった」

「個人的な意見だけで言えば、疲れたからもう辞めますというのは、甘えじゃないかと思いますよ。ですが、非難したり引き留めたりすることはありません。考え方は人それぞれでしょう。部下といっても他人です。生き方には口を出せませんよ」

人差し指で長机を規則的に叩く音が会議室に響いた。警察官だってそうなんじゃありませんか、と草川が口を開いた。

「こんな仕事だとは思わなかった、自分には合わなかった、そう言って辞めていく者もいるはずです。会社だろうと公務員だろうと、そういうことはあるでしょう。私が松野くんにパワハラ行為をしていたのではないか、そのために彼が心を病んでしまったのではないか、あなたはそう考えているのかもしれませんが、それは否定します。彼が仕事に疲れていたのは事実かもしれないし、それに気づかなかったのは私の責任でしょう。ですが、彼にプレッシャーをかけたとか、そんなことはありません」

「あなたのように統率力のある上司でも、松野さんがどういう状況にいたかわからなかったと?」

コミュニケーションは取っていたつもりですし、悩みがあるなら話してほしいとも言いました、と草川が両手を広げた。

「私の下には数十人の部下がいます。全員の精神状態を完璧に把握しろと言われても、それは無理ですよ。私のやり方が合わなかったのかもしれない。ですが、他の社員は納得して従っています。だとしたら、そこは彼にも非があったと考えていいのではないでしょうか」

「部下の方たちがあなたを深く尊敬し、信頼していることはわかっています。松野さん自身、そうおっしゃっていました」

「松野くんを無視したりとか、彼だけを叱ったりとか、そんなことはしていません。私にとっても部下が離脱するのは痛手なんです。今後は更に心のケアについて配慮していこうと考えていますが、今回のことは不可抗力で――」

「セキュリティ管理課の沢野課長とは同期で、親しいそうですね」

有梨の問いに、草川が小さくうなずいた。

「そうですよ。大学でゼミが一緒でした。彼に限らず、同期とは親しくつきあっています。それが何か？」

松野さんは優秀な成績で大学を卒業し、安友商事に入社しました、と有梨はメモを見ながら言った。

「真面目で、熱心に仕事に取り組む商社マンだったと周りは評価しています。ですが、地方支社から本社に戻られた後、約七年で三つの部署を異動しています。籍を置いていた部署の方々に話を伺ったところ、確かに優秀だったが、周囲とうまく調和できない性格だったということです。具体的に言えば、自分の意見や提案が通らないと、途端に不機嫌になってそれ以降何でも文句を言ったりするようになるとか……」

「よそでどうだったかは知りませんね」

草川が薄笑いを浮かべた。同じ部署の社員との間に軋轢があったようです、と有梨は話を続けた。

「どこでもやや持て余し気味でしたが、仕事ができないわけではないし、叔父が役員だったこともあって、誰も強く言えなかったそうですね。回り回って、本人が希望していたこともあり、エネルギー事業局の営業部に異動してきた。つまり、あなたの部下になったんです」

「そうですよ」

「松野さんにとって不慣れな仕事であることに配慮し、あなたは他の部員たちにフォローさせた。ですが松野さんは頑固なところがあり、アドバイスされても無視したのではないかとわたしは考えています。他の部署でも同様の事態があったと話してくれた人がいます」

「うちでそんなことはなかったと思いますよ」

会議があるので、と草川が腕時計を見た。もう少しだけ、と有梨は正面から見つめた。

「あなたの経歴を伺いました。エネルギー事業局営業部の課長になったのは五年前ですね。あなたに対する会社の評価は高く、次期部長候補に挙がっているとも聞きました。特に部下を鍛え、育てる能力については全課長職の中でもトップだと……ですが、あなたがエネルギー事業局の課長になってから、理由不明の退職者が増えています」

それは私の責任じゃありません、と草川が低い声で言った。

「彼らの能力の問題でしょう」

そうではないと思います、と有梨は指で机を叩いた。

「会社が彼らをあなたの下に置いたのは、意図的な人事だったんでしょう。辞めさせることはできないかと、暗に言われていたのではありませんか？」

「馬鹿馬鹿しい。それは不当解雇ですよ。そんなこと、安友商事の人間がするわけないでしょう」

「いわゆるパワハラ行為があったとは思っていません。あなたはそんなに頭の悪い方ではないし、安友商事に勤務している社員です」不当解雇が違法だとわかっていたでしょう、と有梨はメモを閉じた。「訴訟も可能だし、マスコミに訴えることもできます。あなたはそんなリスクのあることをする方ではありません。もっと巧妙にやってのけた、というべきでしょうか」

何を言ってるのかわかりません、と草川が横を向いた。否定されるのは当然です、と有梨は身を乗り出した。

「安友商事のような大企業で不当解雇があったら、大問題になります。課長レベルで済む話ではありません。役員、社長までが責任を問われるでしょう。直接的なハラスメント行為によって辞めさせることはできなかった。特に松野さんの場合は、役員だった叔父の存在もありましたから、子会社に出向させるわけにもいかないという事情があったのでしょう」

いいかげんにしませんか、と草川がファイルを小脇に抱えた。

「あなたも松野のように妄想癖があるんですか？」

「単に仕事ができないということではなく、人間関係をうまく構築できない社員を、会社はあなたの下に置くようにしていた」微笑を浮かべながら、有梨は首をゆっくり振った。「暗黙の了解があったのだと思います。あなたに教育させ、それでも変わらないとわかれば、自ら退職するように追い込むか、もしくは子会社などに出向になっても仕方がないと納得させる。あなたが会社から請け負っていた役割は、そういうことだったのではありませんか」

馬鹿らしい、と草川が手で強く机を叩いた。

「どうすればそんなことができると？　松野は私からパワハラを受けたとあなたに訴えましたか？　断言しますが、絶対にそんなことはしてませんよ」

「あなたは優秀な課長です」仕事の能力だけではなく、ある種のカリスマ性がある方ですと有梨は言った。「部下たちはあなたの命令ならどんなことでも従った。彼らを使って、さまざまな方法で松野さんを追い詰めた。メモやメールを残し、嫌がらせをした。メールはセキュリティ管理課の沢野課長がチェックし、松野さんが開いて読んだことがわかると削除していたんですね？」

「何を言ってるんだ」

「安友レベルの大会社なら、社員のメールについてセキュリティ上の管理も必要でしょう。沢野課長はあなたの指示で、松野さんが開いたメールを消去していった。管理担当者なら、パスワードを調べることは難しくありません」

「馬鹿馬鹿しい」

「部下全員が彼を尾行し、どこで何をしていたか、すべて調べてあなたに報告した。あなたの部下全員が松野さんの監視者だったんです。メールはあなたが自分で送っていたのですか?」

「私はそんなに暇じゃない」

「社内で声が聞こえた、と松野さんはあなたに訴えた。相談に乗り、調べようとおっしゃったそうですが、それはすべて偽装です。あなたがしていたことなのだから、痕跡を隠すのは容易だったでしょう。デスク周りにスピーカーなどを見えないように設置し、離れたところから声だけを送った。松野さんはそばにいた同僚に、今、声がしただろうと聞いても、聞こえなかったと誰もが答えた。聞こえていても、知らないふりをしたんです。それもあなたの命令だったのですね」

草川が無言で苦々しい表情を浮かべた。真由が大きくうなずいた。

「困惑した松野さんは、頼りになる上司であるあなたに再度相談しました」それもあなたの計算に入っていたはずです、と有梨は言った。「調査のやり直しを約束しましたが、実際には何もしなかった。それどころか、個人的な情報を聞き出して、それを利用した。誰も知らないはずのことを声は知っていると松野さんは怯えていましたが、あなたにだけは話していたんです。そうやって、彼を追い込んでいった」

「私はそんなことをしていない。証拠があると言うのなら、見せていただきたい」

精神的に追い詰められた松野さんは病んでいった、と有梨は首を左右に振った。

「残された選択肢は二つしかありません。退職するか、警察に訴えるかです。あなたにとって残念なことに、彼は後者を選びました。でも、それならそれでよかったのでしょう。警察がまともに取り合わないことをあなたは知っていた」

「下らない。邪推だ」

「会社としては、精神的に病んだ社員を本社に置いておくわけにもいかないでしょう。現在は相談役になっている松野さんの叔父も、そういう事情であればかばえません。子会社などに出向させることも了承するでしょう。最終的には辞めるしかないと思いますが、パワハラでもなくリストラでもない方法で、使えない社員を切り捨てることに成功したわけです」

「そんなことをして、私に何のメリットがあると？」

会社のためです、と有梨はうなずいた。

「競争原理で動いている総合商社にとって、不要な社員は切るというのがあなたの正義なのでしょう。もちろん、会社もあなたを評価します。部下たちは次の標的に自分が選ばれないよう、ますますあなたに忠誠を誓う。社員たちは団結し、業績は順調に伸びていく。それがあなたのメリットです」

もう結構だ、と立ち上がった草川がドアを開いて振り返った。

「そんな面倒なことを誰がしますか？　いらない社員がいれば、上に申告します。業務の内容が合わない社員は、どんな会社にだっているでしょう。無理に続けさせても本人が苦しむだけだ。松野だってわかっていたはずですよ。いずれは彼の方から異動を申し出ていたと思いますね」

過去に退職された方を調べてもいいんです、と有梨は囁いた。

「もし彼らの中に、聞こえないはずの声を聞いていたという者がいたら……どうされますか？」

「……帰ってくれ。そんなことをして恥を掻くのはそっちだ」

失礼します、と真由に目配せして立ち上がろうとした有梨の肩を、草川が押さえた。

「どんなに駄目な社員でも、経験を積めばそこそこできるようになる。だが、協調性もなく、プライドだけが高く、他の社員の士気を下げるような奴がいるのも事実です」

「……そうかもしれません」

置かれていた手を外した。能書きばかりで行動が伴わない奴はいますよ、と草川が苦笑した。

「そういう人間は組織に必要ない。誰かが引導を渡さなければならないこともあるんです。わかっていただけませんか」

「確かに、合わない人間はいます」有梨は草川を見ずに答えた。「どんな会社でも、そして警察にも……今日はこれで帰ります。でも、次に安友商事の社員が聞こえない声の話を訴えてきた時は、徹底的に調べますよ。そのつもりでいてください」

では、とだけ言ってエレベーターホールに向かった。大きな窓から明るい光が差し込んでいた。

有梨はスマホをチェックした。メール着信、一件。

『ご苦労様　S』

窓に目を向けた。Sはどこから見ているのだろうか。隣を歩いている真由以外、そこには誰もいなかった。

第三話
篠崎未架の事件

1

壁の時計を見つめながら、焦れたように大崎が指でデスクを何度も叩いた。加納がため息を繰り返しては、口臭消しの錠剤を嚙み砕いている。その横では渡会がストーカー犯罪対策室のドアを凝視していた。

「……あの、どうしたんですか」田村が耳元で囁いた。「何か、皆さん様子が変というか」

篠崎未架、と有梨は答えた。誰ですかそれ、と田村が首を傾げた。

「本気で言ってるの？」有梨は整った田村の顔を正面から見つめた。「朝の連続テレビで大人気になったあの子じゃない。最近じゃ珍しい、演技のできる正統派女優で……」

「ぼく、ドラマ見ないんで」

「コマーシャル、何本もやってるでしょ。パソコンだってカメラだって、健康ドリンクとか車とか――」

「ぼく、テレビ見ないんで」

そうかもしれないが、篠崎未架の名前ぐらい知っていてもいいのではないか。朝ドラ『ハラ坊！』は、社会現象とさえ呼べるほどのブームを巻き起こしたのだ。

田村が重度のオタクで、いわゆる一般常識に欠けているのは有梨もわかっていたつもりだったが、ここまでとは思っていなかった。

ドアがノックされ、副署長の西野が顔だけを覗かせた。後ろに三十代前半の男が立っている。加納と渡会が同時に腰を浮かせた。

「大崎くん、ちょっと来てくれ。丘くん、それと白井くんも。特別応接室だ」

わかりました、と大崎がかすかな微笑を浮かべながらうなずいた。加納と渡会が顔を見合わせて、やってられないと肩をすくめた。

残念でしたと二人の肩を叩いた真由の後に続いて、有梨はSCSを出た。

2

同じ階の特別応接室に入ると、奥に線の細い少女が座っていた。中折れのストローハットをかぶり、顔を伏せているため表情はよく見えなかったが、美少女であることはすぐわかった。

頬から顎にかけてのシャープなライン、形のいい鼻。シンプルなブラウスと紺のレースのギャザースカートという飾り気のない服を着ていたが、それだけにスタイルの良さが際立っていた。

篠崎未架さんだ、と西野が座りながら言った。

「こちらは事務所のマネージャー、蔵野(くらの)さん」

「オクトパスアーチストの蔵野と申します」

生真面目な表情の頬のこけた男が頭を下げた。

「彼がSCS室長の大崎、こちらは丘と白井」紹介した西野が、座りたまえと命じた。「先日、相談があった件だ」

わかっています、と大崎がうなずいた。まだ詳しい話を聞いてないんですけど、と真由が言った。

有梨も同じだ。篠崎未架がストーカー被害に遭(あ)っている、とだけしか聞いていなかった。

「詳細を全員に話すわけにもいかなくてね。女優さんだ、いろいろ事情がある」西野が机を中指の関節で一度叩いた。「状況を説明しよう。ご存じの通り、彼女が主演していた朝の連続ドラマが終わったのは約四カ月前、三月の終わりだ。終了時にはテレビ局に放送延長の嘆願書が山のように届いたそうだ。確かに大人気ドラマだったな」

平均視聴率は二十五パーセント超えですので、と蔵野が囁いた。ドラマが始まってから、事務所に大量のファンレターが届くようになった、と西野が説明を続けた。

「今時ファンレターというのも古風な話だが、ファン心理というのはそんなものかもしれない。その中にオリビアという署名で、一日三、四通送ってくる者がいた」

「応援していただけるっていうのは、ありがたいことですよ」

蔵野が言った。でしょうね、と真由がうなずいた。

彼女は男性からも女性からも人気が高い、と西野が未架に視線を向けた。

「好感度ナンバーワン女優だ。オリビアほどではないにしても、そういうファンは他にも大勢いた。だから、事務所も深く気にしていなかった」

よろしいですか、と促された蔵野が持っていた手提げ袋の中身を机に空けると、夥しい数の封書が出てきた。二、三百通ほどあるのではないか。これでも半分ぐらいです、と蔵野が言った。

見てもいいですか、と真由が手を伸ばした。構わん、と西野がうなずいた。

「すべて鑑識で調べ済みだ。指紋、唾液、その他は検出されていない。文章はパソコンで書かれ、印字されている。オリビアという署名だが、これは朝ドラでの彼女の親友役の名前だ」

そんな名前でしたね、と有梨は思い出しながらうなずいた。親友だったはずのオリビアに自分の恋人を奪われたハラ坊が自殺しようとするのが、ドラマ前半の大きな山場だった。

「では、この手紙を送ってきたのは女性ということですか」

大崎の問いに、それはわからないと西野が首を振った。

「男性の可能性もある。消印はすべて都内、二十三区内のポストから投函されている。午前中の消印がほとんどだが、時間の特定はできなかった。管轄の郵便局によって多少違いはあるが、深夜に投函された手紙は翌日午前中の消印になる場合が多い。範囲が広すぎるんだ」

「ポストを撮影している防犯カメラもあると思いますが」

「それは大きな郵便局や、コンビニなどの場合だ。町にあるポストだと、ほとんど防犯カメラは設置されていない。オリビアもそういう場所を選んでいるんだろう。誰が投函したのかは不明だ」

熱烈なファンということかもしれないが、あまりにも数が多すぎるため、事務所や蔵野さんも不審に思うようになり、本人には渡さないようにしたと西野が言った。

「内容について、不安もあったそうだ。最初は感想であったり、体に気をつけてくださいというような、いわゆるファンレターだったが、終盤に近づいてくると、ストーリーそのものについて言及してくるようになった。ドラマの内容を知ってるか?」

有梨と真由がうなずいたが、私は見てません、と大崎が苦笑を浮かべた。

「親友のオリビアに恋人を奪われたハラ坊が、傷心の末にフランスへ渡り、そこでパティシエになって帰国する。出した店が人気店になり、オリビアとも和解し、万事うまくいくように見えたが、その頃彼女は病魔に冒されていた」

そんなストーリーです、と蔵野がうなずいた。未架はうつむいたままだ。

「ハラ坊の余命は数カ月だと、最終回で視聴者にもわかっただろう」そこまではっきり描かれていたわけじゃないが、と西野が言った。「その終わり方に不満があるとオリビアは書いている」

よくある話ですね、と真由が唇を尖らせた。

「ハラ坊を死なせないでって、あたしの姪っこも泣いてましたよ。だったらテレビ局か脚本家に抗議文を送ればって言ったんですけど」

オリビアは主演である彼女に何度も手紙を送ってきている、と西野が適当に一通の封書を取り上げた。

「丘くんの姪とは違う意見だ。ストーリーの流れから言って、ハラ坊の死をきちんと描くべきだと主張している。そうでなければ美しい終わり方とは言えないと」

最初はハラ坊の葬式でドラマが終わる予定でした、と蔵野がうなずいた。

「ですが、あまりの人気に局がパート2を作る余地を残しておきたいと……ハラ坊を殺さないで、という助命嘆願も凄かったですからね。曖昧な形でも構わないとプロデューサーが決めたんです」

「エンディングに賛否両論があったのは事実のようだ」西野が評論家のような口調になった。「ハラ坊個人のファンは、死なせないでほしいと思っただろうし、ドラマ全体のファンからすれば、ハラ坊が死んでこそドラマが完結するという見方もあったかもしれん。ネットなどでは大論争になったようだが、普通はドラマが終わってしまえばすぐ忘れるだろう。だがオリビアは違った」

「どういう意味ですか」

「ドラマ終了後、未架さんは映画で主演を務めることが決まっていて、その撮影が始まった。ニュースになったから、オリビアもそれを知っただろう。送られてくる手紙の内容が激変した。ハラ坊は死んだはずなのに、どうして映画に出演するのか、あり得ない。そういう内容だ」

ドラマのハラ坊と現実の未架さんは違うでしょう、と有梨は言った。

「役としては死んだかもしれませんが、篠崎未架さんは生きています。役柄と本人を同一視する心理はわかりますが、それは一種の妄想です」

私だってそれぐらいわかってるさ、と西野が顎に手をやった。

「だが、オリビアはそう思っていない。二カ月前記者会見があって、映画は予定通り来週の週末から公開されることが正式に発表された。ワイドショーでその映像を見たのだろうが、オリビアは常軌を逸した手紙を送り付けてきた。そんな映画は認めない、ハラ坊は死んでいる、死者が映画に主演できるはずがない、ハラ坊を安らかに冥らせてやるべきだ。最終的には、ハラ坊が死んでいないというのなら自分が殺すと書いている」

異常者ですね、と大崎が頬を撫でた。

「いわゆるスターストーカーって奴です」

映画がクランクアップしてから、アメリカに渡ってハリウッド映画に出演していました、と蔵野が補足説明をした。

「出る場面は少ないのですが、重要な役柄でして……五月の終わりまでロスにいたんです。その間もオリビアから事務所に手紙が届いていたんですが、私は未架とロスにいましたから、その話は聞いていませんでした。六月に入り、帰国した時に状況を知りました。無視しろというのが社長の指示だったのですが、半月前、私の車からこれが見つかったんです」

大きなカバンからビニール袋に入った薄い金属片のようなものを取り出した。盗聴器だ、と西野がうなずいた。

「任意の提出を受けて、調べてある。市販品だが、高性能だ。指紋などは検出されていない。いつ、誰が仕掛けたのかは不明。蔵野さんが渡米していた間、車は自宅近くの駐車場に停めてあった。誰でも近づけただろう」

「つまり?」

「状況から考えて、オリビアが仕掛けた可能性が高い。未架さんは撮影現場などに蔵野さんの車で往復している。テレビ局のスタジオ、ロケ現場などに行けば、事務所の車だということは調べがついただろう。尾行していたのかもしれない。最悪の想定だが、オリビアが未架さんの自宅を知っている可能性もある」

何があるかわからないということですか、と大崎が視線を左右に向けた。そうだ、と西野がうなずいた。

「君たちストーカー犯罪対策室の人間には釈迦(しゃか)に説法だが、スターには熱心なファンがつく。だからこそスターなんだ。ファンは彼ら彼女らを応援する。その根底にあるのは愛情なんだろう。とはいえ、稀(まれ)にだが異常な行動に出る者もいる」

有梨はうなずいた。スターストーカーと分類される者がいるのは事実だった。

例えばジョン・レノンを射殺したマーク・チャップマンのような、あるいはジョディ・フォスターに執着する余り、時のアメリカ大統領、レーガンを銃撃したジョン・ヒンクリーのような者たちだ。

「ある意味で、芸能の歴史はストーカーの歴史でもある」

西野がこめかみを指で押さえた。それなりに自分でも調べていたようだ。

「丘くんや白井くんの年齢では知らないだろうが、美空ひばりはファンから塩酸をかけられたことがある。子供を誘拐された俳優や自宅に侵入されたアイドル、そんなものはいくらだっている。すべてをストーカーと考えるべきかどうかは別問題だが、対象に固執する余り犯罪行為に及ぶという意味で、ストーカーと見なしていいだろう」

彼女のガードはどうなってるんですか、と真由が尋ねた。事務所も配慮している、と西野が答えた。

「未架さんは代官山のマンションで一人暮らしをしているが、警備状況は万全だ。二十四時間ガードマンが常駐しているし、他の住人はすべて女性で、身元もはっきりしている。オートロックは指紋認証だから、登録者以外入れない。しかも目の前には交番がある」

「では、マンションにいる間は安全ということでしょうか」

そうとは言い切れない、と西野が大きく息を吐いた。

「オリビアが女性だとしたら、チェックをかい潜ってマンション内に入ってしまうかもしれない。美空ひばりに塩酸をかけたのは、十九歳の少女だった」

「対策は取っているんですか」

事務所の女性スタッフを彼女の部屋に泊まらせています、と蔵野が言った。

「女性ガードマンをつけることも検討しています。移動中や撮影中は警備会社と話して、ベテラン警備員を派遣してもらうことになりました。その意味で、今のところ問題はありません」

だが、放置しておくわけにもいかない、と西野が首を振った。

「丘くん、白井くん、君たちで担当してくれ。何しろ人気女優だ。男の刑事をつけるというわけにもいかんだろう」

事務所から要請があったようだ。そうせざるを得ないでしょうね、と真由がうなずいた。

「犯人を見つけろ。場合によっては逮捕しても構わない。これだけの量の手紙を送り付け、中には殺害予告を示唆する文章もある。立派なストーカー規制法違反だ」

「今後、オリビアは具体的に何をするつもりでしょう?」

「オリビアがどう出てくるか、まだわからんが、映画の公開は来週の土曜、七月二十五日だ。当日は舞台挨拶もある。一般人の前に彼女が姿を現すのは、そこしかない」

オリビアにとって最大のチャンスですね、と真由が冷静に指摘した。そういうことだ、と西野がうなずいた。

「都内、三つの映画館を回ります。スケジュールは公表されています、と蔵野が口を開いた。

う。何をしてくるかわかりません」

「都内、三つの映画館を回ります。時間も決まっていて、それはオリビアも当然知っているでしょ

警備の手配は既に終わっている、と西野が腕を組んだ。

「映画会社が民間の警備会社に通常の倍以上の警備員を要請しているし、事務所の板垣社長が警視庁の知り合いに話して、所轄も協力することになった」

映画公開まで彼女を警護するのは当然として、と有梨は額を押さえた。

「その後はどうするんです？　オリビアはいつまでも彼女を狙い続けますよ」

映画公開の翌週から、彼女は三ヵ月間休暇を取ることになっている、と西野が目を向けた。海外へ行きます、と未架が初めて口を開いた。

「どこへ行くかは、まだ決めてません」顔を伏せたまま、低い声で言った。「ハワイに親戚が住んでいます。そこへ行くか、高校の同級生が留学しているロンドンか……どちらかにしようと思ってます」

「海外までオリビアが彼女を追いかけるというのは、さすがに考えにくい。つまり、今日から約二週間ガードすればいいんだ」

西野が口を閉じた。そろそろ次の仕事に行く時間です、と蔵野が時計に目をやった。

大崎が有梨と真由を比べるようにして見た。あたしが、と真由が立ち上がった。

「連絡は常時取れるようにしておけ。二人だけでは手が足りないかもしれんが、それについては別

途考える」

気をつけろ、と西野が片手を挙げた。蔵野が未架を連れて応接室を出て行った。

3

ため息をついた西野が、ここだけの話だがと口を動かした。

「篠崎未架のガード自体は、どうとでもなるだろう。正体不明のストーカーだが、襲撃予告があった以上、むしろ対処はしやすい。我々は素人じゃない。事務所も必死だ。ガードマンだって山ほど雇っている。二週間なら絶対に守り抜ける」

「他に何か問題が？」

有梨の質問に、別方面から情報が回ってきた、と西野がファイルをデスクに滑らせた。

「現内閣の少子化担当大臣、小原雅代（おばらまさよ）氏に対し、半年ほど前から天誅（てんちゅう）を予告する手紙が届いている。ほとんど毎日だ」

「政治家ですから、そういう類の脅迫はよくある話でしょう」

その通りだ、と西野がうなずいた。

「小原大臣は戦後最年少の女性大臣で、知っての通りなかなかの美人だ。おかしな連中にとっては格好のターゲットだろう。結婚してくれとか誘拐してやるとか、そんなのは日常茶飯事と言っていい。ただ、問題がある。ファイル内の手紙を読めばわかるが、書式、文章の書き方、封筒など、篠崎未架へのものと酷似している。まったく同じだと考えていい」

有梨はファイルに手を伸ばした。論理展開も同じだ、と西野が話を続けた。

「最初は小原大臣に期待していたが、失望した。小原大臣は衆院選で生命を懸けて政治改革に邁進するると訴えていたが、それなら死ぬべきだという」

有梨は手紙を開いた。書式が未架へのものと同じだということはすぐにわかった。文字組、改行の仕方など、明らかに同一人物の手によるものだ。

「消印を分析したところ、すべて篠崎未架に送られた手紙と同じだった。犯人は同日同時刻、同じポストから篠崎未架と小原大臣に手紙を投函している。つまり、この脅迫状の差出人は同じ人物だ」

私も同じ意見です、と大崎が掠れた声で言った。事前に話を聞いていたのだろう。

我々が恐れているのは、ジョディ・フォスター事件のパターンと似ていることだ、と西野が鼻を強くこすった。

「犯人、ジョン・ヒンクリーはジョディにふさわしい有名人になりたいというただそれだけの理由で、レーガン大統領を狙撃し、負傷させた。当たり前だが、映画スターと大統領の間には何の関係もなかった。篠崎未架と小原大臣も完全に無関係だが、犯人がどちらか、あるいは両方を襲撃する可能性がある」

「篠崎未架を脅迫しているオリビアを逮捕すれば、小原大臣の襲撃も未然に防げるということでしょうか」

有梨の問いに、その通りだ、と西野が軽く手をはたいた。

「小原大臣をいつ襲撃するか、その方法などは手紙に書いてない。逆に、篠崎未架を襲ってくる期間は限られている。本庁とも協議したが、小原大臣の警備は今まで以上に強化するが、未架を襲うために現れると予測されるオリビアの逮捕に全力を注ぐべきだという結論が出た。オリビアさえ逮捕すれば、万事丸く収まる。今後、小原大臣の警護チームと連繋を取ることが決定した。向こうも調べる。お互い情報を交換することになっているから、そのつもりでいてくれ」

うなずいた大崎が立ち上がった時、有梨のスマホが鳴った。

『気をつけろ。簡単な事件ではない　S』

応接室を出て行く西野と大崎の姿が見えなくなった。有梨は辺りに目をやった。誰もいない。

西野も大崎も、絶対にメールを送信していない。間違いなかった。

では、どうやってSは会議の内容を知ったのか。応接室に盗聴器が仕掛けてあるのか。あり得ない。警察署の中なのだ。

どういうことなのか、と有梨はスマホを握りしめたまま大きく息を吐いた。

4

SCSで待機し、戻ってきた大崎と今後について検討していると、真由から連絡があった。未架がテレビジャパン局舎に入ったという。とりあえず安全、と真由が言った。

「テレビ局のセキュリティは空港並だからね。テレビジャパンのエントランスには金属探知機まである。許可がない限り、部外者は入れない」

「ひと安心ですね」

「マネージャーの蔵野さんには、徹底的にスケジュールを秘匿してほしいと頼んだ。警察やガードマンは別だけど、マスコミなんかには絶対漏らさないようにって。どこにいるのかわからなければ、オリビアだって手は出せないでしょ」

「今後の予定はどうなっているんですか」

「いくつかワイドショーとかバラエティ番組に出演して、映画の告知や宣伝をすることになってる。それならその方がいい。極端に言うと、テレビ局から出ないでほしいぐらい。ある意味、一番安全だよ」

「そうかもしれませんね」

「自宅とテレビ局、撮影現場、その他仕事関係の送迎については、蔵野マネージャーが常に一緒にいる。未架はそんなに頻繁に外出する子じゃないみたいだ。大変だけど、どうにかカバーできると思う。久美先生にも話して、ヘルプしてもらう態勢を取れれば、より万全だけど」

「他には？」

「警備会社と話した。ガードマンとは連絡を密に取ることにした。女性ガードマンもいるから、その辺は大丈夫でしょ。未架が住んでる代官山は西渋谷(にししぶや)警察署の管轄で、巡回の強化は約束すると言ったそうだけど、どこまで当てになるかはわからない」

警察という組織は、本質的に事件が起きてから動く。ストーカー事件のように、危険が予測されるというだけでは、どうしても対応が後手に回ってしまうのはいつものことだった。巡回を強化するといっても、通常の倍程度になるだけだろうが、何もしないよりはましなはずだ。

現段階で、オリビアを名乗っている犯人はあくまでもストーカーに過ぎなかった。常識的に考えて、ストーカーはテロリストと言えない。

篠崎未架を襲う可能性はあるが、重武装しての攻撃は考えにくかった。せいぜいナイフなど刃物を持っているぐらいではないか。

自宅や移動中の車、テレビ局などに関しては、考えられる限りの手を打っているから、襲撃は防げるだろう。徹底的にガードすれば、十分に守り切れる。

「今日は十三日の月曜」あと約二週間だ、という真由の声が聞こえた。「二十五日まで守ればいい。あたしはテレビジャパンにいるから、白井は周辺状況を調べて。分担しよう」

了解ですと答えて電話を切った。今後どうなっていくのか予想もつかなかったが、今は未架のガードとオリビアの発見に全力を注ぐしかない。

有梨は席を立って、SCSの会議室のドアを開いた。久美と田村が向かい合わせに座り、事務所から届けられたオリビアの手紙を調べていた。

「朝の連続ドラマが始まったのは、昨年の十月です」田村が手紙を手にしたまま顔を上げた。「事務所の担当者の話では、放送開始からしばらくしてオリビアの手紙が来るようになったそうです。正確な日付などは不明。十一月の前半だった、ぐらいにしか覚えてません。最初のうちは本人にすべて渡していたので、事務所には残ってませんでした。異状に気づいて保管するようになったのは今年に入ってからで、二月一日からの分がここにあります」

全部で五百二十三通、と久美が苦笑した。

「二月一日から六月まで、約五カ月でその数です。一日三、四通は出していたようですね」

久美はセラピストの立場から、オリビアのプロファイリングを担当していた。田村はその補助だ。日本の警察には科捜研も含め、正確な意味でのプロファイラーは少数しか存在しない。多くの場合、外部の心理学者、あるいは精神科医などに分析を任せている。今までも、久美はセラピストとして警察に協力していたが、今回のケースも同じだった。

「何かわかった?」

腰を下ろしながら有梨は聞いた。とりあえず消印のデータをすべて調べました、と田村がノートパソコンを叩いた。

「手紙は都内全域のポストに投函されています。新宿周辺が多いようですね。おそらく住居もしくは勤務先などが新宿に近いんでしょう」

「オリビアは東京在住ということね」

もしくは近県、と田村が言った。

「消印の時刻について、八割ほどは午前中ですが、残りは午後、夜間の場合もあります。いくつか郵便局に確認して、ある程度時間の絞り込みができましたが、パターンはありません。いつ投函すると決めていたわけではないんでしょう」

「つまり？」

会社員と考えるのは難しいということです、と久美が話を引き取った。

「少なくとも内勤、デスクワークの人間ではないと思われます。新宿周辺が多いのは事実ですが、他の区のポストからも投函されています。それだけ広範囲を動き回るのは、内勤の会社員だと難しいのではないでしょうか」

「学生かもしれない」

有梨の指摘に、可能性は十分ありますと久美がうなずいた。

「文章のタッチ、使っているワード、その他からも若者と考える方が自然です。具体的な年齢となると、高校生から二十代ということになるでしょう。個人的な意見としては大学生、もしくは二十代のニート、フリーターが考えられますね。文面から察するに、教育水準は低くありません。誤字などはほとんどなく、大学生並の教養は楽にあります」

「重要なポイントだけど、オリビアは男？　それとも女？」

まだわかりません、と久美が首を振った。

「恋愛感情を匂わすような表現もありますが、むしろ強く感じられるのは姉、もしくは妹に対する思慕の念です。恋愛の対象というより、家族愛と言った方がいいのか……そこは判断できません」

小原大臣の秘書からさっき連絡があった、と有梨は言った。

「彼女への脅迫状のコピーがこちらへ送られてくる。その分析も頼みたいんだけど、その前に篠崎未架の事務所に一緒に行ってほしい。板垣社長とアポが取れた」

わかりました、と久美が手紙を置いて立ち上がった。無言のまま、田村がキーボードを叩いている。その音を背中で聞きながら、有梨は会議室を出た。

5

芸能事務所オクトパスアーチストは中目黒(なかめぐろ)にあった。古いビルの三階にある事務所に入ると、壁中に篠崎未架のポスターが貼(は)ってあった。

所属しているタレントは十人ほどだという。未架以外は無名といっていい。事務所としても、未架に懸けているところがあるのだろう。

有梨と久美を出迎えたのは社長の板垣本人だった。グレーのスーツを着た板垣は業界人というより、銀行マンのような風貌をしていた。五十代前半の、人の好さそうな男だ。

「お座りください」ミーティングルームとプレートのかかった部屋に入った板垣がソファセットを指さした。「今、お茶を持ってこさせます。このたびはご迷惑を……」

「さっそくですが、お話を聞かせてください」自分と久美の名前を言ってから、有梨は口を開いた。

「今回の件について、篠崎未架さん本人はどこまで事態を把握しているのでしょうか」

「オリビアと名乗っている誰かが危害を加えようとしているのは、本人もわかっています。ただ、あの子はまだ二十歳ですからね。どこまで危機感を持っているのかは何とも……」

「わたしたちの任務は彼女をガードすることです。本人の協力がなければ、完璧な警備は不可能です。勝手に外出するようでは、安全は保障できません。オリビアの襲撃から彼女を守るためには、事務所を含め全面的な協力を――」

そのつもりですが、と板垣が外国人のように両手を広げた。

「ご存じの通り、未架は『ハラ坊!』の主演女優として、あっと言う間にスターになったわけです。熱狂的なファンは数え切れません。事務所としても、そういう人達を頭から疑ってかかるわけにもいかんのです。人気商売ですからね」

「事情はわかりますが……」

「とはいえ、おかしな奴が何かしてきたら、本人の責任でなくても世間は騒ぐでしょう。いったいどうしたらいいのかと……」

板垣自身は未架の商品価値が下がるという不安が強いようだった。心配していないというのではないが、芸能界ではよくあることだという認識があるのかもしれなかった。

「朝ドラ以降、放送中も含めてですが、何か未架さんの周囲でトラブルは起きていませんか」

「刑事さんもあの子と会われてますよね。外見はあんなふうですし、周りからも可愛がられています」板垣が娘を自慢するように言った。「嫌われるタイプじゃないんですよ。我々にわかっている限り、男性関係はありません。今が正念場です。スキャンダルなどが出たら致命傷になります。本人だって承知してますよ」

芸能界のことをよく知らないのですが、と久美が辺りを見回した。

「足を引っ張られたりとか、ライバル視されたりとか、そんなことはありませんか？」

「少女マンガの世界だとそんなこともあるようですが」今はそういう時代じゃありません、と板垣が口に手を当てて笑った。「人気は出ましたが、まだ新人です。目障りだとか、そんなふうに思う人間はいないでしょう」

「仕事関係以外ではどうでしょう」有梨は質問の方向を変えた。「プライベートな部分で、何か問題はありませんか？」

ありませんと申し上げたいのですが、と板垣が憮然(ぶぜん)とした表情を浮かべた。

「実は、本人の父親と今後の展開について意見の相違がありまして」

「父親？」

昔風に言えばステージパパですよ、と板垣が煙草をくわえた。

「あの子はうちの養成所出身で、本格的なデビューはもっと先になる予定だったんです。オーディションに受かって朝ドラの主演に抜擢(ばってき)されたわけですが、父親が舞い上がっていろいろ口を出すようになった。もっと露出を増やすべきだとか、水着ぐらいやってもいいんじゃないかとか」

「実の娘にグラビアをやれと？　あまり父親らしくない発言ですね」

「もっとアイドルっぽく売り出せということです」わからなくはないんですが、と板垣が額の汗をハンカチで拭った。「私としては、未架を本格的な女優として育てたいんです。あの子にはスターの資質があります。クイズ番組なんかに出して小銭を稼ぎたいわけじゃない。大女優になる可能性を秘めている。私は心中したっていいとまで思ってますよ」

「本人はどう言ってるんですか」

「今のところは、私に従うつもりのようです。ただ、父親が契約の見直しを強く申し出てましてね。取り分のパーセンテージとか、そういうことです。とはいえ、この四月に新しい契約を取り交わしたばかりで、来春まで変更はできないと伝えています」

「本人は不満がないのでしょうか」

「金銭的な意味では、ないと思いますよ。不平不満を言ったことはありません。ただ、疲れているのは事実です。朝ドラの撮影中は、半年間ほぼ休みがなかった。映画の仕事を受けたのは、あの子が尊敬している監督からのオファーということもあって、断れなかったからで、本当は休ませたかったですよ」

「そのすぐ後に、ハリウッド映画にも出演されたと伺いました」

「将来的には国際派女優を目指すという目標がありましたので、無理を押してでもやらざるを得ませんでした。トータルで一年近く休んでいません。そこは本人も不満というか、言いたいことがあるでしょう。ですから、今回の映画が公開されれば、三カ月休みなさいと伝えました。どこに行っても、何をしても構わない、自覚に任せると言ってあります」

「オリビアについて心当たりは？」

「思い当たりませんね。芸能界ではよくあることです。危険な存在だとは思いますが——」

バッグに入れていたスマホが鳴り出した。失礼と断ってから、有梨は番号を確認した。大崎の携帯からだった。

「丘くんから連絡があった。テレビジャパンにいる篠崎未架の楽屋で、封筒が見つかった」

「封筒？」

「中に銃弾が入っていた」

「銃弾？」

意外な言葉に、思わず声が高くなった。手紙などはない、と大崎が言った。

「今、丘くんが現場保全や関係者の聞き込みをしている。銃弾が本物かどうかはまだ不明だが、君も行ってくれ。加納と渡会も向かってる」

「了解しました」

電話を切った。銃弾とは、と板垣が頬を引きつらせた。

6

久美と台場（だいば）のテレビジャパンに急行すると、正面のエントランスにパトカーが二台停まっていた。真由が連絡したのだろう。

受付で手続きを済ませ、十階にあるタレントクロークに向かった。楽屋も同じフロアにあるという。

エレベーターを降りると、数人の警備員が立っていた。警察手帳を提示して細長い通路を抜けると、左右に数十の扉がある場所に出た。通路に面した窓から外を見ていた加納と渡会が振り向いた。

「そこの奥だ。丘は中にいる」

おれたちは入るなとさ、と渡会が苦笑した。

「女優さんが相手だと、気を遣うよ」

ノックするとドアが開き、しかめ面の真由が顔だけを覗かせた。楽屋は十畳ほどの広さだ。畳が敷いてあるのは、横になるためなのだろう。小さな机とテレビがあるが、それ以外何もなかった。

「彼女は水上警察の鑑識」真由が中にいた中年の女性を横目で見た。「一応、調べは終わってる。現場保全の必要があるけど、室内の物には触っても大丈夫」

状況はどうなってるんですか、と有梨は辺りを見回した。この封筒がテレビ台のDVDの横にあった、と真由がスマホで撮影した写真を見せた。

「今までオリビアが使ってたものと同じで、指紋なんかは採取できなかった。宛名も手紙もない。中に入っていたのはこれ」

画面をスワイプした。アップで写っていたのは、鈍く光る銃弾だった。本物でしょうか、と久美が眉をひそめた。

「今、調べてる。いつからあったのかはわかっていない」本人が見つけた、と真由が言った。「彼女がこの楽屋に入ったのは三時間ほど前で、見つけてから約一時間が経ってる。すぐ蔵野マネージャーに伝えた」

「楽屋のシステムがわからないんですけど、ここは朝から空いてたんですか」

「今日になってからはそう。未架の専用ってわけじゃない」昨日は別のタレントが使っていた、と真由が早口で説明した。「昨夜十時、そのタレントはこの楽屋を出てる。その後、専門の業者が清掃に入った。深夜十二時から約一時間ほどかけて室内をクリーニングしたそうだけど、その時は封筒に気づかなかったと言ってる」

「では、深夜一時以降、未架さんが来た午後一時まで、誰も入っていないということですか」

「そういうことになる。ただ、清掃業者が出た後、楽屋に鍵はかけていない。見ての通り、物がないからね。ロックはカードキーで、タレントクロークが発行するけど、出演者が入る前にケータリングの準備をしたり、空調のチェックなんかもあるから、いちいち鍵をかけて管理するわけにもいかない。基本的には施錠しないことになってるそうだけど」

「入ろうと思えば誰でも入れた？」

局内にいた者なら、と真由がうなずいた。

「昼過ぎ、番組のＡＤが篠崎未架の名前を楽屋の扉に貼り出した。彼女の楽屋だということは、それでわかったんじゃないかな」

「室内に防犯カメラは？」

「そんなものないって」プライベート空間なんだよ、と真由が苦笑いを浮かべた。「ただ、外の通路は二十四時間撮影されている。直接通路全体を映しているから、人の出入りはチェックできる。今、昨夜十二時以降の画像を分析中」

「楽屋に入った者は？」

不審人物が出入りしていた形跡はない、と真由が手を振った。

「この楽屋は、エレベーターからだとタレントクロークを通らなきゃならない。非常階段には警備員が立ってるから、怪しい人間が通れば、声ぐらいはかけただろう。変な動きをしている者はいなかったと言ってる」

でもテレビ局です、と久美が囁いた。

「わからないですけど、おかしなかぶり物をしているとか、そんな人はいるんじゃないでしょうか」

「それを言い出すと難しくなってくるね」真由が男のように肩をすくめた。「今のところわかってるのは、未架が楽屋入りする前に、ＡＤやケータリング業者、飲み物や花を届けた者がいるってこと。それについては所轄が調べてる」

思ったんですが、と有梨はテレビ台に目をやった。

「封筒はあの下にあるDVDデッキの棚に置かれていたわけですよね。未架さんが発見したということですが、何日も前からあった可能性は？　見たところ、わかりにくい場所とも思えませんが、誰も気づかなかったということでしょうか」

そこはわからない、と真由が首を振った。

「確かに、未架を狙って置いていったのかどうかは何とも言えない。封筒に宛名はなかったし、メッセージも遺されていなかった。誰か別のタレント、芸能人を狙ったということも有り得る。今、この一週間の使用者リストを調べているところ」

「小道具ということでは？」久美が小首を傾げた。「ドラマとかで銃弾を使うようなシチュエーションがあったとか……置いていったというより、忘れていったのだとは考えられませんか」

何とも言えない、と真由が答えた。それ以外、言いようがないだろう。今言えるのは、犯人が未架を狙ったのかどうか断定できないということだけだ。

「この楽屋を昨日使っていたというタレントは何と言ってるんですか」

「電話で確認した。覚えていないと言ってる。お笑いタレントなんだけど、そんなものがあったんですかって。自分では置いていないと言ってたけど、嘘をついている感じはしなかった。狙われる心当たりもないと言ってる」

ノックの音と同時に、ちょっといいか、とドアを開けた加納が顔を突っ込んできた。

「防犯カメラの画像解析が終わった。警備会社が映っていた人間のプリントアウトを送ってきた。見るか」

もちろん、と真由がドアを開けた。加納が紙袋を抱えた渡会と一緒に中へ入ってきた。

「この通路は、楽屋に出入りする他の芸能人やスタッフなんかも通る」加納が親指で背後を指した。「一日単位で見たら、何百人が行き来しているんだろう。ただ、幸いなことにこの楽屋は奥から二番目だ。用がなければここまでは来ない。局の人間にチェックしてもらって、明らかに無関係な人間は外した。残ったのはこの連中だ」

紙袋の中身を畳の上に広げた。五十枚以上のプリントアウトだ。それぞれ、顔が写っていた。

セキュリティチェックは厳しいが、パスがあれば誰でも入れる、と加納が説明した。

「入館パスといっても単なる紙切れに過ぎない。偽造するのは難しくないだろう」

「事前にパスを入手したかもしれません」

久美の指摘に、可能性はあると渡会がうなずいた。

「もう何年も前から、パスの形式に変更はないそうだ。五年前のものをコピーしても、日付をごまかせば十分使える。出前や宅配便業者なども楽屋に入っている。カメラ位置の関係で、全員の顔が正面から映ってるわけじゃない。角度によっては顔がわからない者もいる」例えばこいつだ、とうつむいている若い男のプリントアウトを取り上げた。「他にも四人ほどいる。そのうちの誰かということかもしれない」

「テレビジャパンには一日でのべ一万人前後の人間が出入りしているそうだ」加納が憂鬱そうに言った。「社員だけでも千人、番組の制作会社やスタッフはその数倍、出演者や関係者も同じぐらいいる。パスを偽造して、一度局内に入れば、どこへ行こうと止められることもない。セキュリティが厳しいのは本当だが、侵入してしまえば自由に動けるんだ」

「問題は、篠崎未架を狙ってオリビアが銃弾を置いていったかどうかってことでしょう」真由が口元を歪めた。「何のためにそんなものを？　脅し？　殺人予告のメッセージ？」

そもそも、彼女を狙ったかどうかわかってない、と加納が首を振った。

「どうなんだ、その辺は」

「わかりませんが、タイミングとしてはやはり未架さんを狙った可能性が高いと思います」有梨は四人を順に見つめた。「他にこの楽屋を利用した誰かというのは、考えにくいのではないでしょうか。それに、誰も気づかなかったというのも妙な話です。本人だけではなく、スタッフも入ったでしょうし、利用後には清掃業者なども入っています。そして、封筒はオリビアが使っているものです」

そうだな、と加納がうなずいた。

「オリビアがこの楽屋に入り、銃弾を置いていった。脅迫の意図があったんだろう。だとしたら、オリビアは確実に防犯カメラに映り込んでいる。顔の映っていない四人だか五人だかが怪しいな」

「だけど、オリビアが芸能人だったり、テレビ局のスタッフだということもないとは言えないんじゃないの」真由が正面から見つめた。「清掃業者もそうだけど、局に出入りしている関係者かもしれない。チェックから外した者がいると言ったけど、有名人だからっていうのは理由にならないよね。テレビ局員だって事務所にだって、未架に執着してる人間がいたのかも……関係ないとは言い切れないでしょ」

芸能人ってことはないんじゃないか、と加納が畳の上に直接腰を下ろした。

「未架のスケジュールがわからないだろう。仮に何かで知ったとしても、用がないのにテレビ局へ来てたら、何でいるんですかってことになる」

そうは言うけど、番組スタッフは彼女のスケジュールを知ってる、と真由が反論した。

「そこから他の事務所のタレントに漏れたのかもしれない。同じ日に収録があったというのは偶然が過ぎるって言うかもしれないけど、だから今日銃弾を置いていったと考えることもできるし……」

熱心なファンなら追っかけだってしますよね、と久美が遠慮がちに意見を言った。

「朝からつけていれば、テレビジャパンに入ったことはわかったでしょう。事前に準備していた入館パスを使って局舎に侵入し、銃弾を置いていったとは考えられませんか」

全員が黙った。どの可能性もゼロとは言えない。判断するための材料が少な過ぎるのだ。

失礼しますという声と共にドアが開き、蔵野が顔を覗かせた。未架も一緒だった。

「どうなんです？　銃弾を置いていった犯人はわかったんですか」

苛立ちを隠せない様子で、蔵野が叫ぶように言った。まだです、と加納が首を振った。

「お願いしますよ、早く調べてください。こんなことがあったんじゃ、テレビ局も安全だと言い切れなくなります」

座っていていいよ、と優しい声で言った蔵野が未架にペットボトルの炭酸飲料を渡してから、刑事たちに目を向けた。

「そろそろ出てもらえますか。リハーサルの時間です。メイクは終わってますが、着替えなきゃなりません」

「番組に出演するんですか？」

「これぐらいのことじゃ、穴は空けられませんよ」出てください、と蔵野がもう一度言った。「映画のプロモーションなんです。迷惑はかけられません」

何かが起きてからでは遅いと思います、と有梨は半歩前に出た。

「銃弾が遺されていた以上、犯人が拳銃などを所持している可能性があります。出演される番組では、客入れをするそうですが、客席から襲われるかもしれません。今まで以上に、警察や警備会社が徹底的にガードするべきだと思いますが」

アメリカのテレビ番組とは違いますよ、と蔵野が苦笑を浮かべた。

「客席前には警備員だって立ってるんです。おかしな動きをする者がいれば、すぐわかりますよ」

「ですが、万が一の場合――」

「それに、銃弾といってもまだ本物かどうかわかっていないんでしょう？」蔵野が肩をすくめた。「オモチャかもしれない。そんなものに怯えていたら、この仕事はできないですよ」

「拳銃はともかく、ナイフなどで襲われたらどうします？」彼女を守れますか、と有梨は柱を背に座っている未架に視線を向けた。「率直に言って、蔵野さん一人で暴漢を防ぐのは難しいのではないでしょうか」

「事務所に若い男のスタッフが数人います。彼らをこっちへ呼ぶことにしました。ガードマンだっているんです。目を離したりはしません。ぼくたちが守りますよ」

「オリビアが女性の可能性もあります。男性スタッフであれば、トイレや入浴については一緒に行動できません。テレビ局のトイレで未架さんを待ち伏せしていたら？　銃弾は犯行予告のメッセージと考えていいと思います。どう対処すべきか、判断が必要な事態です」

では、あなた方が直接ガードしてもらえませんか、と蔵野が言った。

「丘刑事、それとあなた……木下さんでしたっけ？　三人で見張っていただければ安心できます。おっしゃる通り、男性スタッフだけでは目が届かなくなる場合もあるでしょう。何とかなりませんか」

有梨は真由と久美を交互に見つめた。仕方ない、と真由がうなずいた。

「そうするしかないでしょう。ローテーションを組みます。蔵野さん、警備会社には女性警備員もいますよね。そちらの方にも協力してもらえると助かるんですが」

頼んでみましょう、と蔵野がスマホに手をやった。スタイリストなのか、衣装を抱えた背の高い女性が入ってくるのと入れ替わりで、有梨たちは楽屋を出た。

「面倒臭いことになったね……三交替か」

八時間ごとに交替しよう、と真由が時計に目をやった。室長の了解を取ります、とスマホを取り出した有梨の手の中で着信音が鳴った。

『気をつけろ。意外なところに犯人は潜んでいる　S』

顔を伏せたまま、目だけを左右に動かした。不審な動きをしている者はいなかった。

警備会社に電話していた蔵野が楽屋から出てきて、通路で待っていたテレビ局のスタッフと打ち合わせを始めていた。

おれたちはここで見張ろう、と加納が腕に触れた。うなずきながら、有梨はスマホをしまった。

7

ストーカー犯罪対策室、SCSはSPと違い、特別な警護訓練は受けていない。専門外ということもあり、ストーカーの襲撃から篠崎未架を完璧な形で守り抜くのは困難だった。

ただ、期限は約二週間だ。所属事務所もスケジュールを整理し、自宅とテレビ局など仕事場に居場所を限定することで、危険を最小限に留めるという合意が取れていた。

有梨は真由と共に、未架本人と話した。プライベートも含め、身辺に張り付く形での警護をすることになったと伝えると、やや不満そうな表情が浮かんだ。本人も危険が迫っているのはわかっているのだろうが、納得しているわけではないようだった。

まだ二十歳だ。二週間とはいえ、他人に監視される状況に不満があるのは確かだろう。気持ちはわからなくもないけど、と説得に当たったのは真由だった。

「極端な話、トイレに行くのでも、ひと声かけてもらってからということになる。ちょっとコンビニへとか、近くに友達が来てるから会いに行くとか、そういうこともあたしたちの誰かが一緒に行くしかない。不愉快だっていうのはよくわかるけど、今は我慢するしかないんじゃない？　二週間後、あなたは休みを取って海外へ行く。それまでの辛抱なんだから」

有梨もストーカー犯罪の危険性を例を挙げて説明した。一般的に、ストーカー被害者に対し、直接的な行動に出る者は十パーセントもいない。

だが、未架は芸能人だ。殺されるとまでは言わないが、対応を誤れば世間から妙な勘ぐりを受けることにもなりかねないだろう。

今の未架の立場を考えれば、この時期のスキャンダルは命取りになる。それも含め、警察を信じて任せてほしいと話すと、それでようやく未架も納得したようだった。

真由、そして久美と相談して、二週間分のローテーションを組んだ。簡単に言えば三交代制ということになるが、映画の公開を目前に控え、未架は多忙を極めている。全国公開であるため、大阪、名古屋などへプロモーションに行く日程も設定されていた。

取材が殺到しており、周囲の人間の動きも複雑だ。三人だけでカバーできないのは明らかだった。大崎の指示で、数名の女性警官、そして警備会社の女性ガードマンがバックアップ要員として入ることになった。警備態勢が整ったのは、銃弾騒ぎがあった二日後だった。

その日の午前十時、交代のため代官山の未架のマンションへ来た久美と入れ替わって、有梨は一度帰宅することにした。マンション自体は警備員が見張っているし、セキュリティも厳重だ。安全は保障されていると考えていいだろう。

駅へ向かいながらスマホに届いていたメールを確認した。

『今、終わったのか？　忙し過ぎるようだ。少しは休んだ方がいい　S』

未架のストーカーがSほど執拗であった場合、本当に安全だと言い切れるのだろうか。Sが直接危害を加えるような行動に出たことはなかったが、オリビアはどうなのか。

振り向くと、十階建ての高級マンションが陽の光に照らされていた。どこかにストーカーが潜んでいるのだろうかと辺りを見回したが、不審な気配はなかった。

ため息をついて、駅までの道を歩いていた足が不意に止まった。Sとオリビアには共通点がある。タクシーを停め、新品川署へ向かうよう頼み、そのままスマホを開いた。Sとオリビアに共通しているのは、どちらもストーキングの対象について、詳しく知っていることだ。Sは有梨の、オリビアは未架のスケジュールをかなりの精度で把握している。

Sについてはともかく、オリビアがどうやってスケジュールを調べているかは想像がついた。事務所が運営しているホームページの掲示板に、未架が出演する番組の情報などが必ずアップされる。それを見れば、ある程度見当はつくはずだった。

スマホで検索すると、オクトパスアーチストのホームページがすぐに出てきた。篠崎未架ファンクラブが結成されたのは約一年前だ。朝ドラ出演を機に、事務所が立ち上げたのだろう。

間違いなくオリビアはファンクラブの会員だ。しかも、かなり初期からではないか。

蔵野に電話で確認すると、会員数は約六千人だという。ブログには未架本人が、不定期だが、今何の仕事をしているか、あるいはどこで食事をしたかなど、近況をリアルタイムで書き込んでいる場合があるのもわかった。

ＳＣＳに戻り、ファンクラブの会員を調べてはどうかと大崎に話した。個人情報が含まれていることを理由に大崎は難色を示したが、小原大臣のストーカーがその中にいる可能性を説くと、副署長の西野と相談した上で、事務所に会員リストの提出を求めることになった。

本来なら令状が必要だが、夕方までに各方面の許可を取ると西野が確約したため、事務所の板垣社長もこれを了解した。会員名簿がデータの形でＳＣＳに送られてきたのは、午後一時のことだった。

田村と共にリストの解析を始めた。ファンクラブの会員数は約六千人だが、地理的条件を考え、東京とその周辺の各県以外の名前を省いていくと、七百人に絞り込まれた。

更に高齢者、小学生などを除いていき、久美のプロファイリングに基づいてふるいにかけると、残ったのは三十人ほどになった。

乱暴なやり方だとわかっていた。精確さに欠けるし、退会した者は含まれていない。ファンクラブの入会登録している住所が他県であっても、現住所は東京という者もいるだろう。ファンクラブの入会に当たり、事務所はいちいち入会希望者の身元を確認したりしない。

ただ、現状ではこういう形で絞り込んでいくしかなかった。犯人を特定することが目的ではない。オリビアの可能性がある人物をあぶり出し、アリバイを確認するためだ。

当該者約三十人について、住所、電話番号、メールアドレスなど連絡先はすべてわかっていた。記載されている住所のある所轄署の協力を得て、アリバイ調査をするように大崎が調整した。重要なのは未架の控室から銃弾が発見された日で、当日及び前日のアリバイがあれば、犯人ではないことになる。

予想していたより調査は早く進んだ。これには理由があり、アリバイを調べるのとは別に、それまでオリビアがほぼ毎日のようにファンレターを投函していたことが大きな手掛かりになっていた。オリビアはファンレターを都内のポストから出している。時間は不規則だが、基本的には午後と考えていい。

会員名簿にはサラリーマンやＯＬも含まれていたが、外回りのいわゆる営業職ならともかく、内勤をメインにしている社員だと、そこまで自由に動き回ることはできないという判断があった。

加えて、土地勘の問題もオリビアの条件のひとつだった。手紙を投函しているポストは町中にあるものばかりで、郵便局の本局、支局などは使っていない。防犯カメラに自分の姿を映されるリスクを避けているのだろう。

犯人がそう考えるのは自然だが、書店などで販売している住宅地図、あるいはグーグルマップなどに、ひとつひとつのポストまでの記載はない。ストリートビューなどを通じて調べたのかもしれないが、それも完全な情報とは言えないはずだ。

駅やバス停などの周辺にあるものだけではなく、メインの通りから外れた道路沿いのポストもオリビアは使っていた。可能性として考えられるのは、オリビアが自転車、バイク、車などを運転して、自分で探したということだ。

ある程度片寄りがあるとはいえ、かなりの広範囲に及んでいる。自転車は考えにくい。バイク、もしくは車ということになるだろう。

従って、自動二輪、あるいは普通免許を所持し、バイクあるいは自家用車を持っていなければならない。そして、道に詳しい者ということになる。

それらの条件を加味して考えると、ほとんどの者がリストから外された。最後に一人の若い男の名前が浮かんだのは、調査を開始してから二十時間後だった。

8

「鈴川誠、二十一歳」有梨はSCSの会議室に集まっていた全捜査員の前で、ホワイトボードに名前を書いた。「現住所、目黒区碑文谷。鮎東大学理工学部三年。半年前から休学中です」

横に立っていた田村が、ファンクラブの会員証からコピーした顔写真を配った。線が細く、女性のように髪が長い。鼻の横に大きなホクロがあった。

「見るからにオタクって感じだな」

そう言った加納に、顔で判断しちゃまずいでしょうと渡会が言った。苦笑を浮かべた加納が小さく舌打ちをした。いちいち言わなくてもわかっている、ということだろう。

「じゃあ、こいつが最後まで残った男なんだな?」

そうです、と有梨はうなずいた。

「篠崎未架のファンクラブには、発足直後から入会しています。大学のクラスメイトによると、デビューした直後から熱心に彼女の話をしていたということですので、熱烈なファンと言っていいと思います」

アリバイはどうなんだ、と大崎がお茶を飲みながら尋ねた。はっきりしません、と答えたのは田村だった。

「鈴川に親しい友人はいませんし、毎日部屋に籠もっていることが多いようですから、アリバイを証明するのは難しいでしょう。ですが、そんなものかもしれません。弁護するわけじゃないですけど、ぼくも似たようなものでしたから……ただ、重要な事実が確認されています」

「重要な事実？」

「篠崎未架の控室から銃弾が発見されたあの日、鈴川はモノレールゆりかもめの台場駅で降りています」

駅改札の防犯カメラに映っていました、と拡大された鮮度の悪い写真をホワイトボードに貼り付けた。時間表示は九時十分となっていた。

「言うまでもありませんが、テレビジャパンは台場駅から徒歩一分です。偶然とは言えないでしょう。テレビジャパンは中継用に敷地周辺の映像を常に撮影しているんですが、鈴川はそちらにも映り込んでいます」

間違いないんじゃないか、と加納が指を鳴らした。わたしのプロファイリングとも一致します、と久美が遠慮がちに言った。

「目立たない、内向的な性格の若者。おそらくは大学生。行動の自由があり、時間を持て余している。すべての条件が当てはまります」

「もうひとつ、鈴川はオートバイを所持しています」有梨は国交省地方運輸局から取り寄せていた書類のコピーを示した。「彼は大学入学後、バイク便の会社でアルバイトをしていました。二十三区全域が担当区域で、一年半ほど前までは、ほぼ毎日出勤して都内を走っていたそうですから、道路事情にも詳しいでしょう。ポストの位置などはある程度わかっていたはずですし、走りながら探すことも可能だったと考えられます」

ひとつだけわからないことがあるんですが、と田村が首を捻りながら付け加えた。

「鈴川はテレビジャパン内の防犯カメラに映っていません。局内に侵入しなければ、銃弾を控室に置いていくことはできませんからね。その辺がどうも……」

銃弾についてだが、と渡会が立ち上がった。

「調べたところ、旧日本陸軍が使用していたもののようだ。製造から七、八十年は経っている。当然、実際に使用することはできない。こういう戦争中の武器類は古物商が扱っているそうだ。銃弾だけに関して言うと、都内のデパートなんかで催される骨董市とかでも買えるらしい。他にも、ネットのサイトで直接販売しているところもある。誰でも入手可能だ」

先祖代々、家宝にしていたのかもしれない、と加納が唇をすぼめた。

「いずれにせよ、単なる脅しに過ぎない。鈴川に未架を傷つけるつもりはなかったんじゃないか」

鈴川が未架をストーキングしていたのは、ほぼ間違いない。楽屋に銃弾を置いたのも鈴川だろう、と全員がうなずいた。

「その後、変わったことはないか」

大崎が有梨と久美に目を向けた。真由は未架の警護のため、今は六本木のスタジオにいる。何もありません、と有梨は答えた。

「事務所にオリビアからの手紙は来なくなっています。未架本人はもちろんですが、蔵野マネージャー、あるいは会社宛てにも届いていません」

諦めたかな、と大崎が顎に手をかけた。

「警察が厳重な警戒をしているのは、オリビアもわかっているだろう。下手に手を出せば逮捕されると思って、ストーキングを止めたかもしれん」

そうですね、と久美がうなずいた。他の刑事たちも同じ意見のようだった。

未架の周囲に刑事や女性ガードマンなどが張り付いているのは、誰が見てもわかるだろう。警察の方針としても、ガードする人間を隠していなかった。

威力警護と呼ばれる方法で、例えば総理大臣のSPなども同様のやり方をする場合が多い。犯人としても手を出しにくい状況なのは確かだった。

「今後も警戒を続けるが、おそらく犯人は動かないだろう。何か仕掛けてくるとすれば、映画の公開日だ。舞台挨拶が最も危険だと考えられる」それについては別途手配する予定だ、と大崎が結論を出した。「とにかく、鈴川という男について詳しく調べてみよう。渡会、田村と組んで当たってくれ。全員、報告を逐一上げること。以上だ」

了解、と答えた加納を先頭に男たちが会議室から出て行った。最後に立ち上がった有梨のスマホが小さく鳴った。

『油断するな。まだ終わっていない。ストーカーを甘く見てはならない　S』

有梨は会議室を見回した。根拠はないが、同じことを考えていた。

犯人が鈴川であるにせよ、そうでないにせよ、まだ決着はついていないという直感があったが、Sはなぜそう思うのだろう。

質問してみたかったが、スマホから手を放した。ストーカー対策の第一歩は、決して接触しないことだとわかっていた。

『君のことが心配だ　S』

再びメールが入った。いったい何を考えているのか。背筋が寒くなった。

どういう意図でこんなことを言うのか。恋愛感情ということなのか。

誰なの、とつぶやいた。返事はなかった。

9

それからも連日、未架の警備についた。単純計算で一日八時間を未架と過ごすようになり、多少話をするようになっていた。事務所社長の板垣、マネージャーの蔵野、父親とも話す機会があった。

板垣はあまり気にしていないようだったが、父親の事務所に対する不信感は強かった。作品選びの基準、売り出し方や露出の展開について、父親は持論を強く主張した。玄人受けする本格的な女優にしたいという板垣の方針は古い、と断じることもあった。まだアイドル的に売っていく年齢ではないかと考えているようだ。

自分の娘の水着姿を世間にアピールしたいという考え方は理解できなかったが、まだ四十歳と若いこともあり、抵抗感はないのだろう。公開直前の映画についても、アート志向の作品には出したくなかったと何度も繰り返した。金銭的な不満もあるようだ。

板垣や蔵野によれば、未架本人が今回の映画に出演を希望したという話だったが、未架自身の口からそうではなかったと聞かされた。事務所主導で決まったことだという。

朝の連続ドラマに出るまで、未架は新人女優に過ぎず、もっと言えば一介の研修生レベルだった。『ハラ坊!』のオーディションに受かったことから、大きく流れが変わったのだが、映画についてもドラマ出演と相前後して決まっていたため、ノーと言えなかったという。どこの世界でも新人は大変だね、というのが一緒に話を聞いていた真由の感想だった。

やりたいことだけができるわけではない。勉強と称して訳のわからない仕事を押し付けられる場合もある。女優とか芸能人ということではなく、それが社会というものなのだろう。

大崎からは、小原大臣への脅迫状について連絡があった。未架へのオリビアの手紙が来なくなったのと同時に、小原大臣に対する脅迫も止まったという。

やはり犯人は同一人物のようだ。だが、女優と女性政治家を同時にストーキングする意図が何だったのかは不明なままだった。

渡会と田村は鈴川を調べていた。自宅などを中心に監視を続けているが、今のところ目立った動きはないということだった。

その後、事件について大きな進展がないまま数日が過ぎていた。報告のために署に顔を出した有梨に、ちょっといいですかと田村が囁いた。

「例のSのメールについてです」有梨の肩を押すようにして会議室に入った田村が、小声で言った。「どうやって白井さんの情報を得ているかですが、やはり盗聴されているんじゃないかと思います」

小さな声で話してくださいと書いてあるメモを渡された。そうだと思ってた、と有梨はうなずいた。

「一度、自宅を調べてみてはどうでしょう」辺りを見回しながら、田村が唇だけを動かした。「ぼくはソフト解析専門の技術職ですから、機材について詳しいわけじゃないんですけど、最近の盗聴器は超小型化されていて、容易に存在が突き止められないこともあるそうです。専門家や業者などもいますから、そっちに頼んでみるべきでは？」

自分でも部屋は調べた、と有梨は首を振った。

「だけど、見つからなかった。田村くんの言う通り、盗聴されているのは間違いないんだろうけど、自宅だけじゃなくて、この刑事部屋にいる時の会話とかも聞かれてるような気がする」

「そんなこと、言ってましたね」だからこうやって小声で話してるんですけど、と田村が苦笑した。

「ちょっと信じられないです。ＳＣＳに限らず、他部署にも定期的にチェックが入っています。情報漏れに配慮せざるを得ない時代ですからね。もし署内に盗聴器が仕掛けられているとしたら、警察内部にストーカーがいるってことになりますよ。白井さんを狙ってるというのは、何か恨まれているとか、そういうことなんでしょうか」

冗談めかした言い方だったが、目は真剣だった。何とも言えない、と答えるしかなかった。

警察という組織も基本的には会社と同じだ。人間関係もあるし、軋轢もある。むしろ普通の会社より、縄張り意識は強いだろう。自分では気づいていないが、見当違いな恨みを抱かれているのかもしれなかった。

「あるいは、過去に逮捕した犯罪者が逆恨みをしているとか……盗聴器とかに詳しい奴もいるでしょう。清掃業者を買収して、盗聴器を設置してるのかもしれません」田村が片方の眉を上げた。

「気をつけてください。もう少し調べてみますから」

わかった、とうなずいた。関係ないですけど、と田村が立ち上がった。

「丘さんの弟さんをご存じなんですか」

「どうして？」

意思と関係なく、目がまばたきを繰り返した。七年前に亡くなられたそうですね、と田村が辺りを見回した。

「命日に休みを取るつもりだと言ってました。白井は覚えてるのかなとも……何かあったんですか」

何も、と答えて席を立った。白々しいごまかし方だと自分でも思ったし、田村も気づいたようだが、仕方がない。触れられたくなかった。

「大学の時の同級生だったの。サークルが同じで……でも、卒業してからは会ってない」

そうですか、とうなずいた田村が会議室を出て行った。その背中を見つめながら、有梨は額を押さえた。かすかに頭痛の予感がしていた。

10

監視を続けていた渡会から、郵便ポストに手紙を投函している鈴川の姿を確認したと連絡があったのは、その翌日の夜だった。足立区竹(たけ)の塚(つか)付近へバイクで向かった鈴川が、道路脇にあったポストに手紙をほうり込んだのだという。

それ自体は違法行為でも何でもない。だが、覆面パトカーで追走した渡会がパトランプをつけサイレンを鳴らすと、慌てて逃げ出した。不審尋問の対象として、十分な行動と言える。渡会としても、そうさせるためにわざと大音量でサイレンを鳴らしていた。

バイクで逃げ出した鈴川が一方通行を逆走したため、それを理由に停止を命じた。観念したのか、ヘルメットを脱いだ鈴川がエンジンを切ってバイクを降りた。

走行中に連絡を取っていた所轄の警察官立ち会いのもと、事情を聞いた。最初は黙秘していたが、近くの交番に連れていくと、怯えた表情でオクトパスアーチスト宛てに脅迫状を投函したことを認めた。

郵便局に協力を要請し、ポスト内の手紙をすべて調べたところ、供述通り脅迫状が出てきた。そのままＳＣＳに鈴川を連行し、更に詳しい事情を聞くと、過去にも同様の脅迫状を出していたことを話し出した。

加えて、テレビジャパンに侵入し、篠崎未架の控室に銃弾を置いたことも自白した。銃弾は祖父の遺品だという。

家の位牌の横に供えてあるのを知っていたため、それを持ち出したのだと説明した。後の話になるが、家族に確認したところ、銃弾だけがなくなっていたことが明らかになった。

「なぜ、そんなことをした？」

取調室で渡会が机を叩いた。話した方がいい、と立ち会っていた有梨が促すと、未架をストーキングしていたことを頭を抱えながらぽつぽつと喋り始めた。

大学入学後、誘われて見に行ったアイドルグループの新曲発表会で、ステージ上から挨拶をした未架を見て、一目でファンになったのだという。その後も応援を続けるようになり、まだ世に出ていない新人女優を育成するつもりで、事務所が定期的に催していた握手会や、小さな舞台に出演した際も毎回通った。何度かは直接話したこともあったようだ。

当時ファンクラブはなかったが、事務所のホームページなどに活動状況が載っていると、欠かさずチェックしていたことも話した。当然だが、朝ドラのオーディションに受かったこと、その後実際にドラマに出演した際もすべて視聴していた。

ドラマがブームを巻き起こし、人気番組となり、未架がスターになっていく過程をつぶさに見ていて嬉しかったが、同時に自分の手の届かない存在になってしまったのが辛くなった、と鈴川は言った。

「だから脅かした？　引退させようとでも思ったのか。それで銃弾を控室に置いていくような真似をしたんだな。彼女を傷つけるつもりだったのか？」

怒鳴り声を上げた渡会に、そういうことじゃなくて、と泣きながら鈴川が首を振った。

「ドラマが大人気になって、放送してしばらくすると、半年とかじゃなくて一年、もっと長く続けてほしい、みたいな嘆願書が番組宛てに殺到したという話があったんです。パート2をやってほしいとか、そういう手紙が何万通も届いてるって……」

その話は聞いてる、と有梨はうなずいた。

「確かに、あれぐらいの怪物番組になってしまうと、テレビ局としてもそういう方向で考えなければならなくなったでしょう」

「そんなことになったら、前の未架ちゃんと違ってしまうって思ったんです」訴えるように鈴川が両手を伸ばした。「ぼくが応援していた時の未架ちゃんでいてほしかった。手が届かなくなってしまうなんて、耐えられない」

どちらにしたってお前の手が届くわけないだろう、とからかうように言った渡会をたしなめながら、話を続けなさいと有梨は肩に手をかけた。そんなふうに言われるのはわかってますよ、と鈴川が渡会を睨みつけた。

「だから違う理由を考えて……ドラマの設定と違うのが許せないとか、ハラ坊は死ぬはずじゃなかったのかとか難癖をつけて、放送延長とかパート2の話をぶち壊そうと思ったんです。できれば引退して、一般人に戻ってほしいぐらいでした。そうすれば、もしかしたらぼくと知り合うことになるかもしれないし……」

そんなことあるわけないだろう、と渡会が手を振った。未架ちゃんを傷つけようとか、そんなつもりはありませんでした、と鈴川が握った拳で顔を拭った。

「あの弾は何十年も昔のもので、使えないことはわかっていました。ただの脅しっていうか……だいたい、未架ちゃんが怪我するようなことを、ぼくがすると思いますか？」

お茶でも飲むか、と渡会が机の上に置いていたポットを指した。

「それはいいとして、もうひとつ聞きたいことがある。小原大臣のことは知ってるだろ。少子化担当の女性大臣だ」

誰ですか、と鈴川が肩をすくめた。

「すいません、何のことだかさっぱり……大臣？　政治家に興味ないんですよね」

「よくニュース番組なんかにも出てる。知らないわけないだろう」

「わかんないっす。新聞とかニュースとか、全然見ないんで」

真性のオタクらしい、と渡会が囁いた。自分の世代にもこういう種類の人間はいた、と有梨はうなずいた。

興味を持てば、どんなに困難があってもあらゆる情報を手に入れようとするが、関係ないと判断すれば、一切受け付けない人種だ。鈴川もその一人なのだろう。

本当に知らないのか、と渡会が目を見据えた。

「大臣に脅迫状を送り続けていた人間がいる。お前が篠崎未架に送っていたのと同じ封筒、便箋を使っていた。投函していたポストもほぼ同じだ。お前がやったんだな？」

違います、と鈴川が強く否定した。

「オバラって人のことは知りません。脅迫していたっていうのは、殺してやるとかそんなことですか？　絶対関係ないです。政治家なわけでしょ。殺してどうなるんです？」

その後もしばらく話を聞いたが、小原大臣への脅迫状に関与していた事実はないと言い張るだけだった。嘘をついている、というのが渡会の判断だった。

「休学中とはいえ、一応大学生だ」取調室を出た廊下の隅で、渡会が有梨に向かって言った。「鮎東大学は難関校のひとつだから、そこまで馬鹿とも思えない。アイドル女優のストーキングはともかく、大臣に対する脅迫は重罪になり得ると考えて、事実を隠しているんじゃないか」

犯罪者の中には、事実の一部だけを積極的に認めることで、他の罪を隠そうとする者がいる。その方が改悛（かいしゅん）の情があると認められると知っているからなのだろう。鈴川もそうなのかもしれなかった。

とはいえ、過去の履歴などから、政治的な活動は一切していないことがわかっていた。小原大臣に脅迫状を送り付けていたのは九十九パーセント鈴川だが、テロの意図はなかっただろう。愉快犯という考え方をした方がいいのかもしれない。

現時点で、大臣に対しての脅迫について確証はなかったが、未架の件はストーカー行為を自供している。ストーカー規制法違反で逮捕することも可能だし、テレビジャパン局舎に無断で侵入したのは明らかな犯罪だ。

罪としてはいずれも微罪で、実質的な被害もない。書類送検レベルだが、警察としては厳重に説諭することができる。ストーカー行為に関しては警告を与え、同じようなことをしたり、未架に近づいた場合は逮捕すると説諭した。

鈴川自身、そこまで大きな罪を犯していたという自覚はないようだった。反省の意思があると述べ、二度としないと誓約書を書くことにも同意した。

この時点で、事件としては終わったとSCSの全員が考えていた。映画公開の二日前、木曜日のことだった。

11

　有梨と渡会の報告を受けた大崎が、会議でSCSのメンバー全員に状況を説明した。今後、映画公開日まで篠崎未架の警護を続けるが、今までのような厳戒態勢を取る必要はないとわかり、全員が安堵していたが、久美だけは別の考えがあるようだった。有梨が声をかけられたのは、会議が終わってしばらく経ってからのことだった。

「わからないことがあって……」自分のデスクからキャスター付きの椅子を滑らせて近づいてきた久美が言った。「鈴川はどうやってテレビ局に入り込んだんでしょうか。彼の映像は撮影されていません。本人は変装したと言ってましたが……」

　侵入自体は可能だと思う、と有梨は自販機で買っていた缶コーヒーに口をつけた。

「未架さんがテレビジャパンの番組に出演することは、熱心なファンなら事前にわかっていたはず。関係者から入館証を盗んだか、あるいは業者を装って正規の形で入ったのかもしれない。例えばだけど、バイク便業者のふりをしたとか……鈴川は経験があったから、それぐらいは可能だったと思う」

「でも、映像が残ってないのは説明がつきません」

「局舎の中に入り込んでしまえば、顔がカメラに映り込まないように移動することもできる。防犯カメラの位置さえわかれば、そこを通過する時だけ顔を背けていればいい。帽子をかぶっていれば、なおさらわからない。控室の場所がタレントクロークにあるのは見当がついただろうから、そこを目指せばよかった。未架さんの名前は控室前に貼り出されていたから、探すまでもなかった。絶対に不可能ってわけじゃない」

　そこまではそうかもしれませんけど、と久美が首を傾げた。

「でも、控室の映像に鈴川らしい男は映っていません。何人か、人相が判然としない男性が映っていましたけど、全員身元が確認されたと聞いています。いったいどうやって、鈴川は控室に銃弾を置いていったんでしょうか」

　有梨としても、答えようがなかった。久美の指摘はその通りであり、不明な点が残っているのは事実だ。

　違和感もあった。専門のプロファイラーである久美とは違うが、刑事としての経験がある。被疑者、容疑者の取り調べに立ち会ったことは数知れない。その経験に照らし合わせても、鈴川の態度は不自然だった。

　犯人像として、鈴川はSCSが想定していた通りの男だ。だが、あまりにもそのまま過ぎないか。取り調べにおいて供述したことも、すべて想定内と言っていい。だから誰も疑いを持たなかった。

　考えられる可能性は二つだ。鈴川は真実を語っているのか、それとも何かを隠しているのか。そして、有梨の直感は後者だと警報を鳴らしていた。

　間違いなく鈴川は犯人だ。供述には具体性があり、犯人でなければ知らない事実もあった。だが、それだけだろうか。何かもっと重要な情報を秘匿していないか。

　捜査そのものは終了している。下手につつけば、厄介なトラブルに発展しかねない。

　考え過ぎでしょうかとつぶやきながら、久美が自分の席に戻っていった。二分後、有梨のスマホがメールを受信した。

『控室に銃弾を置いたのは誰か　S』

その通りだ、と有梨はつぶやいた。供述通りであれば、鈴川ということになる。だが、納得できなかった。

状況として、鈴川しか考えられないのは事実だ。鈴川は銃弾を置いた場所をテレビ台のＤＶＤの横と正確に話していた。

マスコミには公表していないから、犯人以外の人間がその事実を知ることはできない。従って、鈴川が置いたとしか考えられなかった。

Ｓの指摘は、そのまま別の人間が銃弾を置いた可能性を示唆していた。それは誰なのか。再びメールが鳴った。

『透明人間など存在しない　Ｓ』

犯人はテレビジャパン局舎に侵入し、篠崎未架の楽屋に入り込んで銃弾を置いていった。防犯カメラの画像などから、鈴川がテレビジャパン局舎付近にいたことは間違いないから、彼の犯行だとＳＣＳは判断した。

だが、その場合ひとつ矛盾が生じる。鈴川は局舎にこそ入ったかもしれないが、楽屋への通路に設置されていた防犯カメラに映っていなかったのだ。

いきなり透明人間になったのか。そんなはずがない。鈴川は実体のある人間で、誰の目にも見える存在だ。

仮に変装や、あるいは第三者の身分を装っていたとしても、楽屋に入っていれば通路のカメラにその画像が残っていなければならない。画像類はすべて調べ、顔が見えにくかった者についても全員の身元が確認済みだった。

だが、間違いなく銃弾は楽屋内に置かれていた。物理的には不可能だが、心理的な盲点があるのだろうか。

もう一度画像を確認しようと立ち上がった時、三度目のメールが鳴った。


『犯罪の動機とは何か。利益を得るのは誰か　S』


利益などない、と有梨はつぶやいた。むしろ、誰にとっても不利益だった。

テレビ局は警察の捜査が済むまで番組の収録を遅らせなければならなかった。未架を含め出演者はその分待たなければならず、いわば損をした形だ。

事務所にとっても、ひとつ間違えば未架の好感度を下げる事件だった。警察としても、面倒な仕事が増えただけで、誰も事件など望んでいない。

マスコミに対しては、一部の事実を伏せて発表していたため、大きく取り上げられることもなかった。映画の宣伝になったわけでもない。すなわち、誰の利益にもなっていないのだ。

利益を得た人物がいたとすれば、鈴川ということになる。彼の目的は『ハラ坊!』のパート2を放送させないことだった。

そのための脅しだったということであれば、ある程度目的は達せられたことになるが、代償としてつかまった。そこまで覚悟していたのだろうか。

誰も得をしていない。では、犯人は何のためにこんなことをしたのだろう。メールがもう一度鳴った。


『君にはわかっている。見えていないだけだ　S』


有梨は腕を組んで考え続けた。自分にはわかっている。ただ、真実を見ようとしていない。そういう意味なのだろう。

沈黙が続いた。メールはそれ以上鳴らなかった。

12

二日が過ぎた。何事もないまま、土曜日の朝が来ていた。

その後も、未架の警備は続いていた。万が一の事態を想定しての大崎の指示によるものだったが、杞憂に終わっていた。未架の周辺で不審な事件は起きていなかった。

朝八時、大崎は捜査員全員をSCSに集合させた。十時から全国の映画館で未架の新作映画が公開される。九時五十分から、有楽町のニューギンザシアターで舞台挨拶を行うことになっていた。

その後、新宿、渋谷の映画館でも同じく舞台挨拶をする予定だった。全員が集められたのは、その警備のためだ。朝からすまないな、と機嫌を取るように大崎が苦笑を浮かべた。

「個人的な意見としては、鈴川を押さえたことで片はついたと思っている。ただ、事務所の板垣社長が上層部に申し入れをして、今日の舞台挨拶が終わるまでは警察も警備に加わってほしいと強く要請した。彼女が一般客の前に姿を現すのは今日だけだ。何かあるとすれば、今日が最も可能性が高いというのはその通りだろう。念のため、君たちにも警備に参加してもらうことになった」

わかってますよ、と渡会が眠そうな声で言った。加納と田村が顔を見合わせてため息をついた。

「ただし、我々は前面に立たない。それも事務所の要望だ。映画館内での本人の警備はガードマンが担当する」任務としては彼女の送迎と周辺警護だ、と大崎が説明を続けた。「君たちは客席から見張ってくれ。三つの映画館は、すべて最前列と舞台の間に鉄柵を設けている。特に新宿と渋谷については、新しい映画館なのでスペースが広く取られている。暴漢が舞台に駆け上がるような事態は考えられない」

「客席から狙撃でもされたらどうします?」

揶揄するように加納が言った。ここは日本だぞ、と大崎が首を振った。

「あり得ない。客の手荷物検査もする。銃器などの持ち込みは不可能だ」

「大昔、舞台にいる芸能人に塩酸をかけた人間がいたって聞きましたけど」

真由が首を傾げた。それも難しいだろう、と大崎が答えた。

「距離があるから、狙いをつけて塩酸を投げ付けるのは無理だ。ただし、有楽町だけは昔からある映画館で、最前列から舞台まで二メートルほどしかない。薬品などを投げれば届く距離だし、他の出演者などを巻き込むと危険だ。そこは不安があると警備会社も言っている。従って、有楽町ではガードマンと共に直接警備に当たる。人員も重点的に配置する」

了解ですとうなずいた渡会に、君は新宿を担当してくれ、と大崎が命令した。

「田村は渋谷、加納は有楽町だ。所轄も協力する。今から、担当の映画館に向かう。警備会社の人間と分担して、篠崎未架のガードをするんだ。白井、君は本人の車に同乗して、何かあったら彼女を守ってくれ。一番危険なのは、車に乗降する際だ。そこを襲われる可能性はゼロと言えない」

うなずいた有梨の肩を真由が軽く叩いて、よかった、とつぶやいた。

「何がですか?」

「篠崎未架の件は今日で終わる」刑事部屋から出て行く男たちの背中を目で追いながら真由が言った。「犯人の鈴川には厳重に説諭したから、もう何もしない」

「そう思います」

拘束時間ばかり長くなって、他の仕事ができなくなるのもね、と真由が舌を出した。

「SCSの仕事はストーカー事件の捜査で、ガードマンじゃない。この二週間で五件の相談があったけど、ほとんど対処してないも同然だ。芸能人と政治家絡みってこともあったんだろうけど、優先順位が違うんじゃないかって」

この二週間、ＳＣＳの捜査員全員が篠崎未架の件に集中的に投入されていた。上の命令だからやむを得ないが、その間にもいくつかの相談、あるいは被害の訴えがあった。

幸い、緊急の案件ではなかったため、生活安全課の刑事たちが代行してくれているが、彼らにもやはり仕事がある。西野の命令で篠崎未架の警護に専念せざるを得なくなっていたが、それでいいのかと議論が起きているという噂も耳に入っていた。

「今日さえ無事に終われば、この件はＳＣＳの手を離れますから」有梨は席を立った。「そうすれば通常業務に戻れますし、今より少しは余裕もできるかと……丘さん？」

真由が一瞬有梨の腕を摑んだ。表情を消していた顔に、笑みが浮かんだ。

「そうだね。代休ぐらい取らせてもらおうよ」行こう、と背中を叩いた。「あたしは来週の金曜、休むつもり。届けも出した」

「……そうですか」

「白井はどうするの？」

歩きだした有梨の腕を、もう一度真由が摑んだ。今度は放さない。顔から笑みが消えていた。

「考えてません。休みたいとは思いますけど、こういう仕事です。突発的な事件が起きたら非番も何もないのは――」

無言のまま、真由が手を放した。何を言いたいのかわかっていた。

「……蔵野マネージャーと、代官山の未架さんのマンションで待ち合わせています。遅れるわけには――」

何も起きやしないよ、と真由が言った。

「そんなに仕事が好きなの？　あの子を守らなきゃいけない理由なんてある？　芸能人なんだ。馬鹿なファンに付きまとわれるのは覚悟の上だよ。本人が選んだことだ」

「でも、一人の人間です」

「その意味では守らなきゃいけないかもしれない。だけど、いつまで？　鈴川はもう馬鹿な真似はしないだろう。でも、これからもあの子が女優でいる限り、そういうファンは現れる。そういう連中から、あの子を一生守れると思ってるの？」

失礼しますと頭を下げて、会議室を後にした。これ以上話すことはできない。十年前、大学に入学してから知り合い、交際していた浅野昭次（あさのしょうじ）の顔が浮かんだ。

真剣に付き合っていたつもりだ。うまくいっていた時期もあったが、交際三年目を迎える直前に別れた。

嫌いになったのではなく、他に男ができたわけでもない。ただ、日毎に増してくる昭次の依存心が怖くなっていた。それを愛と呼ぶ者もいるだろうが、昭次の想いはもっと病的なまでに強烈だった。

一日数回のやり取りだったメールが、ある時期を境に数十通以上になっていた。当時ＬＩＮＥはまだなかったが、あったらもっと多かったのではないか。

メールを読んだか、という確認の電話が入るようになったのは、それからしばらくしてからのことだ。たいしたことが書いてあるわけでもない。今、何をしてる？　どこにいる？　そんなどうでもいい内容が多かった。

いちいち取り合っている時間がないまま、放置していたこともある。読むことができないこともあった。

それが不安だ、と昭次は何度も訴えた。自分のことを見てほしい。話がしたい。密に連絡を取りたい。毎晩のように、責められる日々が続いた。

好きだからそうするのだ、と昭次は言った。そうなのだろう。自分も彼を好きだったし、愛していた。

だが、どこかで想いが交差しなくなっていることに気づき、別れを告げた。昭次が死んだのは、その半年後だった。

歩道橋から落ち、頭部を強打したと現場にいた救急隊員から聞いた。体内から強いアルコール反応があり、酔っ払って足がもつれ、そのまま転落したと考えられるということだった。

明らかな事故死であり、他殺、自殺その他の可能性はないとわかっていた。どういう意味合いにせよ、有梨に責任はない。道義的なものも含めてだ。

ただ、疑惑があった。酔っていたのは事実だろう。だが、あの夜、有梨の携帯に昭次からの着信があった。気づかなかったために出ていなかったが、あれはどういう意味だったのか。

何かを言いたかったのだろう。復縁しようということだったのか、それとも自ら命を絶つと言うつもりだったのか。今では確かめることもできない。

昭次の姉が真由だと知ったのは、ＳＣＳに配属を命じられた後だった。真由の両親は離婚していたが、母親が再婚した相手の連れ子が昭次だったと人事の人間が同僚と話していたのを、偶然聞いた。

今日まで、真由の口から昭次の話を聞いたことはない。有梨と初めて会った時も、そぶりさえ見せなかった。

昭次の命日は覚えていた。墓参りに行くべきなのかもしれないが、勇気がなかった。彼の死が自殺だったとすれば、その責任は自分にあるのではないか。そんな声が聞こえてくるような気がして、今まで一度も行っていなかった。

振り向くと、真由が自分のスマホで誰かと話していた。顔は横を向いている。だが、視線が感じられた。

振り切るようにして、廊下を進んだ。蔵野との約束の時間まで、あと三十分。最後まで任務をまっとうしなければならない。

バッグを抱え直して、エレベーターホールへ向かった。

13

代官山にあるマンションの地下駐車場に入っていくと、車の外で煙草を吸っていた蔵野の姿が見えた。有梨に気づいたのか、携帯灰皿に吸い殻を突っ込み、そのまま運転席に戻った。

遅れてすみません、と頭を下げて後部座席に回った。未架がメイクを直していた。

シートベルトを、とぶっきらぼうに言った蔵野がエンジンをかけた。車が走りだした。

大きな手鏡を見ながら、前髪に手をやっていた未架が小さく頭を下げた。愛想がいい子ではない。いつもの挨拶だった。

車は渋谷方面へ向かっていた。有楽町の映画館まで、二十分ほどで到着するだろう。

話してもいいかな、と有梨は小声で言った。蔵野に聞かれたくなかった。幸い車はワゴンで、運転席と後部座席は離れていた。

「何ですか」

ヘアスタイルを整えながら、未架が形のいい顎を向けた。有梨は体を未架の方に傾けた。

「鈴川という男のことは聞いた?」

「聞きました。つかまったそうですね」

「彼がストーカー規制法に違反する行為をして逮捕されたのは事実だけど、おそらく起訴猶予になる。あなたにとっては計算違いだったでしょう」

鏡を持つ手が僅かに下がった。構わずに有梨は話を続けた。

「鈴川のことは知っていたのね? 彼はあなたがデビューした直後からのファンだった。まだ事務所の研修生だった頃よ。もしかしたら、一番最初のファンだったのかもしれない」

覚えてません、と未架が窓の外に目をやった。まさか、と有梨は首を振った。

「最初は数人しかファンと呼べる人間はいなかったはず。存在を認識していなければおかしい。彼は事務所宛てに、あなたへのファンレターを書いていた。よくあることだけど、そこに自分の名前や電話番号、メールアドレスなんかも書き込んでいたでしょう。もちろん、あなたは無視した。当然の話で、新人とはいえ芸能人への階段を上り始めていたあなたは、彼と連絡を取るつもりなどなかった」

普通そうでしょ、と未架がつぶやいた。そうね、と有梨はうなずいた。

「その後、あなたは連続ドラマの主演に抜擢された。それ自体は望んでいたことだったけど、それからの毎日はあなたの想像と違った。ハードスケジュールだったし、金銭的な不満もあった。あなたのお父さんも同じ意見で、事務所の社長と揉めていた。あなたの我慢は限界に達していた」

「そんなことありません」

こっちを向きなさい、と有梨は未架の腕に手をかけた。

「でも、人気は上がっていく一方だった。仕事は次々と入ってくる。板垣社長は女優業以外させたくなかったみたいだけど、断れない場合もあったんでしょう。映画の仕事もあったし、休みのない毎日が続いた。それであなたは考えた。この状況を変えるために、使える男がいると。それが鈴川だった」

顔を向けていた未架が目だけを逸らした。

「あなたは手紙にあったアドレスにメールを送って連絡を取った。少なくとも、一度は電話もしてる。あなたが篠崎未架であることをわからせなければならなかったから、かけざるを得なかった」

未架は答えなかった。表情に変化はない。ただ外を見つめていた。

「あなたはドラマの自分の役について、不満があるというファン像を作り、それに基づいた手紙を鈴川に書かせた。小原大臣にも同様の脅迫状を送り付けるように命じた。異常者というキャラクターが必要だった。無差別に標的を選ぶストーカー。そのために小原大臣を利用した。鈴川にとっては何の興味もない女性だったけど、彼はあなたの命令なら何でも聞くとわかっていた」

ウケる、と未架が手を叩いた。運転席の蔵野が、バックミラーに一瞬目を向けた。

聞きなさい、と有梨は未架の手を摑んだ。

「そうやってストーキングされているという既成事実を作り上げ、最終的には殺害を示唆する手紙を送らせた。危険が迫っていると周囲に訴え、布石を打っていった。ストーカーから逃げたいと理由をつけて社長と話し、三カ月間の休暇を勝ち取った。海外へ行くと言ってたけど、どこへ行くか決めた？」

ハワイです、と未架が欠伸をした。蔵野は運転に集中していた。

「テレビジャパンの控室に銃弾を置いたのは、もちろんあなたね」有梨は静かな声で言った。「ストーカーが実在することを、警察にわからせたかったんでしょう。銃弾そのものは鈴川から受け取った。別に銃弾でなくても、小さなナイフでも剃刀(かみそり)でも何でもよかったはず。たまたま彼の祖父が銃弾を持っていたから、それを使った」

見えない人間などいない。それがSの指摘に対する回答だった。

誰も控室に入っていないのなら、そこにいた人間が犯人ということになる。出入りできる者は他にもいたが、彼らにはそんなことをする理由がなかった。

「鈴川が逮捕されても、あなたにとってはどうでもよかった。事前に説得していたから、彼が自分の役目を全うすることはわかっていた。あなたに指示されたなんて、彼は絶対に言わない。ファンだもの、あなたを守るためなら何でもする」

意味がわかんないんですけど、と腕を組んだ未架の表情がかすかに強ばっていた。

「二十歳の女の子が、ある日突然まともに外も歩けないような立場になったら、それは強烈なストレスでしょう。大人たちの顔を見るのも、命令に従うのも嫌になった気持ちはわかる。それはそれでいいけど、ひとつだけ聞いておきたいことがある」

「……何ですか？」

「脅迫状を書かせたのは鈴川だけ？　他のファンには頼んでいない？」有梨は上から未架の手を押さえた。「脅迫状の数が多すぎる。一人で出来ることじゃない。四、五人はいたはず。どんなふうに頼んだか知らないけど、結果的にあなたは彼らを利用したことになる」

「だったら何だっていうんですか」

「連続ドラマの役柄について、本当だったら死んでいた、パート2なんて出たくなかった、そんなふうにあなたが話したとすれば……ハラ坊は死ななければならないと、本気で思い込む人がいたのかもしれない」

「そんな頭の悪い人はいないって」

「現実と虚構の境目がわからなくなってしまう人は決して少なくない。あなたが利用した人達もそういうタイプだと思う。精神状態が不安定で、あなたと心中しようと考えていても不思議じゃない」

冗談キツいよ、と未架が投げやりな口調で言った。何か言ったか、と蔵野が振り向いたが、無視して有梨は話を続けた。

「今日の舞台挨拶が終われば、あなたは三カ月間の休暇に入る。休みを取ることは事務所のホームページを通じて公表されているから、彼らも知っている。旅行に出てしまえば、あなたを捜すのは難しくなる。だから、今日の舞台挨拶で何らかのアクションを起こすかもしれない」

「アクション？」

「どうするつもりかはわからない。でも、芸能人へのストーカー事件は過去に何件も起きている。顔を刃物で切られたり、あるいは自宅に侵入されて監禁された事件もあった」あなたは彼らを甘く見ている、と有梨は首を振った。「本当のストーカーの怖さがわかっていない。ファンはあなたに幻想を抱く。だからこそのスターだけど、時として現実と幻の境界線を踏み越えてくる者もいる」

「かもしんないけど――」

「あなたはどうなの？　大丈夫だと言い切れる？」有梨は握っていた手に力を込めた。「今なら、あなたを助けることもできる。全部話すなら今しかない。鈴川の他にも脅迫状を出すように依頼した人間がいるなら、連絡先もわかっているはず。それがあれば彼らを見つけられる。警告して、あなたに近づかないように、あるいは監視することもできる。でも、あなたが本当のことを言わなかったら、警察が警備態勢を解除した時どうなるか――」

何言ってるのかわかりません、と未架が小首を傾げて愛らしく微笑んだ。

「刑事さん、考え過ぎです」

それならいい、と有梨は手を放した。

「警察があなたのガードにつくのは今日までよ。鈴川が逮捕された以上、事務所はガードマンも不要だと判断する。その後に襲われたら」あなたを守ってくれるのは彼しかいない、と運転席の蔵野を指さした。「三ヵ月間ハワイ旅行をしていれば、彼らも諦めるだろうと思っているなら、それは間違いだとだけ言っておく。ストーカーが想像もつかないような方法で個人情報を入手するという例はいくらでもある。九十九パーセントストーカー犯罪を防ぐ自信があるけど、残りの一パーセントはわからない。もし海外で拉致(らち)されるようなことがあったら、誰もあなたを捜すことはできなくなる」

「そんなドラマみたいなこと、あるわけないじゃないですか」

ストーカーへの認識が甘い、と有梨は座り直した。車が映画館の地下駐車場に入っていくところだった。

「利用されたと知ったら、どれだけ怒るか。どんなことになるか……わたしは警告した。それだけは忘れないで」

着いたぞ、と蔵野が振り返った。無言で未架が降りた。大崎と加納が関係者入り口で待っていた。ありがとうございました、と頭を下げた蔵野が歩きだした。未架がその後に従う。小さな背中を見つめながら、有梨は深く息を吐いた。

あの子は何もわかっていない。ストーカーの恐ろしさも、執念も。

メールが鳴った。Sからだとわかっていた。

『いずれ彼女は報いを受けることになる　S』

画面に文字が並んでいた。周りを見たが、誰もいなかった。こういうことなのだ、とつぶやきが漏れた。

どういう手段でかはわからないが、Sは常に自分を見ている。その恐怖を、篠崎未架もいつか味わうことになるのだろう。

「白井、どうした」

加納が声をかけた。今行きますと答えて、有梨はゆっくりと歩きだした。

第四話
小山純子の事件

1

毎晩、寝る前に自分のスマホをチェックし、連絡が入っていないか確認するのは、有梨に限らずすべての警察官の習慣だった。企業に勤めるサラリーマン、あるいは他の公務員より、緊急の連絡が入る可能性が高い仕事だからだ。

ベッドに入る直前、マナーモードに切り替える。機種によって違いはあるのだろうが、有梨のスマホは三分以内に同じ番号からの着信を受けると機能が解除され、通常通り呼び出し音が鳴る仕組みだった。緊急事態発生時には、連絡がつくまで鳴り続けるから、出ることができた。

定期的に通っているメンタルクリニックで処方された睡眠導入剤を服んで就寝するが、眠りは浅い。慢性的な不眠状態が続いていた。

目覚めて真っ先にするのもスマホのチェックだ。電話についてもそうだが、確かめなければならないのはメールだった。Sからのメール。

普段はLINEを使用することも多いが、Sは有梨のIDを知らないのか、それともその必要を感じないのか、連絡はメールで取ってくる。深夜にメールを送ってくることはほとんどない。ストーカーに常識などあるはずもないから、単純に眠っているのだろう。

逆に、朝の時間帯には必ずメールが入る。着信時刻は六時から七時ぐらいまでが圧倒的に多かった。

いつの頃からか、Sは社会人なのだと考えるようになっていた。学生、あるいはフリーターなどではなく、規則正しい生活を送っている人間。そうでなければ、毎朝早くからメールを送り続けるのは難しいはずだ。

だが、わかるのはそこまでだった。年齢、性別、職業、その他Sについて個人を特定できる情報はひとつもない。一方的にメールを送りつけてくるだけで、自分のことには一切触れなかった。

文章は短く、雰囲気としては男性的であり、自分より年齢は上だろうと想像できなくもないが、短いメールなので性格や年齢は断定できなかった。

後頭部にかすかなうずきを感じながら、有梨は目を覚ました。枕元のデジタル時計が六時半ちょうどを指していた。

目をこすりながら、ベッドサイドに置いているスマホを確認した。メール、着信一件。

『おはよう。よく眠れたか？　たまには休息も必要だ　S』

目覚める直前にSからのメールが入っていたのは、偶然だとわかっていた。部屋のカーテンは閉めきっているし、明かりも完全に消しているから、外部から室内を監視することは不可能だ。

部屋に隠しカメラが仕掛けられている可能性を考慮して、専門の業者に依頼して調べさせていた。最近のカメラは超々小型化が進んでおり、カモフラージュも巧妙になっている。

刑事の有梨でさえ、偽装を見破るのは困難だが、専門家なら話は別だ。部屋を徹底的に捜索した彼らが、カメラはないと断言していた。

Sからメールが届くようになって、八カ月以上が経つ。直接的な暴力なら対処も可能だが、メールは防げない。着信拒否したくても、Sは毎回アドレスを変えて送ってくるから、それすらできなかった。

頭痛と吐き気を堪えながら起き上がった。いったい何を考えているのか。どういうつもりなのか。

ストーカー犯罪を専門に担当する刑事として、一般人はもちろんだが、他の警察官よりストーカーの実態に詳しいと自負していた。

彼らの心理は大きく分けて二つだ。歪んだ恋愛感情を抱いているか、あるいは強い憎悪の念があるのか。

だが、Sはどちらでもない。メールの文面に感情的なところは一切なく、有梨を傷つけようという意図も感じられなかった。

ただ見ているというだけだが、それだけに不気味だった。何を考えているのかわからない人間が最も怖い。

狙いは何なのか。最初の数カ月こそ、意図がわからないまま、どう対処するべきか考え続けていたが、疲弊するだけだった。

一本煙草を吸ってから、諦めて洗面所に向かった。疲れていた。

2

八月に入り、毎日三十度を越える暑い日が続いていた。睡眠不足の日々が続き、体調はよくなかった。歩いているだけでも汗ばんでくる。いつにも増して気分が悪かった。

定時の八時半に品川のSCSに着くと、加納さんと渡会さんが待ってます、と田村が奥を指さした。

「区内の老人ホームの園長が相談に来てると――」

「わかってる。昨日連絡があった」十時の約束だったはずだけど、と有梨は脱ぎかけていたジャケットの袖にもう一度腕を通した。「先週だったかな、園内のトラブルを解決してほしいと相談しに来たの。でも、老人同士の揉め事の仲裁を頼まれてもね……区役所の民生課に行くべきですって答えたんだけど」

覚えてます、と田村がうなずいた。入ってきた大崎と久美が足を止めて見ていた。

「何かあったのか」

大崎が通勤カバンをデスクに置いた。区民の相談ですと答えた田村に、この時間にか、と眉を顰(ひそ)めた。

「ずいぶん早いな。緊急なのか」

「加納さんと渡会さんが話を聞いてます。緊急という感じではなかったですね。先週来ているんですが、その時は白井さんと話したそうです」

どの件だ、と大崎が椅子に腰を下ろした。

「相談なんて山ほどある。いちいち覚えていられんよ」

荏原(えばら)の老人ホーム、秋水園(しゅうすいえん)の池田(いけだ)園長ですと有梨は答えた。あれか、と大崎がデスクの書類入れを探った。すぐに思い出したのは、秋水園が品川区内でも有名な高級老人ホームだからだろう。

「池田和良(かずよし)園長」名刺を引っ張り出した大崎が腕を組んだ。「入園している老人の間で何かトラブルが起きているとか、そんな話じゃなかったか？　そもそも、どうしてうちに来たんだ。老人ホームの居住者同士のトラブルなんて、警察が関与する問題じゃない」

奥の相談室の扉が開き、出てきた加納が声をかけた。

「白井、ご指名だ。前に会ってるそうだな。おれたちだと話しにくいらしい」

行ってくれ、と大崎が顎をしゃくった。相談室に入ると、五十歳ぐらいの小柄な男がしきりに目をこすっていた。先週会ったばかりだから、顔は覚えていた。

「先日は失礼しました。ですが池田さん」向かいのソファに座りながら、有梨は前置き抜きで話し始めた。「この前も申し上げましたように、ホーム内のトラブルについて警察に相談するというのは、やはり筋が違うのではないでしょうか」

申し訳ありませんな、と苦笑しながら池田が頭を二度下げた。

「先週は私も事情をよく把握しないまま来てしまいましたので、説明がうまくできなくて……ですが、区役所の担当者から、こちらはストーカー事件を専門に担当されている部署と聞きました。やはり警察に相談するしかないと思いまして」

「確かに、SCSはストーカー対策専門の部署です。でも、先日のお話ですと、園内の入居者の間で口論が絶えないとか、そんな話でしたよね。警察が関わると、むしろ余計面倒なことになると思うのですが」

微妙なところでして、と池田が視線を逸らした。意味するところがわかったのか、加納と渡会が相談室から出て行き、大崎に指示されたのか、入れ替わりで入ってきた久美が隣に座った。

とにかく聞いてください、と池田が早口で話し始めた。

「しばらく前から、園内の老人同士が口論と申しますか、諍いが起きているのは職員からの報告でわかっておりました。あまり大きな声では言えないのですが、うちのようなステイタスのホームでも入居者間の揉め事はよくある話なんです。共有スペースもありますし、レクリエーションのサークルなどに参加している方も多いので、どうしてもそういうことは……」

「仕方ないことだと思います」木下です、と名乗った久美がうなずいた。「年齢を重ねると、どうしても他人とは相いれないところが出てきますよね。わたしが知っている範囲でも、多くのホームで同様の問題が発生しているようです」

まず区役所の方に相談したんです、と池田が言い訳するような口調になった。

「口論、言い争いというレベルなら、私たちでもどうにかなるのですが、それだけではありませんので……園の責任問題になりかねません。何かが起きる前に、一度警察に話だけでもしておいた方がいいとアドバイスされまして、それで先週こちらに伺ったわけです」

「何が起きてるんです?」

要領を得ない説明を遮って、久美が質問した。

「どこから話しましょうかね……田端久司さんという入居者がおりまして、六十八歳の元会社役員、奥様は数年前に亡くなられています」なかなかの資産家でして、と池田が薄笑いを浮かべた。「息子さんが海外に長期赴任することになり、それを機会にうちへ入ることを決めたわけですが、ダンディと申しますか、あまり年寄りらしくない方です。大学時代はラグビーで鳴らしたとかで、商社マンとしてヨーロッパに長くおられた経験もあります。非常に紳士的と申しますか、はっきり言いますと周囲の女性から大変人気があります。背も高いですし、オシャレですから、そこはよくわかります。歳を取っても女性はやはり女性ですからね」

久美が有梨に顔を向けた。困惑しているのは明らかだった。老人の恋のさや当てについて、警察へ相談しに来るというのは違うでしょう、という表情が浮かんでいた。

先を続けてください、と有梨は促した。相談の内容はわかっていたが、久美も詳しい事情を知っておいた方がいいだろう。

園内にはいくつかのグループがありまして、と池田が唇を湿らせた。

「仲の良い方同士が集まっているだけなのですが、どうしても軋轢と申しましょうか、派閥とまでは言いませんけど、対立するグループもあるんです」

「それで？」

「その中に、田端さんに対して好意を持っていると公言しておられる方が二人おります。それぞれ違うグループのリーダー格の時枝静子さんという七十三歳の方と、宗像琴江さんとおっしゃる七十七歳の方で……」

有梨は久美と顔を見合わせた。おっしゃりたいことはわかりますよ、と池田が薄くなりかけている頭頂部に手をやった。

「ご高齢ですが、お二人ともお元気ですし、口も達者でして、毎日のように田端さんを巡ってやりあっておられたわけですが、それはそれでやむを得ないかなと。少なくとも、咎め立てする筋合いの話ではないと思っておりました」

「何歳になっても、そういう感情はあるでしょうからね」

「四カ月前、うちの園に新しく入居してきた女性がおります」池田が小さく舌を出した。「小山純子さん、六十五歳の方なのですが」

「先ほどのお二人より、ずいぶん若いですね」

要するに、田端さんはこの小山さんという女性を選んだわけです、と池田が言った。

「田端さんの息子さんに聞いた話では、交際しているとはっきりおっしゃられたそうです」

「それは……いい話だと思いますが」

ですよね、と久美が囁いた。有梨は苦笑を浮かべて、話の続きを促した。

「父と純子さんは結婚まで考えているようだが、それもいいのではないかと息子さんは申されております」池田がハンカチで首筋を拭った。「自分が海外に赴任されるわけですから、後を任せることができる人がいるのはありがたいということもあるのでしょう。それはそれでよろしいのですが、問題は時枝さんと宗像さんで、はっきり言えば不愉快に感じておられるようです」

いきなり現れた年下のライバルに、想いを寄せていた男を奪われたのだ。女なら、誰でも愉快には思わないだろう。

「お二人はあまり仲がよろしくなかったのですが、共通の敵ということなのでしょうか、結託して小山さんの悪口を園の他の老人、あるいは職員などにも言い触らすようになりまして」池田が憂鬱そうに息を吐いた。「小山さんが遺産目当てに田端さんを口説いたとか、個室で淫(みだ)らな行為に及んでいるとか、そんな根も葉も無い話です。田端さんの会社の方とか、小山さんの親族にもお二人は手紙を送りつけ、財産目当てだと訴えているとか……心配された人達から、園に問い合わせの連絡がありまして、中には交際を止めた方がいいのではないかとおっしゃる人もいるんです」

二人の老女は歯止めが利かなくなっているようだ。老いてますます盛んということなのか。

「ご相談したいのはそこでして……それをストーキングというのかどうか、私にはわかりませんが、田端さんと小山さんが迷惑しているのは事実です」池田が汗を拭ったハンカチをポケットに突っ込んだ。「放置しておくのもどんなものかと思い、我々はどうすればいいのかと……」

どうなんでしょう、と久美が顔を向けた。何とも言えない、と有梨は首を振った。

「迷惑行為だと言っていいと思う。でも、悪口を言い触らしたり、事実無根のことを言い立てる人間がいて、それで不利益を被るというのなら、名誉棄損(めいよきそん)に当たるケースなんじゃないかな。ストーカーとは言えないはず」

最近とみに増えているが、区役所の民生課などから紹介されてくる相談者は少なくなかった。区役所では扱い切れないということなのかもしれないが、担当が違うのではないか。

うなずいた久美が池田に向かって口を開いた。

「お話を伺っていて思ったのですが、時枝さんは七十三歳、宗像さんは七十七歳ですよね。警察が注意したりすれば、お二人が傷つくことになります。むしろ、内々で解決した方が……」

そこは理解しているつもりです、と池田が冷えたお茶に手を伸ばした。

「ですが、私も園の責任者として万全の手を打っておきませんと……トラブルに発展するようなことは、何としても避けたいのです」

秋水園は区内、あるいは都内でも有数の高級老人ホームだ。その園長である池田の立場は理解できたが、現段階で警察が介入するのは時期尚早だろう。

精神的な被害があると言われればそうかもしれないが、大きな問題に発展するとは考えにくい。緊急性は低かった。

相手は老人だ。世間体というものがある。うかつに介入すれば、逆に余計なトラブルを引き起こしてしまうかもしれない。

静観するべきだ、と有梨は判断していた。くどくど訴え続ける池田に、できる限り園の内部で解決するべきだとアドバイスし、何かあれば連絡するように伝えて送り出したのは、それから三十分後だった。

大崎に池田の相談について報告すると、どうにもできんよ、と両手を広げた。相談者に対し、積極的に対処しないのはいつものことだが、今回に限って言えばそう答えるしかないかもしれなかった。

「迷惑な話だ。警察は便利屋じゃない」大崎が右の肩を自分の手で揉んだ。「そんなことを相談されても、こっちに答えは出せんよ。民事不介入は警察の大原則だ。老人同士の痴話喧嘩を押し付けられても困る」

「そうなんですが、ストーカー被害ということで来られると、無下に帰ってくださいとは言えないですよ」自席で話を聞いていた加納が立ち上がった。「ＳＣＳはそのための部署だし、こういうご時世です。警察が話を聞いてくれなかったというだけで責任問題になる。役所の連中はそれを知っているから、こっちに回したんでしょう」

無視しろとは言ってない、と大崎が呻いた。

「だが、様子を見るということでいいんじゃないか。婆さん同士が殺し合うとは思えんし、可能な限り老人ホームが責任を持って対処するべきだろう。どうせ何も起きやしない。そんなことでいちいち捜査員を動かすわけにはいかんよ」

大崎の兄は十年ほど前に埼玉で起きたストーカー事件の担当者だった。捜査の過程で誤って犯人に被害者の個人情報を開示してしまった結果、殺人事件にまで発展したとマスコミ、世論の批判を浴び、退職を余儀なくされていた。

事態を早急に解決しようとストーカー犯を呼び出して説諭した際、被害者が住んでいた町名を誤って漏らしてしまったことから、犯人は住所を特定できた。殺害に及んだのは、それが大きな理由のひとつだった。

兄のような失敗をしたくないと大崎は考えている。大崎の兄がミスを犯したのは、被害者に対する強い思い入れがあったためだ。だから積極的な関与を避けるのが常だった。

有梨としても理解できなくはなかったが、それにしてもあまりに消極的過ぎないか、という不満があった。ただ、今回のケースでは様子を見ようというのが最も正しい判断だろう。

自分の席に戻ってスマホを開くと、Ｓからのメールがあった。気をつけろ、という一文の下に、Ｓにしては珍しく長文が続いていた。

『その男は怯えている。自分の立場を守りたいだけだ。君の存在が彼を脅かしていると考えている。注意しろ。目を離すな　S』

その男、というのは大崎のことだろう。スマホを伏せて、周囲を見渡した。

ストーカー被害の訴えに対して、早い段階で対処するべきだと有梨は考えていた。ストーカーによって奪われた命は少なくない。未然に防げた事件もあったはずだ。悲劇を繰り返さないためには、大事に至る前に対処するしかない。

その考え方が、大崎の意向に沿っていないことはわかっていた。難しい問題だが、ストーカー犯罪について、警察がどこまで踏み込んでいいかは、警視庁、警察庁内部でも統一見解がなかった。当事者同士での解決が最も望ましい、という立場を取る者も少なからずいた。大崎もその一人だ。

気をつけろ、とSは書いていた。かなり強い言い方だ。何があるというのか。大崎の何を知っているのか。

意味がわからないまま、有梨は溜まっていた事件の調書に目を通し始めた。

3

翌日、池田から二度電話があった。時枝と宗像による小山純子いじめが酷くなっているという。

「小山さんに対する反感があるんでしょう」池田がため息混じりに訴えた。「園の女性の平均年齢は七十代中盤ですが、小山さんは十歳近くお若いですからね。田端さんと小山さんは、園の中でも仲良くされておりますから、二人にとっては見せつけられているような思いがあるのかもしれませんな。周りにも小山さんのことを無視しろと命じておられるようです。子供じみた話ですが、あの二人が組むと逆らえる者はおりませんですよ」

何しろ園の二大巨頭ですからな、と疲れた声で笑った。

「他にはどんなことを？」

「小山さんの悪口を書いた手紙を更にいろんなところに送っているようで、昨夜は区議会議員から田端さんの息子さんに連絡があったと……大学の先輩後輩で、親しくされていることもあって、こんな手紙が届いたが何か知っているかと電話してきたそうです。園にもコピーが今朝届きました」

「何と書いてあるんです？」

「小山純子は性悪で、色仕掛けで田端さんをたぶらかしたとか、いかがわしい店で働いていた過去があるとか、服装が派手で下品だ、園にはふさわしくないとか……もっと酷いことをしていたとまで書いてあります。さすがにこれはやり過ぎではないかと思いまして、二人を呼んで話をしたんです」

園の内部で解決するべきだというアドバイスに従ったようだ。どうなりましたか、と有梨は聞いた。

「そんな手紙、送ってませんよとおっしゃられました。どこにそんな証拠があるのか、濡れ衣だ、園長はあんな女を信用するのか。いやはや、大変な見幕で怒られましたよ」

さんざんです、と池田が情けない声で言った。実際のところどうなんでしょうか、と有梨は疑問を口にした。

「わたしも先日話を伺った時は、そこまで考えていなかったのですが、田端さんの会社とか親戚の方に送られていた手紙というのは、本当にそのお二人が出したものと考えていいのですか？」

そりゃそうだろう、と隣で聞いていた加納がつぶやいた。ＳＣＳにかかってきた相談者の電話については、後で問題が起きた時に対処できるよう、すべて録音していた。

加納は自分の席の電話機を通じて、最初から話を聞いていた。どういう意味でしょうか、と池田が不満そうに言った。

「間違いありませんよ。手紙に署名はありませんが、園の内情について詳しい者でなければ書けない内容です。あの二人以外には考えられません」

「いずれにしても、警察が介入しにくい状況なのは事実です」

有梨は額に指を強く押し当てた。第三者に手紙を送りつけるだけでは、ストーキングと言えないだろう。

これ以上、中傷する手紙を送りつけるのは、止めていただきたいんですよと池田が言った。

「限度を超えているように思います。園の職員とも話し合ったのですが、このままでは田端さんも小山さんも参ってしまうでしょう。年齢が年齢ですから、健康面にも影響が出るかもしれません。警察から警告というか、注意していただけないでしょうか。あの二人は頑固で、園長である私が何を言っても、聞き入れるとは思えません。警察から注意されれば、さすがに反省して態度を改めるんじゃないかと……」

歩み寄ってきた渡会が、デスクに数枚のファクス用紙を載せた。有梨宛てで、発信人の欄に池田の名前があった。このファクスはと尋ねると、届きましたかと池田が言った。

「先ほどお話しした、田端さんの息子さんに届いた手紙です。そのままそちらに送ったのですが」

達筆だな、と紙コップのコーヒーに口をつけながら渡会が言った。かなり大きな字で、ファクス用紙一杯に文字が連なっている。

小山純子という悪魔のせいで園の平和が乱されている、というのが書き出しの一文だった。

「怪文書と申しますか檄文と申しますか」池田の声が高くなった。「小山さんについて、悪意に満ちた文章が書かれています。あの二人が書いたものと考えて間違いないでしょう」

ざっと目を通しただけだが、何も知らない親類などが読めば、事実だと信じざるを得ないものがあった。人によっては、小山純子という女が色仕掛けで田端をたぶらかし、財産を奪おうとしていると考えるかもしれない。

「証拠がないじゃないかとあの二人は言い張っていましたが」筆跡を調べることは可能ですよね、と池田が早口で言った。「時枝さんか宗像さんか、いずれかが書いたものだとはっきりすれば、ストーカーと呼ぶかどうかはともかく、迷惑行為をしていると証明できるでしょう。そうであれば警察から説諭と言いますか、もう止めなさいと話していただけるのではないかと思いまして」

やれやれ、と顎の辺りを掻いた加納が切り替えたスピーカーフォンに向かって、そう簡単にはいかないんですよと説明を始めた。

「明確な犯罪行為があれば我々警察も動けるんですが、悪い悪戯と考えるのが普通でしょう。科捜研に筆跡鑑定を依頼するのは、事実上無理です。民間業者に頼むという手はありますがね」

そういうものですか、と心外そうに池田が言った。警察は手続きにうるさい組織なんです、と加納がうなずいた。

「あなたがおっしゃる通り、この手紙を書いたのは二人のお婆さんなんでしょう。調べれば、他に証拠が出てくるかもしれません。ですが、相手は七十歳を越えているわけですよね。ストーカー規制法で逮捕しろと言われても、難しいですよ」

逮捕してほしいわけじゃありません、と池田が鼻をすする音がした。

「説諭といいますか、ちょっと軽く叱っていただくというわけにはいきませんかね。それだけでも、あの二人には効果があるんじゃないかと思うのですよ」

「それもなかなか……それぐらいの年齢の方になると、我々が何を言っても理解してくれないでしょうし、こんなことになったのは小山という女のせいだとか、恥をかかされたとか、逆恨みしてますます厳しく当たるようになるんじゃないですかね」

「そうなんですが……」

警察が介入すれば、どうしたって白黒をはっきりつけなければならなくなりますよ、と加納が言葉を続けた。

「そちらのような老人ホームで集団生活を送っている方々の間でトラブルが起きれば、今後の人間関係が悪くなってしまうかもしれません。それは好ましくないですよね」

そう思います、と有梨もスピーカーフォンに向かって話しかけた。

「今の段階でお二人を逮捕することはできません。現実的に考えると、わたしたちが間に入ってしまうことで、更に状況を複雑にしてしまう恐れがあります。やはり園内で解決していただく方が、今後のためにもよろしいかと思いますが」

参りましたな、と池田が深いため息をついた。

「いったい、どうすればいいんでしょうか」

難しいところです、と有梨は顔を上げた。どうしようもない、と加納が視線を逸らした。

4

夜、ＳＣＳに残って仕事をしていると、話があると加納から電話があった。品川駅近くにある居酒屋にいるという。断りたかったが、老人ホームの件だと言われるとそうもいかなかった。

　このところ、何度か加納の誘いを断っていたこともある。職場に波風を立てたくなかった。提出する書類に記入を終えたら行きますと答え、ずるずる居残っていたが、八時過ぎから十分おきに加納から電話が入るようになった。これも一種のストーキングではないかと首を傾げながら、仕事を終わらせて店に向かったのは九時過ぎだった。

　顔を真っ赤にしてビールのジョッキを傾けていた加納が、こっちだと手を挙げた。何か飲めよと促されて、梅酒のお湯割りを頼んだ。

　加納と一緒にいる時は、度数の高いアルコールを飲まないようにしていた。時折自分を見る視線に粘っこい何かを感じることがあり、それが不快だった。

「それで、例の老人ホームの件なんですけど」梅酒をひと口だけ飲んで、グラスを置いた。余計な話をするつもりはなかった。「どう対処するべきなんでしょうか」

「ストーカー犯罪はそこが常に問題になる」加納が新しくハイボールを頼んだ。「どこに線を引けばいいんだ？　二人の婆さんがしてることは、たちの悪い嫌がらせかもしれないが、社会で暮らしていれば多かれ少なかれそういうことはあるだろう」

　そうですね、と有梨はうなずいた。一般論としては間違っていない。

「今回のケースは、開き直った言い方をすれば痴話喧嘩だよ」酒臭い息を吐いた加納が、乱暴な言葉遣いになった。「爺さんだって婆さんだって、恋ぐらいするさ。年齢じゃないだろ？　中学生や高校生だったら日常茶飯事だよ。ガキだって思い詰めればしつこくつきまとう。それをストーキングと呼ぶかどうかはともかく、目に余るようなら友達が間に入ったり、親や教師が注意することもできる。だけど、七十オーバーの婆さんに、どう説教しろっていうんだ？　注意したって逆効果になるだけだ」

「わかっています。そうではなくて、今回の件について具体的にどうするか——」

「対処なんかできないさ」する必要もない、と加納がテーブルを大きな拳で叩いた。「無駄だよ。いちいち真剣に考えていたら、こっちがパンクする。そんなに暇じゃないんだ、刑事っていう仕事は」

有梨はグラスに目をやった。言っても無駄だ。加納は今回の件について、まともに取り合うつもりがない。

お前は嫌にならないか、と加納が爪楊枝を前歯に押し当てた。

「ストーカー事件の専従捜査班なんて、何のためにあるんだ？　民間ボランティアじゃないんだぞ。相談を受けて、ストーカー被害が発生しないようにするのが仕事だ。事件を未然に防ぐのが悪いとは言わないが、警察官なら当たり前のことだろう。当たり前のことをしたって、誰も評価しない」

「評価されるためにしている仕事ではないと思います」

「偉いな、お前は」飲めよ、と加納がだらしない姿勢のまま頭を振った。「そういうところがつまらないと言ってる。どうなんだ、男はできたのか」

答えないでいると、加納の腕が伸びて、肩を強く突いた。

「正直に言えよ、どうなんだ。こんな仕事をしていたら、男と知り合う機会もないだろう。寂しくないのか」

下卑た笑みが浮かんだ。最近、加納が本庁にいる警務部の先輩に、異動の申し入れをしているという噂を聞いていた。ストーカー犯罪を捜査するＳＣＳにいることが耐えられなくなっているのだろう。

ストレスが溜まる部署なのは間違いなかった。確かに、達成感を得にくい部署だが、フラストレーションのはけ口を自分に向けられても困る。

仕事は仕事だ。目の前にある問題を片付けていくしかない。不平や不満を並べ立てても、何も解決しないだろう。

今の問題はどうやって時枝、そして宗像という老婆が続けているストーキングを止めるかだが、加納は何も考えていないようだった。では、何のために自分を居酒屋に誘ったのか。

「聞いてんのか、白井。前の男とはいつ別れた？　どんな奴だった？」

加納の赤ら顔が近づいてきた。反射的に避けようとして膝がテーブルに当たり、大きな音を立てた。

「何だよ、お前。冗談もわからんのか？」加納がテーブルを平手で叩いて怒鳴った。「こっちを見ろよ、どういうつもりだ？」

酔っている。しかもかなりの悪酔いだ。どうするか迷っていた時、スマホが鳴った。メール。

『その男から離れろ　S』

それだけ書いてあった。有梨は無言で立ち上がり、友達が入院したと連絡がありました、と理由を作った。

「失礼します、意識不明だとメールが……行かないと」

追いすがろうとした加納に背を向けて、店から飛び出した。タイミングよく、目の前にタクシーが停まっていた。

「すいません、出してください」

乗り込むのと同時に言った。店から出てきた加納が顔を左右に向けている。シートに身を沈めて顔を引っ込めると、またメールが鳴った。

『気をつけて帰れ　S』

タクシーが走りだした。店の看板に寄りかかっていた加納が何か叫んでいたが、聞こえないふりをして目をつぶった。

5

翌日、有梨は秋水園に電話を入れ、池田と話した。昨夜帰宅してから考えていたことがあった。

「SCSの見解として、今回の件をストーカー事件と認めることはできないというのが結論です」

いいんです、と池田が暗い声で答えた。

「事件ではない、ということですよね。私も役所の人間に話を聞いて、それはわかっていました。ストーカーなのかどうかを判断するのは、そんなに簡単じゃないそうですね」

ストーカー行為等の規制等に関する法律、いわゆるストーカー規制法が施行されたのは、平成十二年のことだ。その直後から、全国の警察本部はストーカー相談のための専門部署を設け、事件解決に取り組んでいる。SCSもそのひとつだ。

相談件数は毎年増えており、例えば平成二十六年度、警視庁に寄せられた相談の数は二千二百四件と過去最多だった。ただ、相談件数の増加は、ストーカー規制法の施行だけが理由ではない。単純に言えば、犯罪としての境界線が曖昧なためだ。

例えばだが、しつこく電話がかかってくるというような場合でも、〝しつこさ〟には個人差がある。毎日一回の電話はどうなのか。それぐらいなら普通だろうと考える者もいるが、しつこく感じる者がいてもおかしくない。

五回ならどうか。十回ではどうか。受ける側の感じ方によって、ストーカーかそうでないかは解釈が違ってくる。

あるいはメール、又はＬＩＮＥの場合はどうか。朝、昼、晩と三通のメールが定期的に継続して入ってきたら、ストーキングと見なされるのか。

迷惑だと感じれば、ストーキングだと断定するのは可能だが、そう簡単に割り切れるものでもないだろう。確かに、興味も関心もない人間から何度も連絡があれば、困ってしまう者がいるのはわかる。だが、すべてがストーキングとは言い切れない。

にもかかわらず、ストーキングされていると訴える者は激増していた。毎日のようにある被害相談、あるいは訴えを無視することはできない。とはいえ、すべてを並列に取り扱うことは不可能だった。

全国のストーカー相談室では、内容を精査し、危険度を分類することになっていた。危険度が高いと判断されれば即対応するし、人員も割くが、低ければ動かない。そうしなければ対処できなかった。

今回、秋水園のケースは、危険度が低いと考えられていた。当事者たちはすべて老人であり、暴力被害などが発生する可能性はほとんどないだろう。

同時に、ストーカー行為と認めにくい部分もあった。少なくとも警察が介入するレベルではない。池田もそれはわかっているはずだ。

ただ、大きなトラブルに発展する可能性がある、と有梨は考えていた。目に見える部分ではなく、心の問題だ。

小山純子という女性は、園の中で浮いているだろう。集団生活の中でいじめに遭えば、あるいは無視されたりすれば、どれだけ辛いかはわかるつもりだ。

警察官という身分は名乗らず、そちらへ伺おうかと思っています、と有梨は話を続けた。

「たとえばですが、田端さん、もしくは小山さんの遠縁の娘ということにして、その立場から時枝さんと宗像さんに注意を促してはどうでしょうか。お二人が納得するかどうかは別にして、ご自分たちが何をしているか自覚するのではないかと思います。あるいは、これ以上目に余るようなら、警察に通報すると言っても構いません」

警察の仕事を逸脱していると、大崎からは反対されたが、交番勤務の巡査が老人の荷物を持って横断歩道を渡るのと同じレベルだと話して、どうにか許可をもらっていた。しなければいけないわけではなかったが、困っている池田や園の老人たちのことを考えると、多少手助けしても構わないだろう。

どうなんでしょう、と虚ろな声を上げていた池田が、そうした方がいいのかもしれませんなと答えた。よほど困っているのだろう。

「上司の了解は取っています。あくまでも私人としてということであれば、黙認すると」報告した大崎のしかめ面を思い出しながら言った。「大事になる前に防ぎたいというのは、上も同じ意見です」

やらないよりはましかもしれません、と池田がため息をついた。

「それでは、大変申し訳ありませんが、よろしくお願いいたします。私や職員から話すと、どうしてもしこりが残りますからね。刑事さんの方からおっしゃっていただけるのであれば、お二人とも止めてくれるかもしれません」

ようやく声が明るくなった。本心としては、警察の力を借りて、二人の迷惑行為にストップをかけてほしかったのだろうが、そこまでは難しいという事情は理解したようだった。

幸い、他に緊急の事件は起きていなかった。今日にでも伺いますと言うと、夕方四時ではどうかと池田が言った。

その時間なら、二人は園内で行われている絵画教室を終え、夕方までそれぞれ休んでいるはずだという。

了解して受話器を置き、顔を上げると、ちょっといいですかと田村が会議室のドアを指した。前から頼んでいたSの件について話があるのだろう。小さくうなずいて、有梨は席を立った。

6

「何かわかった?」

会議室のドアを閉めると、いくつか、と低い声で答えた田村が辺りを見回した。

「ぼくは本庁のサイバー犯罪対策課に籍を置いていました」それは知ってますよね、とパイプ椅子に座った田村が天井に視線を向けた。「この前から、SCS内を調べていました。まだ室長にも報告していませんが、こんなものが見つかったんです」

机に置いたのは、短いコードのついたコンセントだった。手を伸ばした有梨に、触らない方がいいと思いますと田村が言った。

「さっき画像を本庁に送って、確認してもらいましたが、コンセントにカモフラージュした盗聴器だという回答がありました」

「盗聴器？」

伸ばした手を引っ込めて、代わりに顔を近づけた。電器店どころか、百円ショップでも販売しているような、ありふれた形のコンセントだ。

「カモフラージュと言いましたが、違うかもしれません」実際にコンセントとしても使えますから、と田村が苦笑を浮かべた。「よくできてますよ。専門家じゃなければわからないでしょう。ぼくとしてはSCS内すべての場所を調べたつもりですが、漏れがないとも言い切れません。この会議室は何度もチェックしましたから、クリーンだと思います。でも、壁の裏や天井までは調べられなかったので、絶対というわけでもないんですけど」

「これはどこにあったの？」

「室長席のすぐ後ろです。大崎室長はこれにスマホの充電器を繋いでましたよ」

あり得ないと言いたかったが、現物が目の前にある。そして田村が嘘をつくはずもなかった。

警察内部の講習会などで、最近のハイテク機器の超小型化についてレクチャーを受けていたが、ここまで完璧な形で偽装されている物を見たのは初めてだった。

これが白井さんの声を盗聴したり、様子を探るために置かれていたかどうかは何とも言えません、と田村が眼鏡の位置を直した。

「他の誰かが狙われているのかもしれないですし、もっと言えば警務部の監察官がSCSを内偵している可能性もあります。考えたくないですけど」

警務部は一般企業で言えば人事部に近い役割を持っている部署だ。警察官が被疑者になっている犯罪、あるいは事件を調べるが、不祥事が続いている警察機構そのものを調査する場合もある。言ってみれば、警察内警察だった。

盗聴器をセッティングして部内の様子を調べるというのは聞いたことがなかったが、不祥事が増えていることもあり、それぐらい強硬な手段に出ることも絶対にないとは言えない。考えにくいが、可能性はゼロと言えなかった。

「でも、何のために？　ＳＣＳはまだ部署として二年も経っていない。汚職が起きるような事件を取り扱うわけでもないし、捜査費なんかも含めて、そんなに大きなお金が動くようなことも……」

「上の考えてることは、ぼくなんかじゃわかりませんよ」田村が冷めた笑みを右頬に浮かべた。

「そうだと言ってるわけじゃなくて、誰が仕掛けたのか、まるで見当がつかないってことです。ひとつだけかどうかもはっきりしません。見つけたのはこれだけですが、他にもあるかもしれないんです」

有梨はポケットからハンカチを取り出し、コードの部分をつまんで左右から見た。

「Ｓがこれでわたしの声を聞いて、何をしているか、どこにいるのか把握していたってこと？」

それもわかりませんが、と田村が机に肘を載せた。

「かなり高い確率で、これを仕掛けたのは新品川署に所属している警察官だと思います」

最近は一般企業もセキュリティが厳しくなっているが、警察は更に厳重だ。新品川署の建物は、一階に二つのエントランスがあり、正面には受付の担当者、通用口には警備員が常駐している。部外者が入る場合、そのどちらかを通らなければならなかった。

二階以上のフロアはＩＣタグ付きの身分証、もしくは入館許可証を持たない者の立ち入りが禁止されていた。セキュリティシステムはダブルチェック方式が採用されており、仮に二階、あるいはその他のフロアに侵入できたとしても通路までだ。

フロア内の各部署に入るためには、指紋認証の必要があった。また、ドアを開けるにはパスコードを打ち込まなければならない。

被疑者の取り調べ、参考人から話を聞く場合もないとは言えないし、ＳＣＳのように一般の相談者が来る部署もあるが、その時は必ず警察官が一緒にいる。

不審な人間がフロア内にいれば、すぐわかるはずだった。各フロアには何台もの防犯カメラが設置され、あらゆる意味で厳重な監視態勢が敷かれていた。

田村は大崎のすぐ後ろで盗聴器を発見したという。部外者には無理だろう。この盗聴器を仕掛けたのが新品川署の誰かである可能性は高かった。

田村と目が合った。考えていることは同じだろう。更に絞っていけば、盗聴器を設置したのはＳＣＳの人間ではないか。心臓が強く鳴った。

ＳＣＳとは限らない、と有梨はゆっくり口を開いた。

「関連している部署の人間なら、誰でも入れる。ＳＣＳは独立した部署だけど、刑事課と生活安全課に両属している。あそこの人達ならここへ入ることも可能だし、あるいは西野副署長がそうであるように、各部署の課長職以上なら誰でも……」

何のためですか、と田村が囁いた。必要がない限り、他部署の人間はＳＣＳに来ない。

個人情報などの流出を防ぐためで、警察官にとってそれは暗黙のルールだった。本庁の人間かもしれない、と有梨は言った。

「それこそ警務だったり、あるいは総務とか経理とか……」

それを言い出したらきりがないんですけどね、と田村が両手を広げた。

「清掃業者だって入っていますし、宅配便が届いたり、警備員が立ち入ることもあります。管轄内の交番から警察官が来る場合も含めて、絶対とは言えません。でも、そんな人達が盗聴器を仕掛けたりすると思いますか？」

　ＳＣＳの人達だって、そんなことをする理由がない、と有梨は首を振った。

「何のメリットがあると？」

「極端な話、大崎室長かもしれないですよ。ぼくたちに陰口を叩かれていないか、聞いているとか」冗談ですけど、と田村が薄く笑った。「動機は何とも言えないです。白井さんが仕掛けた可能性だってあります」

「あなたかもしれない」

　視線が交錯した。そこはお互い考えない方がいいでしょう、と田村が苦笑を浮かべた。

「そうなったら、誰も信じられなくなります。とりあえず今回、ぼくと白井さんは同じ立場だと思いますが」

「……あなたはどう考えてるの？」

　白井さんにはＳの件があります、と田村が自分のスマホを開いた。

「Ｓがあなたの行動を把握しているのは確実です。従って、盗聴器はＳが仕掛けたと考えてもいいんじゃないでしょうか」

「何のために、Ｓはこんなことを――」

「Ｓをストーカーとして考えてみてください。ぼくより白井さんの方が知識も経験もあります。ストーカーの行動原理は何です？」

「……歪んだ愛憎に基づく執着心」教科書通りの答えだけど、と有梨は唇をすぼめた。「でも、そういうことになるはず」

「ＳＣＳのメンバーで、あなたに執着する理由のある人間はいますか」

わからない、と有梨は右手で顔を拭った。そうでしょうか、と田村が首を傾げた。

「ぼくはSCSに来て一年も経っていません。ここの人達と親しいわけでもありませんが、何となくわかることはありますよ。加納さんがあなたを意識しているように思えるんですが、間違ってますか」

答えられなかった。加納が自分を見る目には、同僚という以上の何かがあった。

「丘さんはどうでしょう。白井さんのことは昔から知ってたそうですが、弟さんと交際していたからですか？　亡くなられたと聞いてますが、あなたとどんな関係があるんです？」

顔を上げることができなかった。田村が話を続けた。

「大崎室長もです。埼玉県警にいたお兄さんがストーカー事件に絡んで辞職したそうですが、あの人は白井さんと逆で、ストーカー犯罪の捜査について消極的です。ここだけの話、あなたがいないところでは、相当批判的なことも言ってるんです」

わかってる、と小さくつぶやいた。大崎が有梨のやり方を疎んじているのは気づいていた。必要以上に被害者に肩入れしている、と注意されたことも何度かあった。

「渡会さんとも何かあったんですか？　木下さんとはどうなんです？　年齢が同じということですが、過去に何か関係があったとか――」

同じ年齢だからって、何かあるってわけじゃない、と有梨は顔を上げた。

「全国には何百万人と同年代の人がいる。わたしが何をしたっていうの？」

「……こんなことを言ってるぼくだって、何かあるのかもしれませんよ」

「真顔で冗談を言うのは止めて」

もちろん冗談です、と虚ろな表情で田村が言った。

「警察に入るまで、あなたの名前さえ知りませんでした。どうでしょう、それで信じてもらえませんか」

そのつもりだけど、と答えた。田村とは年齢も職歴も違う。過去に接点はなかった。

密かに自分に思いを寄せているというようなこともないだろう。他人に興味を持てないタイプの人間だ。

ただし、絶対ではない。渡会にしても、久美にしてもそうだが、本人でなくても親しい者に関連して恨みを抱いているのかもしれない。

田村でさえ、可能性がゼロということにはならなかった。今、協力してくれているのは、自分から疑いを逸らすためということも十分に有り得る。

副署長の西野を含め、管理職まで考えると、その人数は二十人以上いた。全員を調べることはできない。

だが、彼らなら盗聴器を仕掛けることは可能だ。どうすればいいのか。

「この前、スマホは見せてもらいました。不審なアプリがインストールされているようには思えません」田村が有梨のスマホを指した。「でも、あなたは誰かが自宅を監視しているようだと言ってましたね。そうでなければ説明がつかないことがあると」

「あたしの行動を見張っているのは間違いない。でも、部屋に盗聴器は仕掛けられていないと思う。自分でも調べたし、専門の業者にも入ってもらったけど、盗聴器も監視カメラも見つからなかった」

「一度、白井さんの部屋を調べさせてもらえませんか。ストーカーに関する知識はあなたより低いですけど、この手の機器類についてはある程度詳しいつもりです。何かわかるかもしれません」

そうしてもらえると助かると言いかけて、有梨は口を閉じた。田村の声音に、うっすらとした何かが潜んでいた。

親切心なのか好奇心なのか、それとも他の何かか。正体が判然としなかった。

SCSメンバーの中で、最もSである可能性が低いのは田村だ。それは確信があったが、素直に信じられなかった。

疑心暗鬼になっているのはわかっていたが、申し出を受けることはできない。今のところSに害意はない、と有梨は首を振った。

「監視されているのはストレスだし、もちろん怖いけど、脅かされているわけでもないし、とりあえずは無視することもできる。だから――」

いいんです、と田村がつまらなそうに笑った時、会議室のドアがノックされた。顔を覗かせたのは久美だった。

「白井さん、先ほどの池田さんから電話が入ってます。時間を一時間遅らせてほしいと……」

手近にあった電話の保留ボタンを押すと、池田が甲高い声で、五時まで外せない用件がありまして、と言い訳を並べ始めた。

うなずきながら、有梨は会議室を出て行く田村の後ろ姿を見つめた。どうすればいいのか、わからなくなっていた。

7

夕方、有梨は老人ホーム、秋水園へ向かった。

秋水園は四階建てで、老人ホームと呼ばれているが、外観は高級リゾートホテルのようだった。敷地の広さは圧倒的だ。品川でこれだけの物件となれば、分譲で購入したとして、ひと部屋一億円は下らないだろう。

SCSを出る前に、ざっとネットで調べただけだが、入会金が最も安いタイプでも五千万円、月の家賃は六十万円ということだった。内科クリニックが併設され、医師と看護師も常駐、その他の施設も充実しているのだろうが、とんでもない額だ。

秋水園は紀元製薬とフクカネ食品が合同事業として国内に十カ所ほど展開している富裕層を対象にしたホームだが、どこも満員だということだった。

有梨の両親は六十代前半だから、十数年後には真剣に考えなければならなくなるはずだ。いったいどうなるのか、と首を傾げながらエントランスに向かった。

受付で名乗ると、すぐに池田が出てきた。池田自身、紀元製薬の社員で、秋水園運営のための子会社に出向しているという話だった。

「申し訳ありませんね、わざわざご足労いただきまして」

とんでもありません、と答えながら辺りを見回した。受付、とプレートが下がっているが、高級ホテルのフロントのようだ。

コンシェルジュ、と胸に名札をつけた制服姿の若い男女が微笑んでいた。提携しているエクソールホテルグループから、サービス部門のシステムをそのまま導入しているということだった。

こちらへどうぞ、と長い通路を歩きながら池田が説明を始めた。

「部屋は全部で三十室です。お一人で入居されている方が大半ですが、ご夫婦で入居をご希望される方にも対応できるようになっています。定員は四十人、今のところ満室でして」

「順番待ちの方が、たくさんいらっしゃるそうですね」

「今、七十人待ちと言ったかな？　ですが、なかなか空きが出なくて……基本的には終身契約となっておりますので、つまりお亡くなりになるまで部屋が空かないんです。向かいは慶州総合病院さんですから、何かあっても万全の対応が取れます。皆様に長生きしていただくのがわたくしどもの願いでして」

月に一度検診があり、異状を訴え出る入居者がいれば慶州病院本院ですぐに再検査が行われるという。総合病院ですから、内科外科はもちろん、歯科や精神科まで揃っています、と池田が胸を張った。

「食事についてはフクカネさんが入ってますから、カロリー計算から必要な栄養素の摂取まで、まったく問題ありません。食材の手配なども同様です。正直、一流レストラン以上ですよ。許可があれば何でも食べることができます。三食フランス料理を食べることだって……エレベーターへどうぞ」

ボタンを押した池田の前で、黒い扉が静かに開いた。病院のように大きいが、車椅子の老人がいるためなのだろう。全館バリアフリーです、と池田がまた胸を張った。

「時枝さまと宗像さまは、四階の談話室でお待ちです。白井さんのことはお伝えしております」

「わたしが刑事だということは話してませんね？」

エレベーターに乗り込みながら有梨は聞いた。そうなんですが、と池田が渋面を作った。

「どうしたものかと……」

「嘘をつくということではありません。今回わたしは警察官という立場で来ているのではなく、あくまでも個人として――」

うなずいた池田の背後で、扉が閉まった。

「時枝さまも宗像さまも、警察と聞いたらそれだけで怯えてしまうかもしれません」

「注意するだけで十分でしょう。それでいいですね？」

結構ですと池田がうなずいた時、エレベーターが停止した。四階に着いていた。

降りた池田が向かいにあった談話室のドアをノックすると、はいはい、としわがれた老女の声がした。

8

ドアを開けた池田が満面の笑みを浮かべて、腰を屈めた。

「お待たせいたしました。申し訳ございません」

いいけど、と明るい茶色のソファに座っていた背の高い老女が湯呑みを両手で抱えながら言った。

「何なんでしょうって、宗像さんとも話してたのよ。あたしたち二人に折り入って話があるって、いったい何の用なのかしら」

そうでしょ、と顔を向けると、隣に座っていた和服姿の老女が不愉快そうに何度かうなずいた。

話の流れから、最初の老女が時枝、和服の老女が宗像だと有梨にもわかった。

「座らせていただいてよろしいでしょうか」池田はどこまでも低姿勢だった。「ええと、こちらは白井さんと申されまして、わたくしの古い知り合いと言いますか……」

頭をひとつ下げてから、有梨はソファに腰を下ろした。下手(したて)に出るより、むしろ多少高圧的な方がいいと判断していた。

「少し話をさせていただきたいのですが」

「役所の人?」時枝の眉間に深い皺が刻まれた。「何なんです、いったい……おっかない顔して、どうしたんです? まだお若いのに、そんなに睨まれたら怖いじゃありませんか」

ねえ、と大仰に肩を震わせた。宗像が静かに首を振った。

とりあえず飲み物でも、と浅くソファに腰掛けた池田が手を挙げると、近づいた黒服の男が赤い表紙のメニューを差し出した。

コーヒーを頼むと、あたしもいただきましょうか、と時枝が黒服を手招きした。この部屋暑くないかしら、と宗像が辺りを見回した。すぐに、と池田が黒服に指示を出した。

「何の話か知りませんけど」その前にちょっといいかしら、と時枝が口を開いた。「園長先生、聞いてもらえます? 書道教室の清岡先生なんだけど、どうなのかしら、あの人。いつも難しい顔して、感じが悪いのよ。どうにかなりません?」

「いや、それは……」

「園長はすぐ清岡先生の味方をするけど」時枝が不満そうに鼻をすすった。「そりゃ、あの人は書道協会の理事長ですからね。無理を言って来ていただいてるのはわかってます。でも、全然話もしてくれないし、すごくつまらない人なのよ」

いかがなものかと思いますね、と宗像が横から言った。

「あの先生、もう八十近いんでしょ? 駄目よね、そんなおじいちゃん。この前テレビで見たんですけど、ほら、何て言ったかしら、時代劇の題字を書いてるっていう……ああいう方がいいわね。お若いけど、有名みたいだし」

それから園の待遇や運営について、二人がしばらくクレームを並べ続けた。有梨にはよくわからなかったが、どうでもいいことばかりのように思えた。

おそらく、不満を並べ立てることで、自分の立場の優位性を示したいだけなのだろう。文句を言えば言うほど、園内でのポジションが上がると考えているのではないか。

有梨の年齢だと、友人同士の間でいわゆるマウンティングがある。何歳までこんなことが続くのかと不快な想像をすることもあったが、七十を過ぎてなお競い合わなければならないのかと、暗い気持ちになった。

「それでですね、時枝様、宗像様」やっとの思いでクレームを遮った池田が汗を拭った。「白井様の方から、お願いと申しますか、聞いていただきたいことがありまして」

何かしら、と今まで有梨を無視していた二人が向き直った。

「あれですよね、紀元製薬の方なのかしら」

「それともフクカネにお勤め？」

そうではありません、と有梨は交互に二人の老女を見つめた。

「申し上げにくいのですが、園の関係者から、こちらに居住されている方の間でトラブルが発生していると伺いました」

何のことでしょう、と時枝が首を傾げ、穏やかじゃありませんね、と宗像が微笑んだ。聞いてください、と有梨は体を前に傾けた。

「住人同士のトラブルというのは、決していいことと言えません。例えばですが無言電話をかけたり、脅迫状のような文面の手紙を送り付けたり、あるいはその人物の親戚などに根も葉も無い噂話を吹き込むのは、いかがなものでしょうか」

何を言ってらっしゃるの、と時枝が横を向いた。宗像は無言でお茶をすすっていた。

「今のところ、大きな問題になっていないということですが、どこかで線を引く必要があるでしょう。脅迫状を送られた方は、警察などに訴えることも可能です。おそらく、誰が脅迫状を書いたのか、すぐにでも証拠が見つかるでしょう。ですが、そんなことがしたいわけではないはずです。深刻なトラブルになる前に、止めていただければ――」

「あなた、何なの」時枝が顔をしかめた。「警察の人？」

知り合いがいます、とだけ答えた。刑事だと言うのは簡単だが、その場合、どういう形であれ公式な話になってしまう。池田も、あるいは田端も小山も、そして警察もそれは望んでいなかった。

警察官と名乗らずに話したのは、それを考慮に入れたためだ。時枝や宗像がしていることは、厳密に言えば犯罪行為だが、書類送検もされない微罪で、起訴などあり得ない。事件性は低かった。

池田も穏便な解決を望んでいる。有梨もそれは同じだ。警察とか刑事という立場ではなく、あくまでも私人として仲裁に入っているつもりだった。

何が起きているのか、誰が犯人なのかを突き止めることが目的ではない。迷惑行為を止めてもらえればそれで十分だ。

「女性警官じゃないのね？　それなら、どういう立場でそんなことをおっしゃるわけ？」居丈高に時枝が言った。「何なんですか、失礼な人ね。あなたが何を知ってると？　園のことなんか、ご存じないでしょう」

有梨は答えなかった。経験から、こういう時は黙っていた方がいいとわかっていた。刑事として、初歩的なテクニックだ。

「何なんですか、本当に！　園長、この人いったい誰なの？　説明しなさいよ」激高した時枝が立ち上がった。「失礼ね、当てこするようなことばかり……何ですか、無言電話だの脅迫状だのって、あたしたちがそんなことをしていると？　何の証拠があって――」

「証拠は必ず出ますよ」

ひと言だけ有梨は言った。時枝が口を閉じた。隠しきれない不安で、表情が歪み始めていた。

「もう一度だけ申し上げます。誰が何をしているか、どんな罪に問われるか、そういう話ではありません。お止めになるべきだということをお伝えしたいだけです。このままでは大変面倒な事態になりかねません。ご家族、その他関係している人たち全員が恥をかくことになります。それがお望みですか？」

助けを求めるように時枝が隣を見た。和服姿の宗像が手の中の湯呑みをテーブルに置いた。無言でいたことからも、宗像の方が手ごわいと有梨にはわかっていた。

あの小山って女は性悪（しょうわる）ですよ、と宗像が口を動かした。

「あなたは知らないだけなんですよ。まだ会ってないわね？　話したわけでもないんでしょう。見ればわかります、性悪だって」

個人名を出すつもりはありません、と有梨は言った。

「あなたも、時枝さんも、小山さんについても。そういうことではなく、大きなトラブルに発展する前に、これ以上は止めていただきたいだけなんです」

「田端さんは騙（だま）されてるんだ」そうだよね、と時枝が早口で言った。「そうに決まってますよ。あんな女……」

そうです、と宗像が重々しくうなずいた。

「昔はろくでなしだったんでしょう。そんな顔をしてますよ。少なくとも、まともな暮らしはしてこなかったはずです。水商売でもやってたんじゃないのかしら。そんな顔ですよ」

「小山さんは大学教授の奥様だったそうです。ご主人がお亡くなりになって、こちらへ……」

どうだか、と時枝がそっぽを向いた。本人に聞いてごらんなさい、と宗像が言った。

「何と言いましたっけね、ゴサイギョウ？　前のご主人が大学教授とは聞いてますけど、どんな死に方をしたのやら」

「それは宗像様、いくら何でも……」池田が口元をすぼめた。「私も詳しくは存じ上げておりませんが、ガンで亡くなったと聞いておりますよ」

騙して結婚したんですよ、と宗像が繰り返した。

「良さそうな男を見つけて、色仕掛けでたぶらかしたんじゃありませんかね。大学教授なんて、いかにも騙しやすそうじゃないの。安いスナックのママみたいな顔して」

それは思い込みです、と有梨は首を振った。

「小山さんの過去について、勝手なことを言う権利は誰にもありません。仮に水商売をしていたとしても、それはいけないことでしょうか」

「男を騙して生きてきたんですよ」顔を見ればわかります、と宗像が湯呑みを取り上げた。「わたくしたちはね、田端さんがかわいそうだから、ちょっと注意しただけですよ。親切心なんです。それがいけないとおっしゃるの？」

苦笑するしかなかった。時枝も宗像も、本音は別のところにある。

この二人の老女は、田端という男に好意を持っていた。七十を過ぎても女は女だ。周りにいる男に恋をすることもあるだろう。

それがいけないとは、有梨も思っていない。ただ、人の恋路を邪魔するのはどうなのか。自分たちが選ばれなかったために、小山純子の悪口や陰口を言うのは逆恨みというものだ。

二人の老女が園内で実権を握っているのは、池田の様子を見ていればわかったが、この二人なら他の老人を煽動して、小山純子を孤立化させることもしかねない。刑事というより、人として見過ごせなかった。

これ以上何か起きた場合、どうなるかよく考えてください、と念を押すように言った。

「思ったことを言っただけだ、何が悪い、そうお考えかもしれませんが、もうそういう時代じゃないんです。ハラスメントは受け取る側の感じ方によります。下手に騒ぎを大きくすると、刑法上の罪に問われかねません」

脅すつもりはなかったが、警告はしなければならない。時枝の顔が青くなり、宗像も口を閉じた。七十を過ぎた高齢者で、それなりに常識もあるはずだ。逮捕はともかく、警察の事情聴取を受けるなど、不快な思いをすることになりかねないとわかっただろう。

話はそれだけです、と立ち上がった。これ以上踏み込めば越権だし、その必要もない。お灸を据えられた二人は、今後静かにするだろう。

なだめるように、池田が声をかけていた。失礼しますと頭を下げて、有梨は談話室を後にした。

9

翌日から通常の仕事に戻った。事件が起これば、捜査畑の刑事は多忙になるが、何もない時でもルーティンの書類仕事をこなさなければならなかった。

SCSはいわゆる事件捜査と違い、ストーカー犯罪を未然に防ぐことが仕事の大部分を占める特殊な部署だが、この週はたまに訪れる凪状態だった。目立った事件は起きていないし、相談なども危険度が高いものはなかった。

大崎から内線電話がかかってきたのは、午後二時のことだった。会議室のドアを開くと、正面に大崎、そして右側の席に田村が座っていた。

報告があった、と大崎が右手でテーブルのコンセントをつまみ上げた。

「盗聴器がＳＣＳ内部に仕掛けられていたそうだな」

目配せすると、田村がうなずいた。大崎のデスクの後ろにあったコンセント型の盗聴器について、報告するように言ったのは有梨だった。

Ｓの可能性が高いとはいえ、他の誰かの仕業ということも十分に有り得る。警務部の内部監査のためならともかく、万が一にも部外者が侵入していたとすれば大問題だ。報告は当然の義務だった。

「君が見つけて、田村くんに調べるように言ったそうだな」

そうですと答えて、田村の隣に腰を下ろした。

「不審な感じがして、相談しました。わたしより彼の方がこういう機材について詳しいとわかっていましたので」

「私にも言ってほしかった」

盗聴器かどうかさえわからなかったんです、と有梨は肩をすくめた。

「確認してからの方がいいと思ったのですが」

うなずいた大崎が、手のひらでコンセント部分を転がした。

「ここだけの話にしてもらいたいんだが、西野副署長に内密で事情を確認したところ、警務部ではないと回答があった。それなら自分の方にも連絡があるはずだと」

「では、誰が？」

それが問題だ、と大崎がサイコロを投げるような手つきでコンセントを滑らせた。

「副署長の了解を取って、調べてみた。知らなかったが、こいつは市販されてるそうだな」大崎の顔に苦笑が広がった。「どうなってるんだ、こんなものを野放しにして……犯罪に使われるのは目に見えてるじゃないか」

「一般に売られているのは、ぼくも知ってましたよ」

田村を睨みつけた大崎が、型は一年前のものだと言った。

「メーカーはスルヘ電機。誰が使うのか知らんが、そこそこの量の市販品が出回っている。本格的に調べれば何かわかるかもしれないが、犯人の……あえて犯人という言葉を使うが、入手ルートは今のところ不明。指紋なども検出されなかった」

「何か手掛かりは？」

何もない、と大崎がため息をついた。

「いつから仕掛けられていたのかもわからん。私の席の後ろにあったというが、正直なところ覚えがない。いつの間にかそこにあったとしか言えないし、もっと言えば何も考えずに使っていた。コンセントが多くて便利だな、それぐらいだ。誰だか知らんが、馬鹿にされたような気分だよ」

「犯人はわざと室長席の後ろに仕掛けたのでしょうか」田村が手を挙げて質問した。「ＳＣＳでは室長に情報が集中しますよね。個々の担当する件について、ぼくたちが報告するのは室長ですし、上からの指示なども室長にいったん集約されます。何らかの情報を得ようとしていたのかも——」

違うだろう、と大崎が口元を曲げた。

「うちの部署に、秘密にしておかなきゃならんような話はない。無論、ストーカー事件は個人情報が絡んでくるから、それを外部に漏らすことはできないが、誰がそんなことを知りたがる？　マスコミか？　何のためにだ。そんな危ない橋を渡る必要はないだろう」

ですが、と言いかけた有梨を制して、情報を知りたがっている奴がいたとしよう、と大崎が話を続けた。

「この盗聴器は無指向性と呼ばれているもので、半径約二十メートル以内の音声をすべて拾うことができる。室長席近くの音声だけじゃなく、他も聞くことができるんだ。あそこに仕掛けられていたからといって、私だけを狙ったとは限らない。むしろ、偶然なんじゃないか」

半分はその通りだ、と有梨はうなずいた。盗聴器を仕掛けたのはSの可能性が高いが、Sに大崎を狙う理由はない。

ただ、室長席の後ろという場所を選んだのは偶然と思えなかった。わかっていて、そこに仕掛けたのだ。

大崎の背後を狙ったのは、Sの中にある歪んだユーモア感覚の表れなのだろう。ほとんど確信に近い思いがあった。

「わからんのは、誰が仕掛けたかだ」大崎がもう一度深くため息をついた。「SCSに部外者が入るのは難しい。一般市民に限らず、他部署の人間が刑事部屋に入れば、嫌でも目立つ。眠っていても気づくだろう。怪しい動きをしていればなおさらだよ。だが、仕掛けられていたのは事実だ。そうなると……」

「内部の人間の仕業でしょうか」

有梨の指摘に、まさかとは思うが、と大崎が髪の毛の間に指を突っ込んだ。

「部下を信じるとか、信じないとか、そんな話じゃない。こんなことをする者に心当たりがないんだ。だいたい、何のためだ？」

盗聴器を仕掛けたのがSだとすれば、目的は理解できた。有梨自身が話している言葉、あるいは他の班員との会話などから、有梨の行動を把握するためにやったことだろう。大崎はSの存在を知らないから、誰の仕業かわからないのだ。

そこまで考えて、有梨は首を振った。自分をストーキングしているSがいる。だが、自分だけなのか。大崎、田村、あるいは加納や渡会、真由や久美にも同様の存在がいたらどうなのか。

いないと断言はできなかった。彼らがどんな秘密を抱えているのか、それはわからない。同じ職場、同じ刑事という職に就いていても、彼らの個人的な事情をすべて知っているわけではなかった。

「うちの署の誰かということになると、範囲は限られてくる」大崎がテーブルに肘をついた。「私を含め、うちにいる捜査官七人が最も怪しい。そのうちの誰かということなのか」

有梨と田村を交互に見つめた。内心の疑念が露になっていた。

自分が盗聴器を仕掛けたのではないことを、有梨は知っていた。だが、それ以上の確信はない。協力してくれている田村でさえ、例外ではなかった。田村が自分で仕掛け、さも他人がやったことのように見せかけているのかもしれない。

それは大崎も同じだ。室長がそんなことをする理由はないという考えが、絶対とは言えないだろう。個人的な事情があるのか、それとも組織的な理由があるのかもしれない。

西野に確認したというが、それも本当なのか。あるいは西野こそが何かを隠している可能性もあった。

「さっぱりわかりません」降参です、と田村が両手を挙げた。「どうなんでしょう、ここに出入りできるのは誰ですか?」

「SCS所属の捜査官七名、西野副署長など各部署の管理職クラス」有梨は指を折って数えた。

「もちろん、署長も。それと本庁の担当者は入室用のＩＤを持ってる。それ以外となると……」

報告のためなら、管区内の交番に勤務する巡査だって入れますよね、と田村が渋面を作った。

「契約している宅配業者、清掃会社の人間はＩＤカードを持ってますから、彼らも入室可能です」

「そんな連中が盗聴器を仕掛けるはずないだろう」突っぱねるように大崎が言った。「宅配便の兄ちゃんが刑事の話を聞いてどうすると？　馬鹿馬鹿しい」

有梨は田村と顔を見合わせて苦笑した。誰でも同じ結論に達するだろう。業者などがそんなことをするメリットは何もない。

「そうなると、やはり警察内部の誰かということになりますが」

見当もつかん、と大崎が顔をしかめた。

「買ってきた盗聴器を、室長席の後ろのコンセントに差し込むだけだ。誰にだってできただろう。誰もいない時を狙えばいいし、万一見られたとしても、不審に思う者はいない。そして一度設置すれば、後は何もしなくていいんだ」

いつ仕掛けたのかを調べるのは、もう無理ですね、と田村が腕を組んだ。

「だとすると、動機から調べるしかなさそうですけど……何のためにこんなことを？」

知らん、と大崎がひと言だけ言った。個人的な理由ですよね、と田村が首を傾げた。

「お前たちは何か知らないのか」自分のことじゃなくてもいい、と大崎が言った。「個人的な好き嫌いもあるだろう。誰と誰が反目しているとか、個人的に親しいとか、そういう話は聞いてないか」

どうでしょう、と田村が肩をすくめた。

「誰でもそうでしょうけど、同じチームに属していても、気が合わない人間はいますよね。でも、室長の頃とは時代が違いますよ。同じ職場にいるわけですから、うまくやっていきたいとは思ってますけど、必要以上に親しくなろうとは……」

ドライに聞こえるかもしれないが、紛れもなく本音だと有梨はうなずいた。自分にもそういうところがある。大崎以下、他の捜査官と親しくなりたいと考えたことはなかった。

毎晩仕事終わりに飲みに行ったり、お互いの家に泊まったりするのは、かなりの古株でなければあり得ない。警察は一般の会社と比べてそういう習慣が残っている方だが、有梨自身ほとんど経験がなかったし、同僚などもそうだろう。

例えば、有梨は最近になって、真由のマンションを何度か訪れていたが、同じ部署に勤務するようになって二年近くが経ち、お互いを友人と考えることができるようになったからだ。それでも泊まったことはないし、どこかで一線を引いている。それが普通だろう。

同じ職場に勤める者として、それ以外の刑事たちとも、時間が合えばランチを一緒に取ることはあった。不規則な仕事だから、残業していて帰りが一緒なら、飲みに行くことがないとも言えない。だが、それはあくまで付き合いであり、そうした方がいいだろうという程度の話だ。警察官だからということではなく、普通の会社でも同じようなものだと聞いていた。

プライベートを重視するのが常識になっている時代だ。必要以上にお互いの生活に踏み込まないことが、円滑な関係を保つのに重要だとわかっていた。

「丘さんと木下さんとわたしについて言えば」特に何もありません、と有梨は言った。「それなりにうまくやっていると思います。でもそれだけの関係で、親友とかそういうことでは……二人の方もそうだと思いますが」

加納さんと渡会さんはどうなんですか、と田村が重い口を開いた。

「加納さんの方が先輩ですけど、渡会さんはあまり……いや、本当のところはよくわかりませんが」

反目、というほどの感情はないだろう、と有梨は思っていた。ただ、渡会にはある種のライバル心があるようだ。

男性警察官同士では、そうなる場合も珍しくない。警察という閉鎖的な組織の中ではままある話だった。加納には先輩風を吹かせるところがあったから、渡会としては反発する気持ちがあるのかもしれなかった。

「渡会といえば、あれはいつだったかな……」五、六年前に姪御さんを交通事故で亡くしていたな、と大崎が有梨に顔を向けた。「確かあの事故は、白井が担当したんじゃなかったか？」

「姪御さん……ですか？」

記憶を辿ったが、思い出せなかった。交通課に勤務していたのは五年ほど前だ。その頃、渡会と会っていたのだろうか。

「詳しく知ってるわけじゃないが、西野副署長が話してたのを聞いたことがある。渡会の姪御さんが轢(ひ)き逃げに遭って、亡くなっているんだが、事故発生の報告を受けて現場に向かったのは白井だったというような……覚えていないか」

胃が固まったような感じがして、有梨はうつむいた。あの時のことだろうか。

五年前の夏、交通違反の取り締まりをしていた時、無線で呼び出された。十歳前後の少女が轢き逃げに遭ったという連絡だった。

近くにいる車両は現場に向かえという命令に従い、同乗していたもう一人の女性警官とミニパトを走らせた。

後でわかったことだが、轢き逃げ犯の逃走経路を考えると、有梨たちが乗っていたミニパトは間違いなく犯人の車とすれ違っていたはずだった。気づかなかったのかと、当時の上司に確認されたが、そこまでの余裕はなかった。

急いでいたし、夕暮れの時間帯だった。自分だけではなく、運転していた同僚もわからなかったと報告していた。

やむを得ない、というのが上司の判断だった。実際、同じ状況にいたとしても、誰にもわからなかっただろう。

ただ、そのために犯人が逃げ果(おお)せたのは事実だった。少女は死亡し、犯人はまだ捕まっていない。あの少女が渡会の姪だったのだろうか。犯人を逮捕できなかったのは有梨の責任だと考えているのか。

「田村、お前はどうなんだ」大崎がテーブルの資料に目をやった。「卒配後、交番勤務になったな。加納がその頃いた杉並警察署管内の交番だ。何かあいつとあったのか」

「加納さんが？　知らないです。杉並署にいたのはそうですけど、接点はありません。だいたい、ぼくは技術職採用ですからね。交番勤務だって単なる研修でしたし、現場の刑事とはほとんど話したこともないですよ」

有梨は顔を上げた。筋は通っているが、違和感があった。田村は何かを隠している。加納と何かあったのではないか。

大崎も気づいたようだが、何も言わなかった。問いただしたとしても、どうせ本当のことは言わないとわかっているのだろう。

「とにかく、この件は私が預かる。他の連中には言うな」

もちろんです、とうなずいた。誰が何のためにやったことなのかわからない以上、内密にしておくべき問題だった。

大崎が西野に報告し、本庁から調査員が派遣されてくることになるのだろう。いずれにしても、自分や田村が動いても、これ以上何かがわかるというものでもなかった。

「そうだ、白井。例の老人ホームの園長から電話があったぞ」一時間ほど前だ、と大崎が立ち上がって伸びをした。「お前のおかげで、二人の婆さんがおとなしくなったと感謝していた。何を話したかは言わなくていい。丸く収まったのなら、それで結構だ」

有梨は前に回って、ドアに手をかけた。秋水園でも話した通り、これ以上揉め事が大きくならなければ、それでよかった。

事件と呼ぶほどのものではないし、本格的に取り組むようなことでもない。多少手間はかかったが、無駄ではなかったということなのだろう。

ドアの向こうで足音がした。目配せをした大崎に促され、ドアを大きく開けた。誰もいなかったが、パンプスの靴音だとわかった。女だ。

立ち聞きしていたのでしょうかと囁いたが、わからん、と大崎が首を振った。通路を急ぎ足で歩いていただけなのかもしれない。

会議室を出ると、真由と久美が自分の席で書類に何か書き込んでいた。よほど聞いてみようかと思ったが、何と言えばいいのかわからなかった。

必要ない、と小声で言った大崎が室長席に戻っていった。その時、スマホが鳴った。

『よく見つけたな。だが、ひとつだけではない　S』

辺りを見回した。盗聴器が発見されたことに、Sは気がついたのだ。ひとつだけではないと言っている。室内のどこかに、まだ設置してあるのか。

気になったのは、文面に込められた感情だった。盗聴器を発見されて、Sは怒っているようだ。うっすらとだが、感情が滲み出ていた。

余計なことをするな、という意味なのか。今まで、ただ監視しているという建前をSが崩したことはなかった。有梨に興味を持っているのは確かだが、根底にどんな感情があるのかは不明だった。なぜ怒っているのか。単に邪魔をされたということなのか。有梨の二の腕に、鳥肌が立っていた。

10

数日が経った。西野から、本庁の刑事一名が新たにSCSに加わることになった、と話があったのは週明け月曜日のことだった。

ひと月以内に着任する予定だという。正式にSCS担当になるということなのか、それとも盗聴器の調査のためなのか、おそらく後者だろうと有梨は思ったが、確かめるわけにもいかなかった。

人手が足りないというのは、室長の大崎だけではなく、全員に共通する思いだったから、珍しくいい話だと他の刑事たちは西野に感謝していた。ストーカー事件と相談者は年々増加している。猫の手も借りたいというのは、大崎や加納のルーティンなジョークだった。

「誰でもいいよ、来ていただけるなら」

話を終えた西野が出て行くと、加納が紙コップのコーヒーを飲みながら言った。本当に、と真由がうなずいた。

「先週は少し落ち着いてたけど、先月は超過勤務の連続だったしね。一人でも増えてくれれば、違ってくるんじゃない?」

大崎と渡会がうなずいた。白井さん、と久美が受話器を片手に声をかけた。

「電話が入ってます。池田さんとか……老人ホームの園長ですよね」

うなずいて自席の受話器を取り上げると、意味不明の甲高い声が耳に飛び込んできた。

「池田園長、どうしましたか。何か——」

私もよくわからんのですが、と池田が大声で叫んだ。

「時枝さんと宗像さんが怯えていて、部屋から出てきません」

「怯えている?」

「私はそう感じました。少しだけ話しましたが、二人とも何と言いますか……」

どう説明していいか、わからないようだった。有梨は受話器を持ち替えた。

「池田さん、そうおっしゃられても……こちらは警察のストーカー犯罪対策室です。何が起きているのかわかりませんが、警察に、ましてやわたしに相談することではないと思いますが」

「わかっています。わかっていますが、しかし……」池田の声が途切れた。「どうもただ事ではないように思えます。何かあったようですが、お二人とも話してくれません。私ではなく、警察の方に来ていただくしかないと思います」

「何かあったというのは?」

それがわかれば苦労しません、と池田が困ったように言った。

「先週の金曜から、まったく部屋から出てきません。風邪でも引いたのかと、内線電話をかけてみましたが、二人とも放っておいてくれと……」

「くどいようですが、それは園内で解決するべき問題ではないでしょうか。どうしても相談したいとおっしゃるなら、まず区役所の福祉課に話してみてはいかがでしょう」

対応しないということではないが、職分というものがあるだろう。犯罪に関わりのない事態でも警察の範疇だと考えているのなら、それは違うと言わざるを得ない。

池田もそれはわかったようだ。では区役所に連絡しますと言って、電話を切った。

しばらく待ったが、その後連絡はなかった。それが有梨の不安を増幅させていた。

取り越し苦労なのかもしれないが、何かが気になる。秋水園に電話をかけてみたが、誰も出なかった。どうすればいいのか。

肩を叩かれて振り向くと、真由が立っていた。話があるようだったが、秋水園について事情を説明すると、それなら一緒に行くと真由が言った。隣の席に座っていた加納が、車を出そうと立ち上がった。

どういうことなのかよくわからないまま、二人に促されてSCSを出た。午前十一時を回っていた。

11

何かあったのか、とハンドルを握った加納がバックミラー越しに言った。真由は助手席に、有梨はバックシートに座っていた。

「老人ホームの園長が……」

そうじゃない、と加納が首を振った。緊急ではないため、サイレンは鳴らしていなかった。

「先週から大崎さんが妙な顔をしてる。何かあったとしか思えない」

気づいてただろうと顔を向けた加納に、真由がうなずいた。

「田村くんと話してたけど、何か関係あるわけ？」

二人が有梨に同行したのは、意図があってのことだとわかった。何かが起きていることを察したのだろう。

聞いてません、と答えた。黙っているように言われているし、二人のどちらかが盗聴器を仕掛けた可能性がある以上、うかつなことは言えなかった。

振り向いた真由が、話してごらんと冗談めかして言ったが、目は笑っていなかった。

「別に話すようなことは――」

「白井、隠すな。いったいどうなってる？」加納が車線を変更した。「本庁から誰か来るって話だが、何でいきなりそんなことになった？　人事異動の季節でもないだろう」

わかりませんと答えた時、警察無線が鳴った。白井か、と大崎の声がした。

「秋水園の池田園長から連絡があった。園の入居者が、階段から落ちてケガをしたらしい」

「階段から落ちた？」

「救急車が出動したと消防からも連絡が入ってる。詳細はわかっていない。加納たちと一緒だな？」

「そうです」

「急いでくれ。園内でトラブルが発生したようだ」

道は知ってるか、と加納がナビに手をやった。自分たちの質問より優先される問題が起きたとわかったのだろう。

次の信号を右折してください、と指示した。何があったの、と真由が首を傾げた。加納がアクセルを強く踏んだ。

12

秋水園までは十分ほどだった。近づくにつれ、逆方向からパトカーが走ってくるのが見えた。園の正面に回ると、そこに救急車が一台停まっていた。

急停止した車から飛び降り、真由と並んでエントランスに向かった。エレベーターホールから一台の担架が運び出されているところだった。横たわっている老婆の様子を見ながら、救急隊員が励ますように声をかけていた。

「何があったんですか」

警察手帳を提示しながら叫んだ。老人が階段から転落したんです、と救急隊員が答えた。

「階段？　どうして――」

それは、と答えかけた救急隊員が顔を伏せた。事故ではないのだ、と有梨にもわかった。目の前を担架が通り過ぎていった。

仰向けになったまま、腰を押さえている老女の顔を見た。時枝だ。激痛に顔が歪んでいた。腰の骨が折れているのかもしれなかった。

白井さん、と声をかけられて振り向くと、背後に池田が立っていた。

「遅かったです。やっぱり、こんなことに……」

何があったんですと聞いた有梨に、非常階段を指さした。所轄の警官に続いて降りてきたのは、六十歳ぐらいの女性だった。小山さんです、と池田が囁いた。

真由が左右に目をやった。困惑した表情でしきりに額を拭っていた池田が、小山さんが時枝さんを突き落としたんですと首を振った。

「事情はよくわからないんですが、小山さんが時枝さんを呼び出して、非常階段から突き落としたと……宗像さんがそれを見ていました」

「宗像さんは？」

「部屋にいます。うちのスタッフがついていますが、ずっと泣いているそうです」

「時枝さんのケガは重いんですか」

「四階から三階の踊り場まで落ちただけです。腰を強く打ったのは間違いありませんが、折れてはいないと医者は言ってます。命に関わるとは思いませんが、何しろ七十を越えていますからね。打ち所が悪ければ、後が厄介なことになるでしょう。私も病院へ行きませんと……」

待ってください、と有梨は池田の腕を押さえた。

「小山さんはどうしてそんなことを？　何があったんです？」

歩み寄った真由が声をかけると、敬礼した警官が説明を始めた。小山純子はその後ろで横を向いていた。

「あなたがこちらへいらして、時枝さんと宗像さんに話をしてくれましたよね」

池田が言った。そうです、と有梨はうなずいた。

「その後、お二人は何もしなくなったとおっしゃっていたはずですが」

「そう思っていたんです。でも、私やスタッフたちが見ていないところで、あの二人は他の入園者に小山さんの悪口を触れ回っていたらしくて」池田がまた額を拭った。「要するに、小山さんを孤立させようとしたのでしょうな。そこからはちょっと詳しいことがわかっておりませんでして」

戻ってきた真由が、これを、と手を差し出した。洋裁用のハサミが握られていた。

「これは?」

彼女が持ってた、と真由が小山を指さした。

「昨日の夜、彼女が宗像とかいう老女の部屋に押し入って、髪を切ったと言ってる」

有梨は小山を見つめた。時枝や宗像と比べると、表情が若い。何か秘めたものがあるのか、頬が紅潮していた。

「小山さん、あなたが宗像さんの髪の毛を切ったというのは事実でしょうか」

そうです、と小山が答えた。声は落ち着いていた。

「言われっぱなしで黙っていると思ったら、大間違いです。ああいう人たちは害虫のようなものなんです。何の気なしに、他人の心を蝕(むしば)んでいく。平気でそんなことをするんです。思い知らせてやらないといけないでしょう」

温和な顔をしている分、凄みがあった。警告したんです、と小山が口に手を当てた。

「いつまでも嫌がらせを続けるようなら、こっちにも考えがあるって。何をされても文句の言えないことをしてるんですよと……それで怯えて部屋に閉じこもるようになりましたけど、電話やメールでここの人たちやわたしの親戚などにも悪口を吹き込んでいるとわかって、ついかっとなって……」

気持ちはわからなくもありませんが、と有梨は小山に一歩近づいた。

「髪の毛を切ったり、階段から突き落とすというのは、いくら何でもやり過ぎではないでしょうか」

「刑事さんですよね。本気でそんなことおっしゃってるんですか? 世の中にはね、とんでもない害虫がいるんですよ。叩き潰すのは、むしろ善行です。わたしは正しいことをしたんです」

「どうしてそんなことが言えるんです？」

わたしも昔はそうだったからです、と小山が答えた。

「自分より恵まれた人間を妬んだり、僻んだり……それで悪口を言い触らしたり、あることないこと言って陥れようとしたり。行き過ぎて、警察のお世話になったこともあります。反省して、生き方を変えたつもりでしたけど、なかなかうまくいかないものですね。あの人たちは、相手を間違っていたんです」

唇の端を歪めて笑った。時枝と宗像の言っていたことは、部分的に当たっていたのだろう。ろくでもないことをしてきた女だと言っていたが、過去にそういう時期があったということなのか。

「捕まってもいいと思ってました」逃げようなんて思ってません、と小山が池田の方を向いた。

「園長さん、しばらく留守にしますけど、部屋はそのままにしておいていただけますね？　わたしはここから出るつもりなんてありませんから」

後は警察でお話しします、と頭を下げた。何も言えないまま、有梨は警官に付き添われて出て行く小山の後ろ姿を見送った。

ストーキング被害にあっていた女が、加害者に実力で対抗したと解釈するべきなのか。だとしたら、これもある種のストーカー犯罪ということなのだろうか。

宗像さんに事情を聞いた方がいいだろうね、と真由がつぶやいた。そうしましょう、とうなずいた。

今の段階では、どちらに非があったのか判断できない。もちろん、暴力行為に及んだ小山の罪の方が重いが、そこに至るまでの過程はどうだったのか。確認しなければならないだろう。

どちらの側につこうとも思っていないが、ここまでの事情を聞いていた有梨としては、正確に事態を把握しなければならないとわかっていた。時枝と宗像にも、何らかの原因があったのなら、明確にする必要がある。今できることはそれだけだ。

スマホが鳴った。Sからだった。

『甘く見ていたようだな。被害者が反撃する場合もある　S』

有梨はスマホの画面を見つめた。後悔があった。もっとできることがあったのではないか。

自分もそうだったが、大崎も、他の刑事たちも、あるいは時枝も宗像も、そして池田たち園の人間も、どこか高をくくっていた。

警察やホームだけではない。彼女たちの親類、そして役所の担当者たち、そしてこの園に住む老人たち。何も起きないと思い込んでいたのではないか。

だが、どこまでカバーすればいいのか。警察に何ができるだろう。徒労感で全身の力が抜けていった。

またスマホが鳴った。Sからだろう。見たくなかった。

だが、着信音は長く続いていた。メールではない。電話だ。着信表示を見ると、SCSの直通番号だった。

「白井、ストーキング被害を訴えてきた女性がいる」大崎の声が聞こえた。「まだ若い。担当は女性の方がいいが、君と丘、どちらか戻れるか？」

了解しましたと答えて、電話を切った。パトカーのサイレンが高く鳴っていた。

第五話
早川沙紀の事件

1

ＳＣＳに戻った有梨に、名前は早川沙紀(はやかわさき)、二十五歳のＯＬだ、と大崎が早口で説明した。

「ストーキング被害を訴えている。詳しい話を聞いてくれ」

相談室のドアを指した。今は田村と久美が入っているという。

ドアを開くと、正面にショートカットの小柄な女が座っていた。二十五歳というが、二十歳ぐらいに見えた。男を誤解させやすいタイプだと、経験からわかった。

向かい側の席に座っていた田村と久美が同時に振り向いて、安堵の表情を浮かべた。二人とも経験は浅く、特に久美はカウンセラーとして警察に協力している立場に過ぎない。同じ歳だが、生活安全課が長く、ストーカー事件の捜査についても慣れている有梨が同席していれば、安心なのだろう。

続けて、と田村に囁いた。質問の途中なのはわかっていた。

「ストーキングされているということですね？　相手の見当もついていると……」

元カレ、と沙紀が答えた。少し鼻にかかった声だった。

「青山順也(あおやまじゅんや)っていって、大学の同級生なんです。二年の夏から一年ぐらいつきあって、別れたんですけど」

渋谷にある光斧(こうふ)大の法学部だという。私立ではトップクラスの大学だ。

「では、三年の夏に別れたわけですね？」

その後は、と田村の質問が続いた。特に何も、と沙紀が有梨を見ながら言った。

「大学で一、二年と語学のクラスが一緒だったんですけど、三年になったらそういうのもなくなって、だんだん会わなくなって、それで別れました。別に理由とかはなくて、自然消滅っぽい別れ方だったし、その後何か言ってくるようなこともなかったし、正直言って彼のことは忘れてたぐらいです」

現在二十五歳だから、単純に計算すると四年前の話だ。忘れていたというのは極端かもしれないが、二十一歳ならそんなものだろう。

「でも、ストーカーは彼だと思ってるわけですよね」

「卒業してからずっと会ってなかったんですけど、三ヵ月ぐらい前から二度会いました」

「会いましたというのは？」

会ったっていうか、偶然すれ違ったみたいな、と沙紀が小さく舌を出した。

「一回目は六本木のカフェで友達とお茶してたら、そこに青山クンがいて……偶然だねってお互いびっくりして、ちょっと挨拶したっていうか、それだけだったんですけど」

「二回目は？」

「あたし、印刷会社に勤めてるんです」新日本印刷っていいます、と沙紀が周りを見た。「会社は市谷にあるんですけど、この前、納品のヘルプで水道橋まで行ったら、駅で青山クンとすれ違って……一、二分、話をしました。友達が近くに住んでて、遊びに行く途中だって言ってました」

要点がわからないのですが、と田村が首を傾げた。

「そういうことはあるんじゃないですか？　昔の同級生と同じ店に行ったり、すれ違ったりするのは、そんなに不思議じゃないと思うんですが」

あたしもそう思います、と沙紀がうなずいた。

「大学の友人に話したら、縁があるんじゃないかとか、もう一回つきあってみたらとか冗談を言われました。でも、違うんです。言葉を交わしたのはその二回だけですけど、もっと頻繁に彼の姿を見てるんです」

どういうことでしょう、と久美が体を前に傾けた。絶対とは言えないんですけど、と沙紀が僅かに視線を下に向けた。

「通勤途中の電車とか、ランチタイムとか、帰宅途中、誰かに見られているような気がして……振り向くと、彼に背格好のよく似た人がいるんです。帽子やマスクで顔を隠しているし、あたしが見るとすぐどこかへ行ってしまうんだけど、どう考えてもあれは青山クンだと――」

尾行されてるということですか、と田村が質問した。わかりません、と沙紀が首を振った。

詳しく聞かせてください、と有梨は座り直した。

「尾行ないしは監視されてるということだと思いますが、そのためにはあなたに関する正確な情報が必要です。卒業してから三年経っていますよね。彼はあなたの生活について、どの程度まで把握しているのでしょう」

「それは……彼と別れたのは四年ぐらい前です。その後、ほとんど話したことがなかったのは、言った通りですけど、交際している間に甲府の実家の住所とか、電話番号とかは教えていました。東京に来ていた兄に会わせたこともあります。共通の友人もいますし、あたしが新日本印刷に就職を決めたのも、当然知ってると思います」

「あなたは当時から携帯番号、メールアドレスなどを変えていない？」

「いいえ、卒業後につきあった男性が同じ携帯会社にしようと言ってきて、キャリアを変えたんです。番号も新しくして、アドレスなんかも全部……」

「でも、大学時代の共通の友人がいるとおっしゃいましたよね」有梨は両手の指を組み合わせた。「就職先などはもちろんですが、そういう人達からあなたの情報が彼に漏れた可能性はありませんか」

何とも言えません、と沙紀が答えた。誰かが教えた可能性はあるのだろう。

「フェイスブックやツイッターなど、SNSはやっていますか」

もちろん、と沙紀がうなずいた。二十代なら当然だ。逆に言えば、そこから個人情報が漏れたことも十分に有り得るだろう。過去に何度も経験していたが、SNSの情報秘匿力は、一般に考えられているより遥かに低い。

「でも、青山クンから友達申請は来てないです」

そこはどうにでもなるでしょう、と田村が言った。身分を偽って違う名前で登録することもできるし、友達にならなくてもプロフィールまでなら閲覧も可能だ。そこから辿っていったのかもしれない。

「ですが、顔を合わせたのは三カ月で二回ということですよね」田村が身を乗り出した。「もしかしたら後をつけていたのかもしれませんが、それだって確証はないわけでしょ？　直接的な被害があったわけでもないし、ストーキングされていると騒ぐほどのことではないように思えますが」

「それだけだったら、刑事さんの言う通りかもしれません。でも、よく考えてみたら、半年ぐらい前から差出人不明のメールが届くようになっていて……」

「差出人不明のメール？」

「ていうか、女友達の名前を騙った〝なりすましメール〟と言った方がいいかも」沙紀の目が真剣になった。「中学や高校の同級生の名前で送られてくるんです。そういうこともたまにあるから、疑わずに開いてたんですけど……」

　バッグの中から十枚ほどのプリントアウトを取り出した。受け取った田村が適当に分けて、有梨と久美に渡した。

「〈昨日、スカイツリーにいたよね〉」久美が読み上げた。「〈あそこの白玉団子、おいしいよね。でも、お代わりするほどかなあ〉……どういう意味でしょう」

　四月に友達とスカイツリーを見に行ったんです、と沙紀が顔をしかめた。

「その時、近くにあったお店で白玉の入ったお汁粉を食べました。そのメールは中学の時の友達の名前で来たんですけど、あたしがそのお店にいたのを見たって書いてきたんです」

　ドアがノックされ、大崎が顔を覗かせた。状況を聞いておきたいようだ。席を立った田村が相談室を出て行った。

　友達だったら、普通声ぐらいかけるでしょ、と沙紀が顔を上げた。

「偶然だね、何してるのって……美香っていうんですけど、すぐ彼女に直接電話して確かめました。あたしのこと、スカイツリーで見たの？　って。そしたら、何の話って言われました。スカイツリーになんか行ってないし、お汁粉も食べてないって。詳しく聞くと、メールアドレスも違ってて……誰かがあの子の名前を使って、こんなメールを送ってきたんです」

「〈外苑のソフィア・ゴーレンは評判悪いよ〉」読み上げた久美が、美容院ですねとつぶやいた。

「あの店に通ってるんですか」

　ソフィアにはもう二年ぐらい行ってます、と沙紀が答えた。

「月イチとか、それぐらいです。そのメールは髪を切った翌日に届きました。やっぱり、誰かがあたしのことを監視しているんじゃないかって」

「それが青山という男だと?」

「そうとしか思えません。会社にいた時、メールが送られてきたこともあります」

これです、と別にしていたプリントアウトを差し出した。ずいぶん長い会議だったね、という一文が有梨の目に入った。その時はホントに長い会議があったんです、と沙紀が言った。

「あたしたち事務職の女子社員を集めて、安全確認の講習会とか……二時間以上かかったと思いますけど、そしたらそのメールが届いていたんです」

社内に侵入したということですか、と有梨は眉間に皺を寄せた。会社の外ならわからなくもないが、会社内での行動まで見張っていたということなのか。同僚なら可能だが、部外者にはできないだろう。

「そんなにセキュリティが厳しい会社じゃないから」沙紀の声が小さくなった。「仕事の関係上、どうしても他社の方が出入りすることも多くて、受付でも会社名を名乗ればすぐ入館証を渡します。入ってしまえば、通路なんかは自由に動けると思います」

「会社で何をしてたか知ってる、というようなメールはこれだけですか」

「そうです。気持ち悪いけど、一度だけでしたから気にしないようにしていました。でも、会社が終わった後とか、休日とか、あたしが何をしていたか、誰と会っていたか、そういうことについてメールがたびたび来るようになっていて……このひと月ぐらいは特にそうです」

「例えばどういうことでしょう」

「会社の同僚と食事をしたり飲みに行ったりとか、帰宅途中に買い物をしたとかコンビニに寄ったとか、今日は自分で夕食を作るんだねとか、そんなことです。あたし、今、彼氏がいるんですけど、デートしたりすると、それも言ってきます。それだけじゃなくて、彼の個人情報も調べられてるみたいで、一度なんかは彼の会社の外観を撮影した写真が送られてきました」

これです、と沙紀が有梨の手にあったプリントアウトを指した。話しているうちに感情が激してきたのか、どんどん早口になっていった。

「この前……二週間ぐらい前には、彼が別の女と会ってるとか、そんなことも書いてきました」

常識では考えにくかった。大学を卒業しているはずだが、青山は現在定職に就いていないのだろうか。尾行などにかかる費用はどうしているのか。

「あなたの恋人の尾行もしてるんでしょうか」

「どうしていいのかわからなくて……彼の名前とか仕事とか、自宅の住所なんかについても、正確な情報を送ってきています。でも、浮気してるとか、そこまではあたしにもわからなくて」

なるほど、と久美がうなずいた。

「誰が送ってきたかもわからないメールで、あなたが浮気していると教えられたのだけど本当なの、とは聞けないですよね」

例えば、昨日渋谷にいたよね、ぐらいのことまでは聞けるかもしれない。友人が見たのだとでも言えばいいだろう。

だが、女性と一緒だったのか、とまで踏み込むわけにはいかない。メールの情報が嘘かもしれないからだ。

下手なことを言えば、それで喧嘩になってしまうだろう。もしかしたら、それがメール送信者の狙いかもしれなかった。

「念のためにお伺いしますが、具体的に危害を加えられたりとか、身の危険を感じたことはありますか」

有梨の質問に、それはありませんけど、と沙紀が両手の人差し指を額に押し当てた。

「でも、すごく気持ち悪いですし、ストレスになります。誰かに見張られているのは間違いないと思うんですけど、それだけで体調が崩れてしまって」

わかります、とうなずいた。有梨自身、Sのことを考えただけで気分が塞(ふさ)いでしまう。メールの着信音が鳴るたび、心拍数が上昇するのがわかるほどだ。

他のストーカー事案においても、被害者女性が同様の精神状態に陥るのは、医学的に証明されていた。沙紀の不安は、ストーキングされた者でなければわからないだろう。

「メールアドレスから、誰が送ってきているのか調べることができると聞きました」沙紀が両手を前に出して訴えた。「青山クンがやってるとわかれば、彼に注意できますよね？　大学時代の友人に聞いたんですけど、彼はまだあたしのことを忘れてないみたいで、どうしてるのかと聞かれたこともあったそうです。どういうつもりなのかわからないですけど、こんなことをするのは彼しかいないんじゃないかって……お願いです、何とかしてください」

久美と目を合わせた。危険度のレベルが高いとは言えないが、沙紀が怯えているのは確かだ。最低でも、事実関係の確認だけはしておかなければならないだろう。

青山という男のことですが、と久美が首を傾げた。

「沙紀さんのことを尾行しているんでしょうか。彼が働いてるとしたら、沙紀さんの所在や行動をどうやって追っているのか――」

スマホを見せてください、と有梨は言った。沙紀がポーチからカバー付きのスマホを取り出した。

「設定についてお伺いします。購入してから、自分で機能を変更してますか」

いいえ、と沙紀が首を振った。

「よくわかんなくて、買った時のままにしてあります。もちろん、アプリのインストールなんかはしてますけど」

スマホの販売数がいわゆるガラケーを上回ったのは二〇一四年秋のことだが、ユーザーの意識はまだ低い。多くのスマホユーザーが機能を使いこなせていないのが実状だった。

有梨は仕事の関係で知識があるが、過半数のユーザーが携帯会社の初期設定のまま使用しているというデータもある。沙紀のように、一切何もしていないという者も少なくない。

沙紀に操作させ、設定を呼び出した。思った通り、GPSがオンになっていた。

「あなたの現在位置がスマホから発信されています。とりあえず、解除してください」

うなずいた沙紀が指をスワイプさせると、GPSがオフになった。

「どういう手段でかは不明ですが、犯人はこれであなたの位置情報を知ったのでしょう。精度はかなり正確で、誤差数メートルと言われています。どこにいるか大体の場所がわかれば、あなたを探すことも十分に可能です。もちろん自分自身で実際に後をつけたこともあるのでしょうけど、どこにいるのか探り出すのは決して難しくありません」

沙紀がまばたきを繰り返した。送られてきたメールについては、こちらで分析しますと付け加えた。

「調べれば、誰が送っているのか特定できるかもしれません。ただ、時間はかかるでしょう。証拠がありませんから、現段階で彼に警告はできません」

何とかならないでしょうか、と沙紀が涙声になった。

「そんなことまでされてたなんて……怖くて……」

気持ちはわかります、と有梨はテーブルの上にあった沙紀の手に触れた。

「こういうことではどうでしょうか。あなたは彼を逮捕してほしいわけではありませんよね。ストーキング、つまり迷惑行為を止めてくれればそれでいい。そうですね？」

そうです、と沙紀がうなずいた。

「では、警察がメールアドレスを調べていると返信してみるのはどうでしょう。あるいは友人などに、警察に相談していると話すのもいいかもしれません。そういう情報は必ず伝わります」

今までも、同じような相談について、対応策のひとつとして、警察が動いていると伝えることを勧める場合があった。一種のブラフだが、効果はある。

「GPSであなたの行動を追っているとしたら、あなたが今、品川の警察署にいることもわかったでしょう。それでいいと思います。警察が動いているとわかれば、ほとんどのストーカーが何もしなくなります。彼らも逮捕されたいわけではありませんからね。過去の統計では、九十パーセント以上が反省してストーキングを止めます。それで解決するんです」

ストーカー犯のほとんどが普通の社会人であり、彼らは失うものが大きすぎる。警察沙汰になって困るのは彼らであり、それがわからなくなっている者はごく少数と言っていい。

SCSでも、警告まで至るケースは相談数に比して二割もないだろう。被害者が警察に相談しているとわかれば、多くの場合犯人はストーキングを中止する。

ただし、百パーセントではない。数パーセントだが、自暴自棄になって暴力行為などに及ぶ場合がある。逆に言えば、だからこそストーカー専従捜査班が多くの警察本部に設けられているのだ。

「何かあった時のために、防犯ブザーをお貸しします。自宅近くの交番にも、あなたのことを話しておきます。それでしばらく様子を見ましょう。それでもストーカーがあなたを監視、尾行している場合には、こちらも本腰を入れて対処します。よろしいでしょうか」

ルーティンな受け答えだが、今のところこれしかできない。ざっと目を通しただけだが、メールの内容に脅迫の意図を示す文章はなかった。危険度は低いだろう。

彼の写真は持っていますかと尋ねると、沙紀が用意していたプリントアウトを取り出して、机に置いた。細面で気の弱そうな若い男が写っていた。

よろしくお願いしますと頭を下げた沙紀を久美が送っていった。有梨は大きく息を吐いて、内線電話を取り上げた。

2

隙（すき）のありそうな女性ですよね、と入ってきた田村が言った。

「ストーキングに走る男なんて馬鹿だと思いますけど、ここだけの話、女性の側にも問題があるんじゃないかと思うこともありますよ」

難しいところね、と有梨はうなずいた。

「一般論として、そういう側面がないとは言わないけど、今の彼女はちょっと違う。交際していたのは四年以上前で、彼女が困惑するのも無理はない」

そういうストーカーもいるんですよね、と田村が椅子に腰を下ろした。

「この前、過去の事例を調べてたら、二十年前の交際相手にストーキングされていたっていう事件がありました。二十年ですよ？　よほど何かあったんですかね」

「どうなんだろう。十年経ってから、突然ストーキングが始まった例ならいくつか知ってる」去年の秋にも、そんなことがあったと有梨は言った。「どういう理由で、どのタイミングでスイッチが入ったのか、犯人といくら話してもよくわからなかった。自分でもわかってないんじゃないかな。それが人間心理なのかもしれないけど」

「……ぼくを呼んだのはどうしてです？」

田村が脚を組んだ。彼女と話していて思ったんだけど、と有梨は自分の手のひらを見つめた。

「わたしもＳに行動を監視されている。それは間違いない。Ｓはわたしの自宅も知ってるし、見張ってることもあるはず。でも、毎日ってわけじゃない。自宅にいる時も含め、わたしの行動を全部追いかけるのは不可能よ」

そりゃそうです、と田村がうなずいた。でも確実にどこにいるかを知ってる、と有梨は話を続けた。

「わたしは自分のスマホのＧＰＳをオフにしている。だからスマホで位置は割り出せない。わたしたちの仕事は普通のＯＬと違って仕事も生活も不規則だし、捜査のために外へ出ることも多い。こっちもプロだから、尾行されていればわかる」

刑事ですからね、と田村が伸びをした。

「だったら、Ｓはどうやってわたしの動きを知るのか――」

有梨の問いに、やはりスマホだと思います、と田村が答えた。

「白井さんは毎日着替えているわけですから、服や靴などに発信機や盗聴器を仕掛けているとは思えません。バッグとか、常に持ち歩いている物については、自分でも調べてるんですよね？」

何も見つからなかった、と有梨はうなずいた。

「それに、何度も所持品を総取り替えしている。そのたびに何かを仕込むなんて、不可能でしょう。そうやって考えると、スマホが怪しいというのはその通りだと思う。しょっちゅう機種変するわけにもいかないし」

田村に指摘されるまでもなく、スマホに盗聴器が仕掛けられているのではないか、という疑いは常に持っていた。この半年で、携帯会社のキャリアを二度替えていたが、警察官という仕事がネックになって、番号を変更することはできなかった。

キャリアを移れば、自動的にメールアドレスを変えざるを得ない。それだけでも、大崎や総務から事情を聞かれた。

Sについて、まだよくわかっていなかったこともあり、騒ぎにしたくないという心理が働いて、適当にごまかしたが、それも限界だろう。費用の問題もあり、何度も機種変更をするわけにはいかなかった。

「でも、前に一度調べてもらった時は、何もなかったと言ってたよね」

「スマホ本体は調べました。不審な物は見つかっていません」田村が外国人のように両手を開いた。

「ですが、それはハードについてです。ソフトについては調べられませんでした」

「ソフト?」

「いろいろ可能性を考えてみたんですけど、結論として、不正アプリをインストールされているんじゃないでしょうか」

不正アプリ、と有梨は口の中で繰り返した。あくまでも可能性の話ですけど、と田村がテーブルを指で規則的に叩き始めた。

「販売されていませんが、開発されているという話はぼくも聞いています。例えばですけど、LIME MINTというゲームソフトがあります」LIMEです、とアルファベットを宙に書いた。

「LINEではありません。ですが、LINE社が作っているアプリとまったく同じデザインで、簡単には見分けがつきません。このＬＩＭＥ　ＭＩＮＴというゲームソフトは、犯罪目的で作られたものなんです」

聞いたことがある、と有梨はうなずいた。警察では定期的にコンピューター犯罪について、その手口を知らせるレポートが回ってくるが、それで見た記憶があった。

「このＬＩＭＥ　ＭＩＮＴのアプリをインストールすると、通話している音声の盗聴はもちろんですが、メールやラインなどの送受信についても、内容を読むことが可能になります」田村が淡々とした口調で説明を続けた。「あるいは外部からの操作で、写真や動画を撮影することもできるそうです。電源を落としていれば別ですけど、たいがいの場合オンにしたまま部屋に置いたりしてますよね。その場合、遠隔操作できるんです。部屋の写真、あるいは外出している時の行動、何でも押さえられます。起動音もしませんから、自分ではわかりません」

「そんなもの……いったい何のために？」

個人情報を盗むためですよ、と田村が苦笑した。

「キャッシュカードやクレジットカードの暗証番号なんかを盗んで、インターネットバンキングを操作し、現金を全額架空口座に振り込ませることも可能です。銀行でお金を下ろす時、暗証番号を押すところをスマホ内のカメラで見ているのかもしれません。送られてきた勧誘メールを不用意に開いてしまったり、フェイスブックで紹介されたサイトにアクセスしたことはありませんか？　新しいゲームを無料でインストールできるとか……」

そんなことはしない、と有梨は首を振った。

「フィッシング詐欺とか、そんなものに引っ掛かるほど間抜けじゃないつもり。でも、確かにフェイスブックやＳＮＳを通じて、いろんな広告が送られてくるのは本当だから、勘違いでクリックしてしまったことはあるかもしれない」

「偽装は巧妙になってますからね。銀行の名を騙ったフィッシング詐欺なんて、プロが見たってわからない場合もありますよ」呆れたもんです、と田村がため息をついた。「今、アプリの総数は一万とも二万とも言われています。しかも、毎日凄まじい勢いで増え続けている。すべての安全性をチェックするのは不可能ですよ。悪意のある人間が何かを仕掛けてきたら、一般市民には防げません」

嫌になります、とつぶやいた。田村には強い危機感があるようだ。スマホの利便性を優先するあまり、安全性を軽視しているんです、と不快そうな顔になった。

「安全対策として一番確実なのは、スマホを使わないことですが、もうそんなことはできないでしょう。便利なのは本当なんです。でも、スマホを持っているのは、パソコンを持ち歩いてるのと同じです。個人情報を守ろうと考えているなら、そういう意識を強く持たないと、とても危険だと思いますね」

何か心当たりはありませんかと聞かれたが、答えようがなかった。知らないサイトにアクセスしたことはない。刑事という職業柄、一般人より犯罪についての知識もある。危険だという認識も持っていた。

「スマホを盗まれたことは？」

「それもない。ただ、署に置いたまま外出してしまったり、通っているスポーツジムのロッカーに置いて何時間か放っておいたり、そんなことはあるけど」

だが、一般企業ならともかく、警察署内に部外者が侵入することなどあるだろうか。スポーツジムにしても、ロッカーには鍵をかけていた。一時的にせよ、盗まれることなど考えられない。

「そうとは言い切れないんですがね……誰か第三者に預けたことは？」

「自分のスマホを？　そんなことする人、いると思う？」有梨は力無く笑った。「普通、親にも預けないでしょ。強いて言えば、データのバックアップを取るために、携帯会社に渡したことはあるけど、それは誰だって……」

刑事とは思えない発言ですね、と田村が眼鏡のつるに触れた。

「携帯会社の販売店などで、違法ソフトをダウンロードされた例はたくさんあります」

「聞いたことはあるけど――」

「不良社員はどんな会社にだっていますよ」携帯会社にも、警察にも、と田村が囁いた。「彼らが不正なソフトをあなたのスマホにインストールした可能性はゼロじゃありません。ぼくたちはスマホを使いこなしているように思ってますけど、実際にはよくわからないまま使用している場合も多いんです。初期設定なんて、わざわざ変えたりしないでしょ？　チェックさえしないんです。誰が何をしても、気づくことはありません。それじゃ個人情報なんてただ漏れですよ」

待って、と有梨は自分のスマホを見つめた。

「あたしの銀行口座から不正に預金が抜かれたとか、そんなことはなかった。カード会社から覚えのない請求書が来たこともないし、あたしの個人データが盗まれたり、外部に流出したとも思えない。そもそも、何のためにそんなことを？」

「単なる犯罪者なら、目的は金です」何も盗まれていないというのなら、そういう人間ではないんでしょうと田村が言った。「ですが、Sの目的があなた自身にあるとしたらどうです？　Sがあなたに執着する理由はわかりません。愛情なのか、深い怨恨があるのか。でも、あなたの個人情報を盗み見ているのは間違いないんです」

沈黙が流れた。どうすればいいのか、有梨にはわからなかった。

「Sから送られてきたメールのサーバーを調べました」田村がテーブルを軽く叩いた。「海外のサーバーを経由して送信しているのは確かですし、暗号化されているようです。おそらくはＴｏｒを使っていますね」

Ｔｏｒとは、接続経路の匿名化による通信システムだ。有名なのは二〇一二年に起きたパソコン遠隔操作事件で、犯人が警察に挑発メールを送る際、Ｔｏｒを使ったことから、その危険性がクローズアップされていた。

「でも、Ｔｏｒはその後解析可能になったって聞いたけど」

一時的にはね、と田村が肩をすくめた。

「ですが、プロの開発者だって、日々バージョンアップを重ねてますよ。そこはイタチごっこで、Sは新しいバージョンのＴｏｒを使っているんでしょう。そうなると、日本のサイバーポリス程度では簡単に利用者を突き止めることができません。ぼくも諦めたわけじゃなくて、調査は続けています。何かわかるかもしれませんからね」

「他には?」

「言った通り、Ｔｏｒを使っている人間を見つけるには時間が必要です。それより、あなたに何らかの強い感情を抱いている人間を探す方が早いと思うんです。そっちから範囲を狭めていく方が、現実的でしょう。立ち入ったことを聞きますが、過去に人間関係や恋愛などでトラブルを起こしてませんか」

わからない、と有梨は首を振った。ストーカーについては詳しいという自負があった。

だが、まったく見ず知らずの、すれ違っただけの人間からストーキングされた例もあるのだ。そこまで考えると、見当もつかなかった。

「過去、恋愛経験がなかったわけじゃない」学生の時を含めて、何人かとつきあったことがある、と記憶を辿りながら言った。「お互い納得して別れたこともあるけど、嫌な別れもあった。振ったり、振られたり、それもある。でも、Sほど執拗に執着してくるような人間に心当たりはない」

二十九歳の女性として、人並みの恋愛経験はあった。長く交際していた相手もいたし、自分から一方的に別れを切り出したこともあった。恨まれていないとは言い切れなかった。

だが彼らではない、と数人の男の顔を思い浮かべながら有梨は首を強く振った。そこまで酷い別れ方をした覚えはなかった。

「ただ、恨みを買っている人間はいるかもしれない」

刑事ですからね、と田村がため息をついた。過去に有梨は何度も犯罪者を逮捕している。刑事の職務として当然のことだが、中には逆恨みしている者もいるだろう。

普通のサラリーマン、OLとは違い、犯罪者と隣り合わせの場所にいるのは確かだ。そういうことかもしれません、と田村がもう一度大きくうなずいた。

「犯罪者が関わっているとすれば、説明がつく部分もあります。あなたに逮捕された本人でなくても、プロのハッカーなどを知っていれば、不正アプリのインストールは可能でしょう」

犯罪者にはネットワークがある。暴力組織に身を置く者なら、縦、あるいは横の繋がりを通じて、専門的な知識を持つ者を探すのは容易だ。

「ぼくがいたサイバー犯罪対策課でも、それが大きな問題になっていました。プロのハッカーが特定の企業、あるいは個人を狙った場合、阻止することは事実上不可能です。金や情報が盗まれてからでなければ、警察は動けません。ほとんどの場合、手遅れになります。奴らは警察の専門家なんか目じゃないくらい、知識を持ってますからね」

「わかってる」

「コンピューター社会にはそういうリスクがあるんです。スマホだけじゃなく、誰もがパソコン端末を会社や自宅のデスクに置き、使っている時代です。あらゆる情報をパソコンで管理している。逆に言えば、集中的に狙われたら、一発で全情報を引き出される可能性もあるんです。ぼくはプロのつもりですが、他の刑事は素人レベルで、不安になることもありますよ。情報管理が甘すぎるんです」

よほど苛立たしく思っているのか、乱暴な口調になっていた。

「わたしの仕事について、よく知ってる人間だと思う」うつむいたまま、有梨は唇を動かした。「何時に帰宅し、何時に起きて家を出て、いつ署に着いたか、そういうことをわかってるんじゃないか……もちろん仕事の内容なんかについても」

可能性はあるでしょうね、と田村がうなずいた。刑事の仕事はルーティンじゃない、と有梨は言った。

「事件はいつ発生するかわからない。一週間、何も起きないこともあるし、一日に二件、三件と重なることもある。デスクワークになるのか、現場に出動するのか、その日の予定は自分でも読めないことがある。規則的な仕事とはとても言えない」

そうですね、と田村が何度も首を縦に振った。実感が籠もっていた。

「事件は真夜中でも明け方でも起きる。連絡が入れば一分一秒でも早く飛び出すし、捜査にどれだけの時間がかかるかは、ケースバイケースよ。だけど、Sは何かあればすぐメールを送ってくる。そういう仕事だとわかってるから、対処できるんだと思う。刑事の仕事について、よく知っている人間」

　おそらく、とつぶやいた田村が会議室のドアを見つめた。その向こうに大崎以下他の班員がいる。彼らのうちの誰かがSである可能性は高かった。

　メールが鳴った。顔を見合わせたまま、まさか、と田村がつぶやいた。画面を確認しながら、有梨は小さく息を吐いた。

「Sよ」

「何て言ってるんです?」

「『調べても無駄だ。送信先は特定できない　S』」

　確かに、と田村がうなずいた。

「発信人を特定するのは難しいでしょう。Torを含め、メールの送受信システムについて、相当詳しい人間ですね」

「……あたしたちの会話を聞いていた?」

　唇だけで囁いた。間違いありません、と田村が辺りを見回した。

　この会議室のどこかに盗聴器が仕掛けられているのか、それとも有梨のスマホを通じて話を聞いていたのか。逃げられない、と有梨は唇を噛んだ。

3

　沙紀からSCSに連絡が入ったのは、それから二時間ほど経った頃だった。新品川署を出た後、市谷にある勤務先の印刷会社へ向かっていたが、その途中青山順也に声をかけられた、と怯えた声で沙紀が言った。

「有楽町線で市ケ谷に出たら、駅の改札に彼がいて、偶然だねって……」

声が震えていた。よほど怖かったのだろう。

「彼に不審な様子は？」

有梨は受話器を強く握った。隣の席で、眉間に皺を寄せたまま、久美が見つめていた。

「そういう感じはしなかったです。こんなところで会うなんて、めったにないよねって笑ってました。でも、そんなことあるはずないじゃないですか」

落ち着いてください、と有梨は言った。東京は広い。偶然出くわす可能性は、限りなくゼロに近いと言っていいだろう。

GPSを切ったことで居場所がわからなくなり、焦った青山は沙紀が毎日使っている市ケ谷駅を見張っていたのではないか。待っていれば、いずれ改札を通ると考えたのかもしれない。

「例えば殴られたりとか、そういう具体的な被害はありませんか」

「ありません。言葉遣いも丁寧だし、声を荒(あら)らげるようなことも……でも、彼はあそこであたしを待ってたんです。それは間違いありません」

今のところ、青山に害意はないようだ。危険かどうか、判断がつかなかった。駅を見張っていたとすればストーカーと認定できるが、緊急性があるとは言えない状況だろう。

午後一時の今、沙紀は会社にいるという。青山が社屋に侵入することは考えにくいし、周囲に人もいるから、何かあっても対処できるはずだ。

通常の退社時間まで四、五時間ある。すぐ連絡しますので、仕事に戻ってくださいと言って電話を切った。

大崎に報告すると、どうするつもりだと逆に聞き返された。青山という男に警告するべきだと思います、と有梨は言った。

「彼は接近を図っています。今すぐということはないと思いますが、何らかのアクションを起こすのではないでしょうか。危険かどうかはともかく、彼女は迷惑に思っています。止めるべきだと考えますが」

「その青山という男は、今どこにいる？」

「勤務先を沙紀さんから聞きました。扶桑（ふそう）通運という会社で、事務職として働いているそうです。電話してみましたが、今日は休んでいると……自宅の住所もわかっています。大学時代と同じ、大田区内のマンションです。携帯には出ません」

どう思う、と大崎が刑事部屋を見回した。一番近くに座っていた加納が立ち上がり、本人に直接話を聞いてみてはどうですかと意見を言った。

「警告とまでは言いませんが、警察が動いているというのは言ってもいいんじゃありませんか？放っておけないようなら、引っ張ることもできます。どっちにしても、このままにしておくわけにはいかないでしょう」

うなずいた大崎が、二人で青山の自宅へ行ってくれと命じた。

「大事（おおごと）にするほどのことじゃないかもしれんが、ストーカー規制法に抵触する可能性があるとか、そこは話してもいいだろう。こちらとしては、妙な動きを止めてくれればそれでいいんだ」

行くぞ、と声をかけた加納に続いて、有梨は刑事部屋を後にした。

4

青山が住んでいるのは池上九丁目にある賃貸マンションだった。とりたてて特徴のない外観だ。二十部屋ほどですね、と有梨はエントランスの正面から郵便受を見つめた。

加納がオートロックの番号を押した。青山の部屋は四階の401号室だ。しばらく待つと、はい、とぼんやりした声が聞こえた。

「こちら、警視庁の加納と申します」カメラに向かって警察手帳を提示した。「青山順也さんでしょうか」

そうだけど、とくぐもった返事があった。早川沙紀さんをご存じですね、と加納が声を低くした。

「突然で申し訳ないのですが、お話を聞かせていただけませんか」

有梨は加納の肩を指で突いて、降りてきてもらいましょうと囁いた。エントランスのガラス越しに、ウェイティングルームが見えた。

今の段階で、部屋に直接入ることはできない。事情聴取とも言えないだろう。あくまでも状況を確認することしかできないし、大崎にも騒ぎにするなと命じられていた。

かといって、外に連れ出すわけにもいかなかった。ウェイティングルームなら、どちらにとっても都合がいいだろう。

「一階まで降りてきてもらえますか。エントランスの奥に、話すスペースがありますよね。そこで話すということでどうでしょう」

ちょっと待っててください、と答えた青山がインターフォンを切った。まずはお話を伺わせていただこうじゃないか、と加納が両手をこすり合わせた。

「ストーキングしていると本人が認めれば署に引っ張れる。怪しいと思ったら、徹底的にやるからな」

様子を見ましょう、と有梨は言った。沙紀の話から考えると、明らかに青山の行動は不審としか言いようがないが、ストーカー事件として処理するにはまだ早い。青山からも話を聞く必要があるだろう。

まだか、と加納が辺りを見回したのは五分ほど経った頃だった。有梨も視線を左右に向けた。四階から降りてくるだけなら、一分もかからないはずだ。

着替えているのかもしれないし、食事中だったということも有り得る。とはいえ、警察が来ているとわかれば、すぐ出てくるのが普通ではないか。

インターフォンのカメラを通じて警察手帳を確認したはずだ。五分は短くない時間だろう。

おかしい、と加納がもう一度部屋番号を押したのは、それから二分後だった。応答はなかった。どういうことなのか。

ここにいてくれ、と命じた加納がマンションの裏手に回った。他に出入り口がないか確認するつもりだとわかり、有梨はエントランスのガラスドアを見つめた。青山は降りてこない。

裏に非常階段があった、と戻ってきた加納が怒鳴った。

「外からだと開けられないが、中からなら出ることができる。おれのマンションにも同じ設備があるんだ」

「逃げたということですか？」

決まってる、と吐き捨てた加納の後に続いて、マンションの裏手へ走った。非常用、と大きく書かれた鉄製の扉があった。

何度か押したが、開かなかった。火事などの際、避難するためにあるのだろう。防犯を考えれば、外からでは開かないのも当然だ。

「奴はここから逃げたんだ」間違いない、と加納が鉄の扉を蹴った。「畜生、どこへ行った?」

エントランスに戻り、正面ドアの横にあった番号に電話をかけると、マンションの管理をしている不動産会社に繋がった。外部からドアの開閉はできないという。

はっきり言わなかったが、不動産会社の人間は有梨たちが本当に刑事かどうか疑っているようだった。確かに、電話一本で了解が取れる話ではないだろう。

ドアが開いたとしても、青山の部屋には入れない。令状もないのだ。

しばらく話すと、ようやく刑事であることは納得したようだったが、今からマンションへ向かっても、到着するのは三十分後になるという。大崎に連絡して指示を仰ぐと、不動産会社の人間が来るまで動くなと命令された。

他の部屋の住人に協力を要請することもできなくはないが、姿を消したというそれだけでは、青山の部屋に踏み込む根拠として不十分だ。

待機するしかなかったが、その間にできることがひとつだけあった。有梨はスマホで早川沙紀の番号を呼び出した。

「青山順也の自宅マンションに来ています。話すことはできましたが、彼は姿を消しました」

「……どうして、そんな」

沙紀が怯えた声を漏らした。ストーキングをしていたと認めたも同然です、と有梨は言った。

「わたしたちに事情聴取されるのを避けたのでしょう。すぐに彼を捜しますが、あなたの会社、もしくは自宅へ向かうことも考えられます。万が一ですが、危害を加えるということもないとは言えません。わたしの方から所轄署や交番に連絡をしておきますが、決して一人にはならないでください」

わかりました、と沙紀が力のない声で答えた。奴は何がしたいんだ、と隣で加納がつぶやいた。

SCSはストーカー事件捜査の専従班だが、犯人逮捕よりも犯罪を未然に防ぐことが優先される。青山を発見し、事情を聞き、場合によっては逮捕しなければならないが、それより重要なのは被害者、つまり早川沙紀の安全を確保することだ。まずその手配をしましょう、と有梨は言った。

三十分ほど経ったところで、不動産会社の社員が駆けつけてきた。マンション内への立ち入りについて許可を取り、立ち会いの下、青山の部屋に向かったが、チャイムを押しても返事はなかった。逃げたのは間違いない。

部屋に入ってはどうかと加納が言ったが、それは無理ですと不動産会社の社員が首を振った。現段階で青山はストーキングに限らず、どのような形でも犯罪を犯していない。許可出来ないと言われるのも、やむを得ないだろう。

その後、沙紀の自宅がある品川区の所轄署、更に一番近い交番と連絡を取り、青山の写真など必要な情報を送って、警戒態勢を取るよう要請した。青山の立ち回り先として最も可能性が高いのは、沙紀の自宅周辺だ。所轄署は巡回警官を増やすと回答した。後は任せるしかない。

大崎の指示で、有梨と加納は池上警察署で待機することになった。その間、何度も沙紀と連絡を取り、無事を確認している。青山は現れていなかった。

ストーカー事件において、多くの場合、警察の対応は後手に回る。犯人が直接ターゲットに危害を加えない限り、事件として立件するのが困難だからだ。

今回のケースでは、青山本人の発見と、沙紀の自宅の警護が重要だった。特に、早い段階で青山の所在を確認する必要があったが、夜になっても連絡は入ってこなかった。

焦るな、と声をかけた加納が池上署内の会議室のパイプ椅子に座ったまま、腕を組んだ。

「ちょっとおれたちも休もう。食事はどうする」

そんな時間はないでしょう、と有梨は首を振った。

「もう夜ですが、青山は見つかってません。わたしは沙紀さんの家に行って、見張ろうと思います」

「大崎室長は、一度戻れと言ってるぞ」

正式な形で事件扱いになっていなかったが、SCSはストーカー専従の捜査班であり、このような場合、全捜査員を動員して警備に当たる。態勢を整えるため、新品川署への集合を命じられていた。

青山の捜索は、夜を徹して続くことになるだろう。状況次第だが、泊まり込むことになるかもしれない。数日過ごすための準備が必要だった。

「それなら、お前の部屋に寄ってからSCSに戻ればいい」

わかりました、と有梨はうなずいた。行こう、と加納が腕を解いて立ち上がった。

5

運転席の加納がブレーキを踏んで、路肩に車を停めた。すいません、と頭を下げながら有梨はシートベルトを外した。

「通り道だ、かまわない」加納がエンジンを切った。「ちょっといいか、青山という男だが――」

署に戻ってくださいと言って有梨は車を降りたが、追いかけるようにして加納が出てきた。池上署を出る時、有梨の部屋に寄ってからSCSに戻ると言っていたが、自分を途中で落としてくれるという意味だと思っていた。部屋まで来るつもりなのか。

「すぐ戻ります。着替えを取ってくるだけですから」

「構わんさ。着替えるわけじゃないんだろ」マンションのドアを押し開いた加納が、早くしろと言った。「駐停車禁止だ。刑事の車が切符を切られたんじゃ、洒落にならない」

すぐ戻りますと繰り返したが、加納がエレベーターのボタンを押していた。部屋に入れるつもりはなかったが、強く言うのも憚られるものがあった。

部屋の前で鍵を出しながら、下で待っていてくださいと言うと、わかったと加納がうなずいた。部屋に入り、緊急の場合に備えてパッキングしてあるバッグを棚から引っ張り出し、中を改めた。下着類は入っていたが、タオルを持っていった方がいいだろう。

「男の気配はないな」

いきなり声がして振り向いた。玄関に加納が立っていた。

勝手に入らないでくださいと冗談めかして言ったが、青山はどこへ行ったのかな、と靴を脱いで上がり込んできた。

「お茶ぐらい飲ませろよ。送ってやったんだ」

すぐ出ますと答えたが、そのままリビングの椅子に座って辺りを見回した。

「ボーイフレンドも彼氏もいないのか。絵に描いたような寂しい一人暮らしだな」

「青山のことですけど、実家ではないでしょうか」タオルを諦め、バッグを手にしたまま有梨はリビングに戻った。「沙紀さんの話によれば、実家は青森だということですが」

「何年男がいない？　三年か？」戸棚からグラスを取り出した加納が、冷蔵庫の扉を開けてミネラルウォーターのペットボトルを摑んだ。「そうだよな。お前はそう言ってた。一緒に飲んだ時だ。覚えているか？」

グラスに注いだ水をひと口飲んだ。行きましょう、と有梨は促した。

「前にもそんなことを言ってたと思いますけど、三年前の飲み会のことなんか、いちいち覚えてませんよ」

「別れたばかりだと言ってたじゃないか」グラスをシンクに置いた加納が振り返った。「寂しそうだったぞ。辛かったと話していた。よく覚えてる」

三年前、当時つきあっていた二期上の先輩と別れたのは本当だ。二年近く交際していたが、好きな女ができたと言って、離れていった。

後輩の女性警官だとわかったのは、二カ月ほど後のことだ。何もかもが信じられなくなっていた。辛い夜が続いたが、同期の仲間たちが毎日つきあってくれた。それでずいぶんと助けられたが、何度か大人数の飲み会にも顔を出さなければならないことがあった。

加納とはそういう席で会ったのだろう。記憶はなかったが、一緒に飲んだと言われればそうかもしれない。だが、そこまで自分は個人的な話をしただろうか。

お前は泣いていた、と加納が手を伸ばした。

「酔っていたんだろうな。店を出たところで、しがみついてきた。あの時、お前がおれに好意を持ってるとわかった」

行きましょう、と有梨は伸びてきた手を払いのけた。

「そんなことがあったのかもしれませんが、誤解です。好意とか、そういうことじゃなくて――」

お前の手は熱かった、と加納が手を摑んだ。

「おれのことを見る目が潤んでいたよ。はっきり覚えてる。抱かれてもいいと思ってた。そうだろう?」

そんなこと思ってません、と加納の手を引き離した。

「勘違いです。酔っていたかもしれませんが、その時加納さんとは初対面だったわけですよね? 知らない男の人に好意を持つなんて、あり得ません」

ないとは言えない、と加納が一歩前に出た。止めてください、と口を開きかけた時、胸元のスマホが鳴った。

「白井さんですか? わかったことがあります」スピーカーから早口の田村の声が聞こえた。「あなたに送られてきたメールを送信した電話機を調べました。いわゆる飛ばしの携帯で、未登録でした」

それで、と先を促しながら加納に顔を向けた。誰だと囁いたが、無視してスマホを耳に押し当てた。

「売った業者がわかりました。プロの道具屋です。刑事に脅されて売ったと言ってます」

「刑事?」

「その道具屋は大量の飛ばしの携帯を振り込め詐欺グループに売ってましたが、刑事はそれを知っていて、逮捕されたくなかったら自分にも用意しろとメールしてきたそうです」田村の声が続いていた。「断ったが、それなら逮捕すると言われて、十台の携帯を渡したと……直接会ってはいないそうですが、逮捕すると言っている以上刑事でしょう。道具屋の情報を知っていたのも、刑事なら当然です」

「……誰なの？」

「そこまではわかりません。ただ、アドレスから送られたメールを調べたところ、送信している場所はほとんどが品川区内でした。SCS内から送信されたこともあります。道具屋に届いたメールを調べた限り、送信者は男性だと思いますが、今のところそれ以上は何とも……」

加納の手が伸びて、スマホを握っていた有梨の手を摑んだ。力ではどうしようもない。耳からスマホが離れた。

もしもし、という声だけが聞こえた。田村か、とつぶやいた加納が通話を切った。

「どういう関係なんだ？」

「……何もありません」

「なぜ電話してきた？」

「連絡です。青山の居場所について、今調べていると言ってました」

「そんなことであいつが連絡してくるはずないだろう。どういうことだ。まさか、あんな男と――」

加納の表情が歪んだ。顔が近づいてくる。加納さんと叫んだが、返事はなかった。

いきなり手を強く引かれて、前にのめった。加納の胸に自分の顔が押し付けられるのを感じて、両手で突っぱねようとしたが、強引に抱きすくめられた。

「違うと言え。田村なんかとつきあっていないと――」

「本当に違います。離してください！」

思いきり加納の体を突き飛ばした。どうすればいい。田村によれば、Sは刑事だという。加納だったのか。

二メートルの距離を挟んで睨み合った。無言で足を踏み出した加納の背広のポケットから、着信音が鳴り響いた。一瞬画面に目をやった加納が、舌打ちして電話に出た。

「室長、いったい……何ですって？」

電話は大崎からのようだった。加納さん、と有梨はわざと大きな声で言った。これで一緒にいると大崎にもわかったはずだ。加納も下手な動きができなくなるだろう。

「何があったんですか？　青山はどこに？」

「帰宅途中の早川沙紀を拉致し、彼女の自宅に立てこもっているそうだ」顔を上げた加納が言った。「パトロール中の警官が気づいたが、ナイフを持っていたため制止できなかったと……室長、そうです、白井もここにいます。了解しました。現場に向かいます」

急ぎましょう、と有梨は大声で言った。スマホをポケットに突っ込んだ加納が、来いと怒鳴った。

「早川沙紀の自宅に行くぞ。青山の奴、余計なことをしやがって」

有梨は部屋の外に飛び出し、そのままエレベーターホールに向かった。背後で加納の靴音が響いていた。

6

十分後、品川区内にある早川沙紀の自宅マンションに到着した。正面に赤色灯を回転させている二台のパトカーが停まっていた。他に数台の警察車両、十人ほどの警官の姿があった。

どこから聞きつけたのか、マスコミ関係者もいるようだ。やじ馬も大勢出ている。彼らが見ているのは、五階建ての比較的小さなマンションだった。

車を降りると、渡会と話していた大崎が手招きした。これ以上ないほどの渋面だった。

「本庁捜査一課SIT（シット）の交渉人が青山を説得している」

少し離れたところに停まっていたパトカーを指した。有梨はマンションの窓を見上げた。沙紀の部屋は四階だと渡会が言った。

「彼女のガードはしていたはずですよね？　どうしてこんな……」

警察官が一名ついていた、と大崎が舌打ちした。

「彼女をここまで送り届け、外で見張っていたんだが、青山はその前からマンション内のどこかに潜んでいたようだ。警察と偽ってドアを開けさせ、ナイフで脅して室内に侵入した。気づいた時には遅かった」

青山がナイフを持っているのは間違いない、と横から渡会が付け加えた。

「他に凶器は所持していないようだが、突入すれば沙紀さんを刺すだろう。典型的な立てこもりだ」

「彼女は無事なんですか」

今のところは、と答えた大崎が顔を手のひらで拭った。

「交渉人が説得を続けているが、本庁は強行突入も想定しているようだ。長引けば危険が増す公算が高い。ただ、入り口はドアだけだ。施錠されているし、突っ込むと言っても——」

窓はどうなんです、と加納が聞いた。裏だと大崎が言った。

「南側に面した窓とベランダがある。両隣、上下の部屋に警察官が入って様子を窺（うかが）ってるが、そこから飛び込めば青山にもすぐわかるだろう。何をするかわからん」

馬鹿な奴だ、と加納が首を大きく鳴らした。

「青山はどこにいるんです？」

「リビングにいないことは確認できた。１ＬＤＫだ。キッチンでもない。バスルームだろう。電話の声の反響から、間違いないと交渉人も言ってる」大崎が何度かまばたきをした。「マンションの見取り図を見たが、他の部屋と同じ設計で、バスルームは玄関から二メートルほど離れた左側にある。そこへ突入するのは難しい。今は交渉人に任せるしかないだろう」

状況は悪い、と有梨にもわかった。青山と話せませんかと言ったが、本庁の捜査一課が臨場（りんじょう）している以上、ＳＣＳが出て行けば混乱すると大崎が首を振った。

マンションを見上げて、小さく息を吐いた。自分のミスだ。打つべき手は他にあった。だが、もう遅い。

辺りを見回すと、やじ馬を整理するため、警察官が立ち入り禁止のテープを張っていた。

7

二時間が経過した。状況は変わっていない。交渉人がパトカーから電話で説得を続けていたが、青山は極度の興奮状態にあるようだった。

道路を挟んだ正面にあるマンションの駐車場に停めた大型のワゴン車から現場の指揮を執っているのは、警視庁捜査一課の山中（やまなか）という五十代の警部だった。交渉人からの報告など、さまざまな要素を検討した結果、時間が経てばそれだけ危険だと判断をしていた。早い段階で突入するつもりなのだろう。

有梨は沙紀と青山についての詳しい情報を伝え、強行突入に反対した。沙紀の話から、青山が気の弱い性格だとわかっていた。

刺激すれば逆上して、本当にパニックを起こしてしまうかもしれない。むしろその危険性の方が高いのではないか。

だが、意見は却下された。青山は早川沙紀を刺して自分も死ぬ気だ、というのが山中の結論だった。青山本人が交渉人にそう言っているという。

無理に突入しない限り、青山は沙紀さんを刺したりしないはずです、と有梨は言った。

「ここは時間を稼ぐべきではありませんか？　冷静さを取り戻すように説得する方が……」

「そういう段階じゃない。放置しておく方が危険だ」

山中がワゴンのシートを強く叩いた。反論しようとしたが、大崎に止められた。

現場指揮官は山中であり、方針が決まった以上、反対はできない。それが警察という組織だった。

問題は突入方法だ、と山中が取り寄せていたマンションの見取り図を指し示した。

「出入り口は二カ所、玄関の扉とベランダの窓。合鍵はあるし、窓を破壊することも可能だ。そのままバスルームに飛び込めばいい。だが――」

物音や気配で青山も突入に気づくだろう。警察官がバスルームに近づくまで、最低でも十秒は見ておく必要がある。その間に青山が沙紀を刺すかもしれない。リスクがあるのは確かだった。

「やはりマンション内の電気を遮断するしかない」山中がボールペンを耳に挟んだ。「真っ暗にして青山が混乱しているところに、玄関とベランダから同時に突入する。いいな」

周囲にいた刑事たちがうなずいた。しばらく前から、突入の準備をしていたようだ。ですが、と有梨は強く首を振った。

「この見取り図でもわかるように、バスルームのドアは幅一メートルありません。警察官を突入させるということですが、飛び込めるのは一人だけでしょう。青山の確保は難しいと思います」

そこは現場の判断次第だ、と山中がつぶやいた。マンションの電気室には人員を配置済みです、と刑事の一人が言った。

「連絡すれば、すぐにでも全電源のシャットダウンが可能です」

「マンションの住人には通達しているな?」

「完了しています」

「十分後、突入する」

山中が時計を見た。午後九時四十分。

「正面扉の前に、青山が本棚などでバリケードを作っているようです」最後に部下の一人が報告した。「排除するには数十秒かかるでしょう。強行突入すれば、音などで気づかれます。どうしますか」

「構わない。どうせたいした物が置かれてるわけじゃないだろう。強引に突入して、バスルームの青山を押さえるんだ」

山中の声は重かった。作戦に無理があるのをわかっているのだろう。上から強い指示があったのではないか、と有梨は思った。

ストーカー事件は警視庁にとって、判断が難しい場合が多い。今回もそうだが、普通の事件と違い、必ず予兆がある。にもかかわらず、対処が遅れてしまうのがその特徴だ。

民事不介入の原則など、やむを得ない理由があるのだが、世論は許さない。警察の対応が早ければ、というような非難が必ず起きる。それを避けるためにも、早期解決が望まれるという事情があった。

八分後だ、と山中が最終命令を出した。配置につく刑事たちを、有梨は黙って見ているしかなかった。

8

「突入一分前」

ワゴン車の中で、山中がつぶやいた。有梨は大崎と並んでその後ろに座ったまま、自分の時計を確認した。九時四十九分。

突入準備完了、という声が無線から流れた。

「十秒前……五、四、三、二……ゴー」

静かな声で山中が命じると、いきなりマンションの明かりがすべて消え、全室真っ暗になった。

ワゴンの窓から、沙紀の部屋に近づく突入隊員の姿が見えた。一人が合鍵で扉を開け、後続の隊員が室内へ入っていった。

握り締めた手のひらに爪が食い込んだ。耳を澄ませて、無線から聞こえてくる音声に意識を集中させた。

ガラスの割れる音がして、すぐに悲鳴が聞こえた。沙紀の声だ。体が硬くなった。どうなっているのか。

「至急至急、救急車要請」無線から声が流れ出した。「救急車、急ぎマンション正面へ回って——」

どうした、とマイクを摑んだ山中が怒鳴った。犯人が女性を刺しました、とくぐもった声がした。

「何だと？　犯人は？」

「犯人も自分の首を……」一瞬、無線が途切れた。「青山も自分の頸動脈を切っています。おい、すぐ運び出せ！」

数秒、間があった。マンション脇で待機していた救急車から、白衣を着た救急隊員が走っていくのが有梨にも見えた。

「山中警部……青山の死亡を確認」ノイズの混じった声が聞こえた。「繰り返します。犯人、青山の死亡を確認」

「……女性は？」

「腹部を刺され、大量の出血がありますが、意識はクリア。こちらの呼びかけにも応じています。現在、止血中。脇腹に二カ所……それ以上は今のところ……おい、こっちだ。担架を持ってきてくれ、搬出する」

無線が切れた。マンション内に入っていった救急隊員が沙紀の部屋から出てきた。担架を支えて通路を駆けている。

危険だと言ったはずです、と有梨はつぶやいた。

「青山は沙紀さんに執着していました。警察に逮捕されれば会えなくなるとわかっていたでしょう。だから彼女を刺し、自分も自殺しようと……突入するべきではなかったんです」

やむを得なかった、とマイクを置いた山中が座り直した。

「聞いただろう。早川沙紀は負傷したが、一命は取り留めた。失敗とは言えない」

「そうでしょうか。もっと時間をかけて、沙紀さんと青山を救うべきだったのでは――」

失敗とは言えない、と山中が繰り返した。

「少なくとも最悪の事態ではない。彼女が死ねば、犯人を逮捕しようが何だろうが、警察への批判は凄まじいものになっただろう。ストーカーが自殺したのは自業自得というべきで、やむを得なかったと世間も理解してくれる。負傷したとはいえ、我々は被害者女性の救出に成功した。最悪ではない」

運が良かっただけです、と有梨は座っていたシートの背もたれによりかかった。

「もし二人とも死んでいたらどうなったと？　わたしたちのレベルではなく、警察庁、警視庁の責任が問われることになったはずです」

彼女は無事救出した、とつぶやいた山中がワゴン車のドアを開いて、表に出ていった。それ以上何も言えないまま、有梨は窓から外を見つめた。十時七分になっていた。

9

その後現場で待機し、病院からの連絡を待つことになった。直接の担当者だった有梨としては、負傷の詳細がわかるまで帰るわけにいかなかった。

加納、渡会、真由の三人はＳＣＳに戻った。病院から連絡が入ったのは夜十一時を回った頃だった。出血量が多く、一時的に意識を失ったが、緊急輸血を施すなど救命措置の結果、危機は脱したという。

傷は深かったが、現場での応急処置が早かったこと、太い血管を逸れていたことも幸いしたようだ。二週間ほどで回復するのではないか、というのが医師の診断だった。

現場の後処理なども含め、すべてが終わった頃には深夜一時を過ぎていた。これだけの事件になってしまったことを考え合わせると、それでも早い方だろう。

今回、警視庁の判断で捜査一課が主となって捜査を担当していた。ストーカー専従班であるSCSに、これ以上できることはなかった。一度署に戻ると言った大崎と別にタクシーを拾って、有梨は帰途についた。

車内でスマホをチェックすると、二時間ほど前に田村から着信があった。その時は出ることができなかったが、何かあったのだろうか。

電話するには遅い時間だとわかっていたが、折り返すとすぐに田村が出た。待っていたようだった。

「遅くなってごめん。電話をくれたみたいだけど――」

加納さんと過去に何かトラブルはありませんでしたか、と田村が緊張した声で言った。

「どういう意味?」

運転手に聞こえないよう、スマホを手で覆った。例のSの件です、と田村の低い声が続いた。

「余計なことだと思いましたが、加納さんと渡会さんのロッカーを調べました。あなたのストーキングをしているSは、過去の統計から九十パーセント以上の確率で男性だと考えられます」

「そんなこと……田村くん、それはやり過ぎよ」

「わかってます。でも、SCS内にストーカーがいるなんてことになったら、本当にまずいですからね。念のためにと思っただけで、どうせ何も出てこないだろうと……ですが、加納さんのロッカーから、同じ型の携帯電話が五台出てきました」

「五台?」

「それ以上は調べられませんでしたけど、どう考えても五台の携帯電話というのはおかしいでしょう。例の道具屋が売ったという飛ばしの携帯ではないかと……」

押収品かもしれない、と有梨は首を振った。そんなわけないでしょう、と田村が真剣な声で言った。

「どうして刑事が押収品をロッカーに入れておくんです？　加納さんがあなたにメールを送っていたSだとしか考えられません」

加納がSだったのか。信じられなかったが、納得できるところもあった。

同じ職場にいる加納なら、有梨の行動を追跡するのも難しくない。毎日の生活について、ある程度深く調べることもできただろう。

自宅を監視し、尾行した場合もあったはずだが、刑事である加納にはその経験と能力がある。有梨に悟られずに動くこともできたのではないか。

「もうひとつ、久美先生に聞いたんですが、加納さんは精神科の医者にかかってます」

「精神科？　どういうこと？」

思わず高くなった声に、運転手がバックミラーを見た。

「わかりません。ぼくもさっき聞いたばかりで……久美先生も詳しいことは言いませんでしたが、加納さんに頼まれて、知り合いの精神科医を紹介したそうです。睡眠薬を常用していたようですね」

「加納さんは、今どこに？」

わかりません、と田村が答えた。

「一度戻ってきて、十二時前にぼくが署を出た時はデスクにいました。自宅に帰ったと思いますけど……」

時計を見た。深夜二時近い。話はそれだけです、と田村が電話を切った。すぐにメールが鳴った。

『気をつけろ　S』

文字が浮かび上がった。何を言っているのか。加納に気をつけろということなのか。

だとしたら、矛盾している。Sが加納であるなら、自分に気をつけろというのはおかしい。

それとも、田村に気をつけろという意味なのか。何らかの理由で、田村が嘘をついているのかもしれない。

ロッカーの中にあったという五台の携帯電話は証拠品と言えるが、有梨はまだ見ていなかった。

田村の言葉を全面的に信じるわけにはいかない。

田村は加納を陥れようとしているのか。だが、何のために？

『君のことは守る　S』

もう一度メールが鳴った。思わず、電源を切った。怖かった。何も考えられなくなっていた。

10

タクシーを降り、マンションに入った。熱帯夜で蒸し暑い。足を引きずるようにして、エレベーターに乗り込んだ。

四階の通路を歩いて、ポーチのキーで部屋の扉を開いた。ドアノブに手を掛けた時、背筋に何か冷たいものが走った。

考え過ぎだと頭を振りながら中に入り、廊下の明かりをつけた。疲れている。ため息をついてリビングへ進んだ。

息が止まった。辺りは真っ暗だが、誰かがいると直感でわかった。

そっと手を伸ばして、照明のスイッチに触れた。さして広くないリビング。その中央に加納が立っていた。

「……何をしてるんですか」

押し殺した声で呼びかけながら、スーツのポケットに入れていたスマホを指先で探った。どうして電源をオフにしてしまったのか。

見ないで電源を入れたが、うまくいったかどうかわからなかった。加納が虚ろな目で見つめていた。

「話が済んでいなかった」

唇からぼそりと言葉が押し出された。ポケットのスマホに触れ、暗証コードを押すと、本体が震えた。電源は入ったようだが、数字を押し間違えているのだ。

「……どうやって入ったんですか」

大声を出してはならない、と自分に言い聞かせた。加納の様子は明らかに異常だ。自分が何をしているのか、わかっていないのではないか。

刺激すれば、興奮して何をするかわからない。落ち着いて、と顔に笑みを押し上げた。

「どうやって入ったんですか」

もう一度聞くと、鍵が開いていたと加納が答えた。そんなはずはないと言いたかったが、意味さえ伝わらないだろう。座ってください、と椅子を指した。

「まさかとは思いますけど、壊したんですか？　だったら器物損壊ですよ」

加納の表情は変わらなかった。目の焦点が合っていない。危険を感じて、有梨は一歩下がった。

入らなきゃならなかった、と加納が囁いた。

「入らなきゃならなかったんだ」

「……他人の家を訪問するには、遅すぎる時間だと思いますけど」

ポケットのスマホに指を当てた。見えないのでもどかしい。ただ、一日何十回も暗証コードを押している。指が位置を覚えているはずだった。

「加納さん、二時を回っています。話があるというのはわかりましたけど、明日でもいいんじゃないでしょうか。今日のところは――」

「今、話したい」

加納の首だけが前に出た。ポケットは震えなかった。暗証コードを正確に押せたのだ。

「今、というのは――」

時間稼ぎのためにそう言いながら、電話機能のアプリを押した。位置は覚えていた。

最後に電話で話したのは田村だ。リダイヤル。かかっているのかどうか。深夜二時を回っている。

田村は出てくれるのか。

君のことは前から知っていた、と加納が優しい声で言った。

「覚えているかい？　君が警察学校にいた頃、研修に立ち会ってた。名前も知らなかったけど、すぐ君だとわかった」

「君だとわかった？　どういう意味ですか」

首を傾けながら、捜してたんだ、と加納が微笑を浮かべた。

「ずっと捜してたんだよ。君が生まれる前からね」体が左右にゆっくりと揺れた。「君もそうだ。言わなくていい、わかってる。君もぼくを捜していた。ぼくたちはそういう運命なんだ」

ボタンはうまく押せたのか。田村は出たのか。声は聞こえているのか。

「君はぼくに好意を持ってる」加納が何度もまばたきを繰り返していた。「最初からわかってた。いつもぼくを見ていたね」

逆らってはならない、と有梨は唇を閉じた。加納は壊れている。理屈や論理は通用しない。

「もちろん、君からは何も言えないだろう。そういう女性じゃない」加納の唇の端に泡が浮いていた。「まったく、最近の女はどうなってるんだ？　物欲しそうな目で男を見やがって……気持ち悪いんだよ、あいつら。君もそう思うだろ」

わかりません、と首を振った。何と答えても、加納の耳には届かないだろう。

「君はあんな女たちと違う。とても女性らしくて、内気だけど芯が強い。真実の愛を求めている。そういう人だ」

「それは……」

「だから誘った。男の方から誘うのが筋だからね。いつだって、君は嬉しそうだった。わかってるさ、君の気持ちは」

違います、と叫んだ。耐えられない。加納は異常だ。

「何度も誘われれば、一度や二度はつきあわざるを得ません。同じ職場で働く同僚として、気まずくなるのは――」

「本当に君は純粋な女性だ。わかるよ、恥ずかしいんだね？　よくわかる。誰よりも女らしい」

加納の舌が素早く動いた。呂律(ろれつ)が回らなくなっている。何を言ってるのか、聞き取りにくかった。

「君には男がいない。彼氏もボーイフレンドも恋人もいない寂しかっただろう。もう何年も何年もいない。わかってる何も言わなくていいもう大丈夫だぼくが迎えにきた一緒にいよう」

加納さん、と言いながら有梨は背後を見た。玄関まで三メートル。

「もういいでしょう。帰ってください。はっきり言いますが、迷惑です。毎日監視して、メールを送って……どうしようと言うんです？　止めてください。帰って！」

何のことだ、と薄笑いを浮かべた加納が手を伸ばした。

「有梨、素直になれよ。気持ちを隠さなくていい。ぼくのことを好きなんだから、ぼくに従えばそれでいいんだ」

触れてきた手を払った。加納の表情が変わり、馬鹿女、と素早く腕を突き出した。

「いいかげんにしろよ、優しくしてりゃつけあがりやがって。もったいつけてんじゃねえぞ、本当は俺に抱かれたいくせに」

逆らってはいけないとわかっていた。ストーカーに限らず、逆上して度を失っている人間に対しては、冷静に対処するしかない。

だが、できなかった。恐怖心が体の中でどこまでも膨れ上がっていくのがわかった。

「触らないで！　あなたがメールを送ってきたのはわかってる。毎日毎日、何度もしつこく……どういうつもりかわからないけど、迷惑でしかない」

「勘違いしてないか？　ぼくがそんな嫌がらせみたいな真似をするわけないだろう」

加納がぎこちない笑みを浮かべた。怒ってはならない、と自分を抑えているのだろう。

「あなたが飛ばしの携帯電話を道具屋から買ったことも、それを使ってあたしにメールを送っていたことも、全部わかっています」

落ち着いて、と有梨は自分に言い聞かせた。今、加納は正気と狂気の境に立っている。追い詰めれば狂気の淵に落ち、理性も何もなしに襲いかかってくるだけだ。

ひとつひとつ、順番に話さなければならなかった。自分が何をしているか自覚させれば、正気に戻るかもしれない。

「なぜそんなことを……何を言ってるんだ」

踏み込んできた加納が有梨の右手を摑んだ。凄まじい力だ。理性のたがが外れて、抑制が利かなくなっているのだろう。

「おれのことを好きなんだろ？　そうだな？」

助けて、と叫ぼうとした口元を平手で張られ、廊下に倒れた。唇が切れて、血の味がした。

「そうだろうお前も望んでるのはわかってる」見下ろした加納が、男とは思えないような甲高い声で笑った。「知ってるんだ、有梨。お前は俺と一緒にいればそれでいいそうだろわかってるな幸せになろう」

手をついて廊下を進んだ。あと二メートル。

「なぜ逃げる？」途方に暮れたように加納が言った。「俺を愛してるのに、なぜだ？」

ふらつく頭を押さえながら、有梨は立ち上がった。

「愛してなんかいない！」

いきなり加納の腕が伸びて、ジャケットの襟を摑んだ。そのまま右に思いきり振られ、壁に頭から叩きつけられる。反動で仰向けに倒れた有梨の上に、加納の大きな体が覆いかぶさってきた。

「話をしよう。なぜ逃げるんだ。どこへ行く？　話し合えばわかることじゃないか」

両腕を伸ばして、加納の顎と胸に手を当てた。暗い笑みを浮かべた加納が体重をかけてくる。支え切れない。

「逆らうな」

冷たい声がした。どこから取り出したのか、加納の手に細長いナイフが握られていた。

「止めなさい……ナイフを捨てて」

空いていた左手で、加納が有梨の顎を摑んだ。顔が近づく。背けたが、そのまま有梨の髪に自分の顔を埋めた。

「……止めてください」

「静かにしろ」

腹部にナイフが当たっている。体が硬くなった。

加納の舌が、顎の先から首筋へとはい回った。ねっとりした感触。

加納の口から息が漏れた。動けない。どうすればいいのか。

「ずっと……こうしたかった」

加納が有梨の顔を自分の方に向けようとした。反射的に避けた。また腕が伸びてきたが、激しく首を振って抵抗した。

苛ついた声を上げた加納が右手のナイフを床に置き、両手で顔を固定しようとした。今しかない。全力で暴れると、体と体の間に僅かな空間ができた。

曲げた足を思いきり突き上げ、下半身に膝を入れた。意味不明の唸り声を上げた加納の体から、力が抜けていく。

そのまま突き飛ばし、這うようにして立ち上がった。逃げることしか考えられなかった。

玄関のロックを外した時、背中に鋭い痛みが走った。構わずドアを押し開けて、転がるように外へ出た。通路に数滴血がこぼれた。背中を斬られたのがわかった。

「助けて！　誰か！」

叫びながら通路を走った。後ろから足音が追いかけてきていた。

11

エレベーターに向かった。現実感がない。どうして同じフロアの住人たちは出てこないのか。眠っているのか。

「助けて!」

もう一度叫んだ。ジャケットの襟を加納が摑んだのがわかったが、振り払って走った。転倒した加納がゆっくりと立ち上がるのが、視界の隅に映った。

エレベーターホール。数字が見えた。一階。待てない。

とっさに、すぐ横の階段へ進んだ。上か下か。アドレナリンが大量に放出されているため、すべてがスローモーションのようだった。

下へ逃げても、マンションの周囲に隠れる場所はない。加納の方が足が速いから、すぐ捕まるだろう。

考える前に、足が動いていた。上へ行くしかない。

階段を駆け上がった。靴は履いていない。助けてと叫ぼうとしたが、声が出なかった。

五階を抜け、六階に出た。振り向くと、足を引きずりながら追いかけてくる加納の顔が見えた。まったくの無表情だった。

マンションの構造はわかっていた。そのまま六階の通路を突っ切り、反対側に出る。非常扉を開け、叩きつけるように閉めた。

鍵はない。火災などが発生した場合、住人が避難できるように、もともと施錠していないのだ。

ジャケットを脱いで五階の踊り場に投げ捨て、自分は屋上へと足音を忍ばせながら走った。スマホだけは抜き取っている。加納が下へ向かっている間に、一一〇番通報して助けを呼べばいい。

屋上へと続く鉄の扉を開け、そっと外に出た。辺りを見回すと、給水用のタンクがあった。その蔭に回り込み、様子を窺った。扉は開かなかった。

震える手でスマホを操作した。田村に電話が繋がったのかはわからない。通話は切れていた。

誰かに通報してくれたのか、確かめることができないまま、素早く一一〇と番号を押した。

「はい警視庁、事件ですか事故――」

事件、と押し殺した声で叫んだ。

「ストーカーに襲われています。わたしは白井有梨、第十一方面本部、新品川署勤務の巡査で――」

影が差した。加納が見下ろしていた。

手を伸ばしてスマホを摑み、そのままコンクリートの床に放った。どうすることもできなかった。

「つまらん小細工をしやがって……俺が下へ行くと思ったか？　騙されるわけないだろう」

楽しそうに笑った。有梨はゆっくりと立ち上がり、給水タンクを背に左右を見た。

屋上に逃げ場はなかった。周囲は三メートルほどの高さの金網で囲われている。出入り口は入ってきた扉だけだ。

なぜ逃げる、と加納が立ち塞がった。

「追いかけっこでもしたいのか？　意外に子供っぽいところがあるんだな」

止めましょう、と有梨は言った。追い詰められて、逆に冷静になっている自分がいた。

「こんなことをして、どうなるというんです？　わたしに好意を持っているのなら、そう言ってもらえれば良かった。それなら、考えることもできたんです」

言ったじゃないか、と不満そうな顔で加納が吐き捨てた。

「何度も言った。お前だって嬉しそうだった。恥ずかしがって、返事こそしなかったが、女はみんなそうだ。俺だって、愛してますなんて言われたいわけじゃない」

時間を稼ぐしかない。一一〇番通報をした以上、警察は何が起きたかわかったはずだ。

身分も所属も名乗った。スマホにはGPS機能があるから、どこから電話をかけてきたか探知することも可能だ。

違う、と有梨は唇を噛んだ。Sに自分の居場所を悟られないための措置として、GPSはオフにしていた。

スマホからの通話は無線基地局を経由して警察に繋がっているから、どのエリアからかかってきたかすぐわかるだろう。だが、正確な発信地点をピンポイントで特定するためには時間が必要だ。

ただ、名前を伝えていた。自宅の住所を調べることは可能なはずだ。所属している警察署名まで言ったから、難しくはないだろう。

時間さえあれば、と加納を睨みつけた。必ず誰かが来てくれる。田村が向かっているかもしれない。

「聞いてください、加納さん。同じ警察官として、あなたを尊敬しています。職務に関して、常に誠実に対応しているあなたの姿勢には――」

仕事の話なんかしていない、とつぶやいた加納が右手をポケットに入れた。出てきたのは鈍く光るナイフだった。

「そんなことはどうでもいい。俺たちの話をしよう。お前はいつだって俺を見ていた。視線に気づいて顔を上げると、いつもお前だった」

それは思い込みですという言葉を呑み込んで、そうでしょうかと問い返した。時間を稼ぐために、会話をしなければならない。

ストーカー独特の思考法で、有梨のあらゆる行動、すべての言葉を勝手に解釈し、自分の都合のいいように捉えているが、話すことで呪縛を断ち切れば、自分が何をしているか気づくかもしれなかった。

「そんなつもりはなかったのですが、誤解させてしまったのかも……申し訳ないことをしました。反省しています」

「謝る必要なんかないさ。わかってる」君のことは誰よりもわかってるんだ、と加納が微笑を浮かべた。「同僚と恋愛関係になるのは、お互い恥ずかしいかもしれない。俺にもそういう気持ちがないわけじゃないんだ。だけど、仕方ないだろう。これは運命なんだ」

そうかもしれませんが、と辺りを見回した。誰か来て、助けて。

「男性と女性は違います。それはわかってもらえますよね？」

給水タンクから一歩離れて、加納の後ろにある扉に目をやった。逃げようとしても捕まるだけだろう。

下手に動くより、説き伏せた方がいい。話しているうちに、誰かが来てくれる可能性もある。

「わからなくもないが……」

「困ることもあるんです。同じ職場ですよ？　変な噂が立てば、いつだって居辛くなるのは女性です」

できるだけ静かな声で言った。加納が戸惑ったような表情を浮かべている。その目を見つめた。猛獣使いのような心境だった。

不意に、床に落ちていたスマホから着信音が流れた。誰だ、と加納がナイフを構え直した。

「こんな時間に電話をかけてくる奴がいるのか？　男か？」

違います、と答えながらスマホを拾い上げた。大崎、と表示があった。

「室長からです。連絡すると言ってました」早口で言いながら画面に触れた。「白井です。今、自宅マンションの屋上にいます！」

大崎が何か言ったが、聞き取れなかった。素早く近づいてきた加納が首を振った。

「室長のわけがない。あの人がこんな遅くに電話してくるか？　一度だってそんなことはなかった」

「沙紀さんの件です。意識が戻ったと――」

加納の右手が伸びた。ナイフを持っていることに、本人も気づいてないのかもしれない。危うく避けたが、腕がぶつかってスマホを取り落とした。

「助けて！」思わず叫びながら、屋上の奥へ走った。「殺される！」

加納が追ってきた。狭い屋上だ。逃げられない。

どうすることもできず、金網に飛びついた。ストッキングが破れたが、構わず登った。

右足首に痛みが走った。加納が横に振ったナイフが皮膚を切り裂き、血が飛び散っていた。加納も金網に取り付いていていた。

「逃げるな、有梨。先走って悪かった。話せばわかる。俺はお前のことが――」

誰か、と叫びながら足を思いきり突き出した。加納の顎に当たり、くぐもった叫び声が漏れた。

何か喚きながら、加納が憤怒の形相で手を伸ばしてくる。爪先を摑まれ、凄い力で引き寄せられた。

「止めろ、加納！」

ずり落ちそうになる体を支えながら顔を向けると、開け放たれた扉から大崎と田村、そして久美が飛び込んできていた。その後ろに渡会と真由もいた。

「何をしてる、馬鹿な真似は止めろ！　お前はストーカー犯罪対策室の刑事じゃないか。お前がストーカーになってどうする？」

「ストーカー？」手を伸ばした加納が有梨の足首を摑んだ。「何のことだ。俺たちは愛し合ってるんだぞ」

そこから降りろ、と大崎が一歩前に出た。

「落ち着け、話し合おう。お前だってわかってるはずだ。そんなことをしてどうなる？」

「邪魔するな！」加納が怒鳴りながらナイフを振りかざした。「余計なことばかり……黙ってろ黙ってろ何もわかってないくせに」

「わかってる。わかってるさ」声のトーンを落とした大崎がゆっくり言った。「お前の気持ちはよくわかる。だから、今は話を聞いてくれ。そのナイフを捨てろ。そこから降りるんだ」

サイレンの音が聞こえてきた。金網に捕まりながら見下ろすと、二台のパトカーがマンションの下に停まり、数人の警官が飛び出していた。

「近づくな！」加納が金網をナイフで激しく叩いた。「それ以上近づくんじゃない！　有梨を殺して、俺はここから飛び降りる！」

「止めろ、そんなことをしてどうなるっていうんだ！」

あんたらには何もわかっていない、と加納がつぶやいた。同じ言葉を何度も繰り返し、頭を振っている。足首を摑まれたまま、有梨は動けずにいた。

「近づくんじゃないぞ」加納が振り上げたナイフを自分の手の甲に突き刺した。「来るな、下がれ！　来るんじゃない！」

加納の心が完全に壊れたのがわかった。追い詰められ、自暴自棄になっている。

金網を摑んでいる自分の左手を、加納が何度も刺した。血が飛び散り、有梨の服にも赤い染みがついた。

止めろ、と大崎が両手を前に出した。加納の動きが一瞬止まった。

有梨はその手を蹴ったが、ナイフは落ちなかった。ふくらはぎの下に激痛が走った。加納が刺したのだ。

「有梨、死んでくれ。俺と一緒に死んでくれ」

足に力が入らなかった。血管が切れたのか、出血が激しい。腕の力だけで金網をよじ登った。

三メートル。先端に手が届いた。だが、そこまでだ。乗り越えることはできない。意識が遠のいていく。

駄目だ、と金網にしがみついた。落ちてはならない。

大崎が叫ぶ声が聞こえた。扉から数名の警察官が駆け込んできた。回り込んだ渡会と真由が近づいてくる。

足に加納の手が伸びた。摑まれた足首を振ったが、離れない。激痛に悲鳴が漏れた。

「有梨」

下を向くと、加納が足首を摑んだまま見つめていた。右手にナイフがある。

「止めて」

それだけ言うのがやっとだった。握っていた金網が滑り、指と指の間から血が滴り落ちていた。

「死んでくれ」

加納がナイフを振りかざした。避けようと体をひねった時、指が金網から外れた。摑もうと手を伸ばしたが、届かなかった。

自分が落ちていくのが見えるような感覚があった。ゆっくりと、頭から落ちていく。

受け止めたのは加納だった。後ろから抱きしめられた。すべては一瞬の出来事だったが、加納が自分を救おうとしたのがわかった。

そのまま、もつれるようにして落ちた。声も出ない。コンクリートに叩きつけられて、意識が途切れた。

「白井！」

大崎の声が聞こえて目を開いた。同時に、凄まじい痛みが全身を貫いた。

「救急車を呼べ！　出血がひどい！」

もう呼んでます、と渡会がスマホを耳に当てたまま叫んだ。駆け寄ってきた久美が体を支えたが、立てずにそのまま崩れ落ちた。口が渇いて、それ以上言葉が出ない。

加納、と大崎が叫びながら肩に手をかけて揺さぶっている。答えはない。首を曲げて、倒れている加納に目をやった。腹部にナイフが突き刺さっていた。

田村と真由が立ち尽くしていた。金網から落下した際、ナイフで自分を刺してしまったのだろう。

出血がひどいと大崎が言ったのは自分だと思っていたが、加納のことだった。コンクリートの床に血の染みが広がっていた。

「加納、死ぬな！」

叫び声が聞こえたが、無駄だとわかった。青ざめた顔に死相が浮かんでいた。見ていることしかできなかった。

五分、それとも三十分以上経っていたのだろうか。駆けつけた救急隊員が加納の体を担架に乗せ、運んでいった。

立てるか、と大崎が耳元で囁いた。足に力をいれて踏ん張ったが、どうにもならない。すぐ別の救急隊員がやってきて、体を担架に乗せたが、夢を見ているようだった。

現実感がない。何も考えられないまま、運び出されていったが、そこで記憶が途切れた。

12

気がついたのは病室だった。枕元に大崎と真由が立っていた。

気分はどうだ、と大崎が低い声で言った。体を起こそうとしたが、そのままでいいと真由が首を振った。

「今は……」

昼の十二時、と二人が同時に答えた。十時間近く意識を失っていたのか。それがわかった瞬間、昨夜のことがフラッシュバックして、めまいがした。

加納は死んだ、と大崎の口からつぶやきが漏れた。

「失血によるショック死だ。どうにもならなかった」

白井は大丈夫だから、と真由が毛布の上から肩の辺りを軽く叩いた。

「骨も折れてない。左太ももが肉離れを起こしてるだけで、軽症だから心配しなくていい。刺された傷もすぐ治る。一、二週間は歩けないかもしれないけど」

入院してた方がいい、と大崎がうなずいた。

「マスコミが大騒ぎしている。下手にここを出れば、とんでもないことになるぞ。君のマンションは記者連中が取り囲んでるそうだ」

包帯が巻かれている両手を見つめた。もう一度体を起こそうとすると、左大腿部の裏に違和感があったが、痛みはなかった。

「田村くんに電話したでしょ。彼があたしたちに知らせて、それで間に合った」

真由が言った。そうだったんですか、と有梨は目をつぶった。

「あの子もやっぱり刑事だね。危険だと直感した。連絡がなかったら、今頃どうなっていたか」

「ストーキングされていたのなら、話してほしかった」大崎が手近の丸椅子を引き寄せて腰を下ろした。「SCSに仕掛けられた盗聴器は、ストーカーの仕業だとわかっていたんだろ？ 言ってくれれば、対処できたかもしれない」

「……確信がありませんでした。それに、あの時点では加納さんがストーカーだと思っていませんでしたから」

やむを得ない、と大崎が両手を頭の後ろに回した。

「詳しい話は田村から聞いた。加納が隠し持っていた携帯電話についても調べた。信じられんくらい大量のメールアドレスを取得していたよ。そこから君にメールを送っていたんだ」

「身近にいる人間だということは、もっと早くわかっているべきでした」有梨は小さく息を吐いた。

「ストーカーはわたしの行動を熟知していましたし、個人情報について調べることができる人間です。無関係な人にはできません。でも……」

「同じ職場にストーカーがいるなんて、考えたくないよね」真由が毛布の位置を直した。「あたしだってそう思う。ましてや、ストーカー犯罪対策室の刑事がストーカーだなんて……わかるよ、白井の責任じゃない」

どうして自分だったのだろう。加納はごく普通の人間だった。接していて、異常性を感じたことはなかった。

多少、言動に粗野なところはあったが、見方を変えれば男らしいということになるだろう。女性警官の中に、好意を持つ者がいたのも知っていた。

どこにでもいる、普通の男だった。なぜ自分に執着したのか、なぜ異常なストーキング行為に及んだのか。理由がわからなかった。

「理由なんてない。それがストーカーだ。わかってるだろう」

立ち上がった大崎が、また来ると言って大きく伸びをした。

「君はしばらく休んでいろ。こっちはマスコミ対策だ。まったく、管理職なんて……冗談だ。とにかくゆっくり休め」

そのまま病室の外に出て行った。手を振った真由が後に続いた。

サイドテーブルにあったペットボトルの水を一気に飲んだ。五百ミリリットルが喉に吸い込まれていき、ようやく落ち着いた。

病室は個室だった。警察病院なのか。違うかもしれないが、大崎や西野副署長も配慮してくれたのだろう。

加納のことが頭をよぎったが、気にしてはならないと頭を振った。少なくとも、自分の責任ではない。どうしようもなかったのだ。

掛けられていた毛布をめくると、パジャマ姿だった。左太ももの辺りをバンドのようなもので巻かれていた。しばらくはこのままでいるしかないのだろう。

ベッドサイドのテーブルに目をやると、自分の着ていた私服とバッグがまとめて置かれていた。ジャケットに血の染みがついている。もう着ることはないだろう。嫌な記憶が蘇るだけだ。

バッグの中で着信音が鳴った。手を伸ばし、バッグを開いた。スマホを見ると、メール着信の表示があった。誰からなのか。

『無事でよかった　S』

スマホを伏せ、病室を見回した。誰もいない。体が激しく震え始めた。

いったいどうなってる？　加納がSだったのではないのか。メールを送ってきたのは加納だったはずだ。

落ち着いて、とスマホを握りしめた。加納と交わした会話が頭をよぎった。

「あなたがメールを送ってきてたのはわかってる。毎日毎日、何度もしつこく――」

あの時、加納はどんな顔をしていたか。何を言ってるのかわからない、そんな表情を浮かべていた。

Sではなかったのか。加納は死んだ。だから、このメールを送ってきたのは加納ではない。

誰なのか。どこにいるのか。

また着信音が鳴った。有梨はスマホを壁に向かって叩きつけた。ディスプレイの破片が飛び散ったが、音は鳴り止まなかった。


（下巻に続く）

初出
「小説宝石」二〇一五年五月号〜二〇一六年二月号（『ＳＣＩ　ストーカー犯罪対策室』改題）

※この作品はフィクションであり、実在する人物・団体・事件などには一切関係がありません。

五十嵐貴久（いがらし・たかひさ）

1961年東京都生まれ。成蹊大学文学部卒。2001年『リカ』で第2回ホラーサスペンス大賞を受賞しデビュー。'07年『シャーロック・ホームズと賢者の石』で第30回日本シャーロック・ホームズ大賞受賞。他の著書に『交渉人』『パパとムスメの7日間』『贖い』『炎の塔』『リターン』『気仙沼ミラクルガール』『スイム！ スイム！ スイム！』『7デイズ』「南青山骨董通り探偵社」シリーズ『こちら弁天通りラッキーロード商店街』など多数。

SCS ストーカー犯罪対策室（はんざいたいさくしつ） 上

2017年2月20日 初版1刷発行

著　者　五十嵐貴久（いがらしたかひさ）
発行者　鈴木広和
発行所　株式会社 光文社
〒112-8011 東京都文京区音羽1-16-6
電話 編集部 03-5395-8254
書籍販売部 03-5395-8116
業務部 03-5395-8125
URL 光文社 http://www.kobunsha.com/

組　版　萩原印刷
印刷所　慶昌堂印刷
製本所　ナショナル製本

落丁・乱丁本は業務部へご連絡くだされば、お取り替えいたします。

ISBN978-4-334-91146-1